徳間文庫

はぐれ柳生斬《ざん》人《にん》剣

黒崎裕一郎

徳間書店

目次

第一章 陰陽師《おんみょうじ》

1

この数日、凍てつくような日がつづいている。

旧暦十月の初亥《はつい》の日は「炉《ろ》開き」といって、茶の湯では炉を開き、一般の町家では炬燵《こたつ》を取り出し、来客には火鉢や手焙《てあぶ》りを出す。今年は、ほとんどの家が初亥を待たずに早々と炬燵や火鉢を用意した。

例年より半月ほど早い冬の訪れである。

夕方から降り出した雨が、夜になってみぞれにかわった。往来には人影はおろか、野良犬一匹見当たらず、江戸の街はまるで死んだように息をひそめて闇《やみ》の底に沈んでいる。

初更《しょこう》――戌《いぬ》の上刻（午後八時ごろ）。

降りしきるみぞれの中、数寄屋橋御門内の南町奉行所の裏門に、ふたりの供侍を従えた塗駕籠《かご》がひっそりと止まった。よほど急いできたのだろう、駕籠を下ろした陸尺《ろくしゃく》の息づかいが荒い。ふたりの供侍も肩をゆすって煙のように白い息を吐き出している。

駕籠の戸が引き開けられ、山岡頭巾《やまおかずきん》で面をおおった恰幅《かっぷく》のよい武士が下り立った。それを待ち受けていたかのように、門番がすばやく門を開けると、武士は供侍を従えて足早に門内に姿を消した。

南町奉行所の敷地は二千六百坪と宏大《こうだい》である。総建坪数はおよそ千八百二十坪、東側に表門があり、西側の裏門は奉行の役宅（私邸）の出入口になっている。裏門を入ると正面に奉行や内与力・中番（奉行の家臣）などが出入りする奥玄関があり、北側に奉行の奥方が出入りする広敷玄関がある。

奥玄関の前で、年若い内与力が頭巾の武士をうやうやしく出迎え、奥書院に案内した。

「夜分お運びいただきまして、恐縮に存じまする」

南町奉行・大岡越前守忠相《えちぜんのかみただすけ》が、丁重に頭を下げた。齢《よわい》五十、鬢髪《びんぱつ》に白いものが混じってはいるが、眉は黒々と濃く、年齢より二つ三つ若く見えた。歌舞伎役者のように端整な面立ちをしている。

《悪くもなし　沙汰《さた》ほどにないもの　飛騨《ひだ》のからくりと大岡越前守》

越前守の行政手腕とその治績に対し、失望感と皮肉をまじえて、江戸市民はこう評価していた。にもかかわらず、いまだに根強い人気があったのは、一にこの男の端整な容貌《ようぼう》が利していたからである。とりわけ芝居好きの江戸の女たちには絶大な人気があった。

「で、御用のおもむきと申しますのは？」

越前守が探るような目で訊《き》いた。

武士はおもむろに山岡頭巾をとった。臼《うす》のように大きな顔の男である。歳は六十二、三。薄い頭髪のうえに形ばかりの小さな髷《まげ》をのせている。

巨勢《こせ》十左衛門由利《よしとし》。

八代将軍吉宗の叔父であり、御側《おそば》衆首座《しゅう》をつとめる幕閣の重臣でもある。

十左衛門は、無言で袱紗《ふくさ》包みを披《ひら》いた。中身は一振りの短刀である。縁頭《ふちがしら》は金葵《あおい》の紋散らし、目貫《めぬき》は金無垢《むく》の三頭の狂い獅子《じし》、金の食出《はみだ》しの鍔《つば》、金梨子地《きんなしじ》の鞘《さや》、刀身一尺五寸――神祖家康が久能山で紀州藩祖頼宣《よりのぶ》に下賜されたという名刀である。その由来はともかく、見るものが見れば即座にこの短刀の価値はわかる。

短刀をひと目見るなり、越前守は「ほう」と感嘆の声をもらした。

「志津三郎兼氏《かねうじ》でございますな」

「『天一《あまくに》』と申す天下三品《さんぼん》の名刀でござる」

「なるほど、これは見事な――」

といいかけて、越前守は次の言葉を飲みこみ、太い眉を寄せて沈黙した。明らかに困惑の表情である。肚《はら》の底に飲み下した言葉を口にすべきかどうか、迷っている顔である。

「いかがなされた?」

「恐れながら……」と面をあげて、越前守は意を決するようにいった。

「この短刀は贋物《にせもの》にございます」

一瞬の沈黙があった。十左衛門は臼のように大きな顔を二度ばかり左右にひねった。ひねるたびに頸骨《けいこつ》がぐりぐりと音を立てる。この動作はただの癖にすぎないのだが、越前守には十左衛門が露骨に不快感を表しているように見えた。

「ふふふ……」

十左衛門がふと薄笑いを泛《う》かべた。

「さすがは越前どの、よう見抜かれた。お察しの通りこれは真っ赤な贋物でござる」

「やはり……」

自分の鑑定《めきき》に狂いがなかったことに、越前守はほっと安堵《あんど》しつつ、

(しかし、なぜこのような物を?)

釈然とせぬ面持ちで膝《ひざ》元におかれた短刀に目をやった。御側衆首座の巨勢十左衛門が、こんな夜分にわざわざ名刀の贋作《がんさく》の鑑定をさせるために足を運んだとは思えぬ。十左衛門の真意が奈辺《どこ》にあるのか、計りかねながら次の言葉を待っていると、その胸中を見透かしたように、

「用件と申すのは――」

十左衛門が嗄《か》れた声で言葉をついだ。

「この紛《まが》い物を作った錺《かざり》職人を洗い出してもらいたい」

贋作の『天一』には、それなりに精緻《せいち》な細工がほどこしてあり、一見したところ本物と見まごうばかりの出来ばえである。これだけの細工をほどこせるのは、かなり年季を積んだ職人に相違ない。その職人を虱《しらみ》つぶしに当たってもらいたい、というのが十左衛門の来意であった。


刀剣を納める拵《こしらえ》（外装ともいう）には、補強の目的というより、むしろ美装化のために金や銀、赤銅、真鍮《しんちゅう》などの金属を使って、さまざまな文様や装飾が施されている。そうした装飾を施す技術者を装剣金工《そうけんきんこう》といった。

装剣金工の代表には足利義政《よしまさ》に仕えていた後藤家があり、始祖の祐乗《すけのり》が永正九年（一五一二）に没して以来、子々孫々その業をついで今日に至っている。後藤家は将軍家や諸大名の御用をつとめる金工で、その作による拵を「家彫《いえぼり》」と称した。

江戸中期には「家彫」に対して、横谷宗珉《そうみん》が「町彫《まちぼり》」を興し、写実的な精緻な技法で隆盛をきわめ、その門葉に柳川・大森・石黒らの諸派が生まれた。

錺職人、または錺師は、金属工芸の一分業の職人であり、彼らの仕事の内容は仏具や障子の引手、隠釘、鑞付《ろうづけ》細工など、多岐にわたった。その錺師のなかに『天一』の贋作者がいるのではないか、と十左衛門は読んだのである。

本物の『天一』には、実は、天下がくつがえるほどの重大な秘密が隠されていた。六代将軍家宣《いえのぶ》（文昭院）の遺言状である。その内容は概略、次のようなものである。

『余に嫡子（鍋松）はあるが、歳はあまりにも幼い。こうした時のために神祖（家康）が三家を立てておかれた。わが死後は嫡子鍋松（七代家継《いえつぐ》）に将軍職をゆずり、三家筆頭の尾張殿に後見役として西の丸に入ってもらい、わが子に万一があらば尾張殿に天下の大統を嗣《つ》いでもらう』

七代将軍・家継のあとは尾張に将軍家をつがせると明記してあるのである。これがおおやけになれば、現将軍・吉宗の政権基盤は危うくなる。場合によっては吉宗を八代将軍に推挙した天英院《てんえいいん》（家宣の正室）の裁定もくつがえりかねないのである。

この秘密を知っているのは、将軍吉宗と側近の巨勢十左衛門、そして御側御用取次《おそばごようとりつぎ》の加納久通《ひさみち》の三人だけであった。当然のことながら、十左衛門は越前守にもその秘密を明かさなかった。

「『天一』の贋作者を探し出してもらいたい」

一言そういっただけである。「依頼」の体《てい》を装ってはいるが、反問はいっさい許さぬという高圧的な響きが十左衛門の言葉にはこめられていた。

「承知つかまつりました」

越前守が神妙な顔で応えた。上からの命令には絶対服従、たとえ黒を白といいふくめられても忠実に従う。それがこの男の本領であり、生き方であった。普請奉行から江戸町奉行という要職に異例の抜擢《ばってき》を受けたのも、そうした愚直さが買われたからであろう。

〈おのれを殺し、おのれを活かす〉

そういう生き方を越前守は五十歳のこの年になるまで一貫してつらぬいてきた。みごとなまでにしたたかな処世術である。

「よろしくお頼み申す」

十左衛門は意をふくんだ口調でそういうと、冷めた茶をぐびりと飲みほしながら、

(打つ手は打った。あとは時間《とき》との闘いだ……)

肚の底でつぶやいた。

『天一』の贋作者を洗い出せば、それを作らせた注文ぬしの正体がわかり、本物の『天一』の所在もいずれ明らかになるであろう。

むろん配下の公儀隠密「お庭番」も探索に動いてはいる。だが、彼らはあくまでも人目をはばかる「影」の存在であり、おのずとその活動には限界があった。

南町奉行所には二十五騎の与力と百二十人の同心がいる。さらに同心の下には彼らが個人的に傭《やと》った手先、俗にいう岡っ引が複数おり、岡っ引の下には十数人の子分（下っ引）がいる。仮に同心ひとりが三人の岡っ引を抱え、その岡っ引の下に十人の下っ引がいると

すれば、ざっと計算しただけでも四千人以上の人数となり、「お庭番家筋十六家」の組織をはるかに凌駕《りょうが》する大探索網となる。

——これを使わぬ手はあるまい。

宿敵・尾張の隠密も血まなこになって『天一』の行方を探している。『天一』奪回は、吉宗政権を守るための至上命題であり、一刻を争う焦眉《しょうび》の急でもあった。巨勢十左衛門があえて南町奉行所という「表」の捜査機関にそれを委ねたのは、そうした焦りがあったからである。

2

七ツ半（午後五時）をすぎたばかりだというのに、もう部屋の中には薄墨を刷いたような闇がただよい始めていた。

刀弥《とね》平八郎は、行燈《あんどん》に灯を入れると、炭櫃《すびつ》を引きよせて火鉢の火に炭をつぎ足した。

江戸にきて二度目の冬を迎える。

東国のきびしい寒さにはようやく慣れたものの、肥前の佐賀で生まれ育った平八郎は、やはり冬という陰鬱《いんうつ》な季節が苦手であり、嫌いだった。冬は躰《からだ》の動きが鈍くなり、気持ちまでが凍てついてくる。この季節だけはさすがに江戸から逃げ出したい気分になった。

土間の竈《かまど》にかけた鍋がしゅんしゅんと音を立てて白い湯気を噴き上げている。

あわてて鍋を下ろし、そのまま盆にのせて部屋に運びこんだ。残りの冷や飯に葱《ねぎ》と油揚げを放りこみ、味噌仕立てで煮込んだだけの雑炊《ぞうすい》である。これが今日の夕飯だった。碗についで一気にすすり込む。

湯島切通《きりとお》し片町《かたまち》の貸家である。以前は居職《いじょく》の職人の住まいだったらしく、だだっ広い板敷きの部屋と六畳の畳部屋、そして二坪ほどの土間だけの旧《ふる》い小さな平屋だが、造作はしっかりしていて住み心地は悪くなかった。

本所入江町《ほんじょ》の「おけら長屋」から、この貸家に越してきたのは先月（九月）の半ばごろだった。佐賀鍋島藩《なべしま》の刺客の追尾から逃れるためである。「おけら長屋」がすでに彼らの探索網に入っていることは、長屋近くの横川河岸で三人の刺客の襲撃を受けたことでも明白であり、いずれ第二の襲撃がくるであろうことは、火を見るより明らかだった。

——江戸を出ようか。

そうも思ったが、無駄だと悟ってすぐにその考えを捨てた。どこへ逃げようとも刺客たちは地の涯《は》てまで追ってくるだろう。彼らの恐るべき執念を、平八郎は骨の髄まで知らされていた。越前の鯖江《さばえ》、名古屋近くの佐屋《さや》街道、そして江戸の本所と、行く先々で刺客に襲われた。江戸を出ても、また同じことのくり返しである。

鍋島藩の刺客——正確には、藩の重臣・吉岡監物《けんもつ》が放った刺客である。

四年前、平八郎は父・平左衛門を卑劣な罠《わな》におとしいれて自害に追いこんだ御側頭・吉岡忠右衛門を誅殺《ちゅうさつ》して脱藩、逐電した。忠右衛門の伯父であり、鍋島藩の内廷（藩主側近）御年寄をつとめる監物は、その怨《うら》み、というより一家一門の面子《メンツ》のために、平八郎追討の刺客を放ったのである。

――いつまでこんな暮らしがつづくのか……。

平八郎はうんざりしていた。吉岡監物という頑迷固陋《ころう》な男の意地と面子のために、こんな不毛な闘いが果てしなくつづくかと思うと、息が詰まるほどの閉塞《へいそく》感に襲われる。

しかも……、

問題はそれだけではなかった。厄介なことに、平八郎はもう一つ手強い「敵」を抱えていた。公儀隠密「お庭番」である。

ひと月ほど前に神田佐久間町の質屋『相良屋』で用心棒をしていたとき、お庭番配下の忍び頭・柘植《つげ》の玄蔵と配下の忍び二人を斬り殺した。お庭番が玄蔵たちの怨みを晴らそうと思えば、下手人を割り出すのは造作もないことである。このまま無事ですむとは思えなかった。彼らの報復にも備えなければならないのだ。それを思うとさらに憂鬱《ゆううつ》になった。

「備え」といっても具体的な方策は何もない。この場合の備えとは「心の備え」、つまり覚悟を決めることである。

〈武士道といふは、死ぬ事と見附けたり〉

この有名な一節から始まる佐賀藩士・山本常朝《つねとも》の『葉隠《はがくれ》』は、武士の生きざまについてこう説いている。

「武士道の根本は死ぬことであり、死ぬか生きるか、二つに一つの局面に立たされたときは『死』を選択するだけのことである。別段、難しいことではない。腹を据えて進めばよい。目的を達せずに死ぬのは犬死にである、という考え方は上方風の思い上がりにすぎない。二つに一つの局面で、絶対に正しい選択をすることなどは、できるものではない。人は誰しも生きるほうがよいのだから、何とかして生きられるような理屈を考えるだろうが、その理屈通りに生きたとしても、腰抜け呼ばわりされるだけである。ここが危うい瀬戸際である。はじめから『死』を選んでいれば、たとえそれが犬死にだといわれようとも、少しも恥にはならない。これが武士道を会得した者のとるべき道である。常住坐臥《じようじゆうざが》『死』と向き合い、命を捨てる覚悟ができれば、真の武士道が会得できるであろう」

いまの平八郎の心境は、まさにこれだった。お庭番の組織力と機動力は、鍋島藩の刺客たちの比ではない。どんな小細工を弄《ろう》しても、彼らの襲撃をかわすことはできぬだろう。とすれば、とるべき道は一つしかない。「死」を賭《と》して闘うだけである。その心構えはすでにできていた。

平八郎は二杯目の雑炊をすすりおえて、空になった碗を盆におくと、

「それにしても奇妙だ」ぼそりとつぶやいた。湯島切通し片町のこの家に越してきて、かれこれひと月あまりたつ。その間、家の周辺で怪しげな人影を見かけたり、不審な気配を看取したことは一度もなかった。お庭番の動きがまったく感じられないのである。それが不可解であり、不気味だった。この静穏さはいったい何なのだろう……。

（お葉に探りを入れてみるか）

ふと思い立ち、火鉢の火を始末して身支度をととのえ始めた。

お葉は、本所亀沢町《かめざわちょう》の水茶屋『桔梗屋《ききょうや》』に「草」として配された、お庭番家筋十六家の筆頭・藪田《やぶた》定八配下の女忍び（くノ一）である。歳のころは二十二、三、「鄙《ひな》にもまれな」という表現がぴったりの美形である。

平八郎とお葉の出会いは、偶然ではなかった。出会いそのものがお庭番が仕組んだ「罠」だったのである。

お葉の任務は、『天一』の所在を探るために平八郎を籠絡《ろうらく》することであった。ここでいう籠絡とは、「五欲の理中の性の虚を衝く〝くノ一の術〟」、すなわち肉体を武器にして敵（男）を快楽の虜《とりこ》にする「媚術《びじゅつ》」のことである。

お庭番の陰謀を見きわめるために、平八郎はあえてその媚術にかかった。お葉を抱いたのである。それ以来、平八郎の心に微妙な変化が生じはじめた。恋情である。

もうひと月以上、平八郎はお葉に逢《あ》っていなかった。湯島切通しに家移《やうつ》りしたことも知らせていない。心のどこかに、お葉に対する警戒心があったからであろう。今でもその想いはぬぐいきれないのだが、「お葉に逢おう」と決意した瞬間、なぜか平八郎の心は騒いだ。自分でも理解のできぬ熱い感情が胸の奥からせり上げてくる。

手ばやく身支度をすませ、朱鞘《しゅざや》を腰に落として家を出た。

夜気が身を切るように冷たい。月明かりが冴《さ》えざえと降りそそぎ、青白い闇が四辺の家並みをひっそりとつつみ込んでいる。

路地をぬけて、切通しに出た。

このあたりは、もともと幕府中間《ちゅうげん》方の拝領屋敷として給された土地であったが、のちに町家が起立して町奉行所の支配地となった。下級幕臣の小屋敷と町家が混在する閑静な町である。

武家地をへだてた西側に、巨鳥が翼《つばさ》をひろげたような伽藍《がらん》の大屋根が見えた。月明かりを返照して屋根の甍《いらか》が仄《ほの》白く光っている。春日局《かすがのつぼね》の菩提寺《ぼだいじ》・麟祥院《りんしょういん》の伽藍《がらん》である。

平八郎は、麟祥院の土塀にそって切通し坂に足をむけた。

「切通し」は、高台を切りひらいて造った坂道の俗称である。湯島の切通しは徳川氏入府以前につくられたといわれているが、その年代は不詳である。

坂上にさしかかったところで、平八郎はふと足をとめた。前方の松の老樹の根方に腰をおろして、ぽつねんと夜空を見上げている男がいた。

侍である。

平八郎はその侍を二度見かけたことがあった。二度とも同じ場所、同じ時刻である。一度目は、侍に怪しまれるのを恐れて、わざと気づかぬふうを装い、足早に通りすぎた。二度目に会ったときは、侍のほうから「こんばんは」と声をかけてきたので、仕方なく挨拶《あいさつ》を返してその場を去った。どうやらこの近くに住む侍らしい。

（さて、どうしたものか……）

平八郎は逡巡《しゅんじゅん》した。できれば関わりを持ちたくなかった。といって今さら引き返すわけにもいかず、ためらいながら佇立《ちょりつ》していると、気配に気づいて侍がふり向いた。

「やあ、またお会いしましたね」

歳は三十前後だろうか、細面の温和な顔つきの男である。顔色が病的に青白く見えるのは、月明かりのせいばかりではないようだ。近寄って見ると、実際女のように白い肌をしている。

かるく会釈を返し、今夜は冷えますね、と当たりさわりのない言葉をかけて行きすぎようとすると、

「散策ですか」

侍の声が追ってきた。

無視して立ち去れば、却って怪しまれるだろうと思い、

「ええ、まあ」

とあいまいに応え、

「貴殿は、そんなところで何を……？」

逆に訊き返した。

「星の運行を観測しているのです」

松の根方に腰をすえたまま、やや甲高い声で侍はそう応えた。右手に半円形の小さな器具を持っている。これは天体観測のための測定儀である。

「星の運行？　と申されると――」

「申しおくれました。私は幕府天文方の渋川右門と申すものです」

立ち上がって、侍は折り目正しく頭を下げた。

3

幕府天文方が創設されたのは、いまから四十一年前の貞享《じょうきょう》二年（一六八五）である。

初代天文方は渋川春海《はるみ》。平八郎の目の前にいる侍は、春海の甥《おい》で四代天文方の渋川右門敬尹《ひさただ》である。

肥前佐賀で生まれ育ち、二十三歳まで鍋島藩に士籍をおいていた平八郎は、幕府に「天文方」という役職があることも、それがどんな役職なのかも知らなかった。

「上様（吉宗）に大変な仕事を仰せつかりましてね」

苦笑まじりに右門がいった。平八郎がけげんな顔で見返すと、

「改暦《かいれき》です」

右門が応えた。

改暦とは、字儀どおり「暦を改める」という意味である。現在頒行されている暦は、貞享《じょうきょう》元年（一六八四）に右門の伯父・渋川春海がつくった、いわゆる『貞享暦《じょうきょうれき》』である。右門の話によると、どうやらこの『貞享暦』を改変する作業を、将軍吉宗から命じられたらしい。

その作業がどれほど大変なことか、平八郎は皆目見当もつかなかったが、

「それはご苦労にござる。風邪など召さぬように——」

と一揖《いちゆう》して背をかえした瞬間……、
坂の中腹に忽然《こつぜん》と三つの影がわき立った。一瞬平八郎の五感がただならぬ気配を看取した。肌を突き刺すような強烈な殺気である。

三つの影は、おそろしく速い歩運びで坂道を登ってくる。その足さばきが特異だった。

足を地面につけたまま、歩幅を大きくとり、「歩く」というより滑るような感じで坂を登ってくる。この歩行法は、陰陽師《おんみようじ》（呪術師《じゆじゆつし》・卜占師《ぼくせんし》・加持祈禱師《かじきとうし》など）が貴人の外出のときなどに、呪文を唱えて舞踏する作法、「禹歩《うほ》」の歩運びによく似ていた。

三人は見るまに平八郎の眼前に迫った。いずれも菅笠《すげがさ》を目深にかぶり、道服《どうふく》のような裾《すそ》長《なが》の羽織をまとった、武士とも町人ともつかぬ異形《いぎよう》の男たちである。

「何か……？」

先に声をかけたのは平八郎だった。

「用があるのは、おぬしではない。うしろにいる御仁だ」

長身の男が応えた。地獄の底からわき立つような低い、陰気な声である。

渋川右門は、平八郎の背後に突っ立ったまま、まったく警戒する素振りも見せず、恬淡《てんたん》と訊きかえした。

「手前に何か？」

「死んでもらおう」

「渋川どの！」

とっさに平八郎は右門の躰を押しやって身構えた。三人の男たちもひらりと長羽織の裾をひるがえして跳びすさった。

しゃっ。

三人が長羽織の下に隠し持った刀をいっせいに抜き放った。刀身の短い忍び刀である。

（お庭番か！）

一瞬そう思ったが、すぐに打ち消した。公儀隠密が幕府天文方の命をねらうわけはないし、ねらう理由もない。とすると……、

――こやつら何者だ？

油断なく誰何《すいか》しながら平八郎も抜刀し、剣尖《けんせん》をだらりと下げて、右半身に構えた。鍋島新陰流「まろばしの剣」の車《しゃ》（斜）の構えである。

鍋島藩二代藩主・信濃守勝茂《かつしげ》が江戸柳生《やぎゅう》の祖・柳生宗矩《むねのり》から柳生新陰流の印可を受けたのは、寛永九年（一六三二）である。その後、時代の流れとともに柳生の門下を離れて、独自の工夫を加えながら、その流儀と伝巻を藩士たちに相伝してきた。

在藩時代、平八郎は、鍋島新陰流の奥義を会得し、さらにその剣理をきわめて、必死必勝の「まろばしの殺人剣《せつにんけん》」を完成させた。弱冠十七歳のときである。

刀をだらりと下げたまま、いっさいの構えをとらない無形《むぎょう》の位《くらい》（新陰流では「構え」といわずに「位」という）から、心身と太刀を一つにして、円球が盤上を転がるように、円転自在に対象（敵）に向かって刀を迸《はし》らせる回転技、それが「まろばしの剣」である。

三人の男たちは、それぞれ一間（約一・八米）ほどの間隔をおいて横一列にならんだ。平八郎の真正面に長身の男が立ち、その左右に一人ずつ立った。挟撃の構えである。

平八郎は、右半身に構えて刀をだらりと下げたまま微動だにしない。

車の構え（位）は、敵の仕掛けを待つ「受け」の構えであり、また敵の攻撃を誘いこむ「無構え」の構えでもある。これは柳生流でいう「総身への心のたんぶとわたって、りきみもなく、ぬけた所もなき〝西江水《せいごうすい》〟の構え」であり、宮本武蔵のいう「太刀をかまゆることなく、心でかまゆる有構無構《うこうむこう》」の構えと理を同じくする構えである。

須臾《しゅゆ》の後――、
左方の男が動いた。と見た瞬間、正面の男が下段に構えた忍び刀を一気に薙《な》ぎあげた。瞬息の逆袈裟《けさ》である。だが平八郎はびくとも動かなかった。見切るまでもなく、切っ先は二、三寸手前で空を切っていた。明らかにこれは「見せ太刀」だった。

左の男が斬ると見せかけて平八郎の気を誘いこみ、正面の男が「見せ太刀」で牽制《けんせい》し、その隙《すき》に右の男が斬り込む――三段構えの連携技だったが、平八郎は瞬時にそれを見抜いていた。

案の定、間髪をいれず右方の男が斬り込んできた。刹那《せつな》、平八郎の躰が独楽《こま》のように一回転した。躰を軸にして水平に円を描いた刀が、斬り込んできた男の忍び刀を一瞬にはじき飛ばし、さらに返す刀で袈裟がけに斬り下ろした。

ばさっ。

菅笠が裂け、切っ先が男の右頬を削《そ》ぎ、笠の裂けめから血しぶきが飛び散った。男は顔面を朱《あけ》に染めて大きくのけぞった。すかさず三の太刀を放とうとしたそのとき、平八郎の目のすみに左方の男の影がちらりとよぎった。

（来る！）

反射的に左に構えた。

だが、そこに男の姿はなかった。平八郎の視界をすり抜けて、男は右門に向かって一直線に突進していた。

（あっ）

ふり向いた平八郎の目に、頸《くび》を横一文字に切り裂かれ、血潮を噴いて地面にころがっている右門の無残な姿がとび込んできた。四肢がひくひくと痙攣《けいれん》し、截断《せつだん》された頸《けい》動脈からおびただしい血が噴出している。すでに呼吸《いき》はなかった。瞳孔も完全に開き切っている。

右門の死を確認すると、三人の男たちは忍び刀を鞘におさめ、ざざっと引き下がった。平八郎に敵意のないことを無言裡《り》に示したのであろう。三人の男たちから殺気がうせていた。

平八郎にも闘いの意思はなかった。右門を庇《かば》いきれなかった無念さは残るが、これ以上、彼らと刃をまじえなければならぬ理由は何もなかった。

鏘然《そうぜん》と鍔《つば》鳴りを響《とよ》めかせて、平八郎が刀をおさめると、三人の男たちはいっせいに裾長の羽織をひるがえし、来たときと同じようにおそろしく速い歩運びで、闇のかなたに奔馳《ほんち》した。

まるで一瞬の悪夢だった。

行きずりに出会った渋川右門と名乗る侍、得体のしれぬ三人の刺客、眼前でおきた血みどろの惨劇、すべてが夢の中で見たようなおぼろげな光景であり、出来事だった。

平八郎は、右門の無残な斬殺死体に冷やかな一瞥《いちべつ》をくれて、ゆっくり背を返した。

(おれには関わりのないことだ……)


両国橋を渡って本所側に歩を踏みいれたとき、
ゴーン、ゴーン……。

聞きなれた入江町の時の鐘が鳴りはじめた。五ツ(午後八時)の鐘である。

大川(隅田川)を吹きわたってくる寒風が、凍てついた躰を容赦なくなぶっていく。寒いというより、痛いというのが実感だった。

この寒さに、さすがの遊客たちも二の足を踏んだのか、本所亀沢町の盛り場はいつになく人影もまばらで、閑散としていた。

「いらっしゃいまし。どうぞ」

水茶屋『桔梗屋』の番頭の声も、心なしか元気がない。

いつもの二階座敷に通された。運ばれてきた酒を立てつづけに二杯あおった。燗酒《かんざけ》が胃の腑《ふ》にじんとしみ込み、躰の芯からぬくもってくる。

ほどなく女が入ってきた。お葉である。あでやかな藤色の着物を着ている。薄化粧をほどこした顔がぞくっとするほど色っぽい。

「お久しぶりです」

入ってくるなり、お葉は両手をそろえて頭を下げた。その挙措が何となくよそよそしく思えたのは、このひと月、梨のつぶてを決め込んでいた後ろめたさがあったからであろう。

平八郎は気まずそうに目をそらして、

「飲むか」

盃をぬっと突き出した。お葉は小さくかぶりをふり、

「ずいぶんとお見かぎりでしたね」

皮肉をこめていった。

「何かと忙しくてな」

「家移りしたと聞きましたが」

「誰に聞いた?」

「探したんですよ。散々……」

恨みがましい口ぶりだが、顔にはたおやかな笑みが泛かんでいる。

「それもお庭番の命令か?」

ちくりと嫌味をいった。

「さあ……」

と受け流して、

「なぜ、わたしに知らせてくれなかったんですか」

「何のことだ？」

「家移りしたことですよ」

「……」

平八郎は応えない。無言で盃をほした。お葉も黙って酒をつぐ。数瞬、気まずい沈黙が流れた。

「おれは……」

ややあって平八郎がゆっくり口を開いた。

「お庭番の忍びを三人殺した。ひとりは狒々《ひひ》のような面相の男だった」

お葉はむろんその男を知っている。忍び頭の柘植の玄蔵である。

「その男は、おれとお前の仲を知っていた。命を助けてくれれば、お前をくれてやるとも言った」

「……」

お葉の顔にかすかな動揺が走った。平八郎に抱かれろと命じたのは、その玄蔵だったのである。

「やつは狒々のように歯をむいて嗤《わら》った。なぜかおれは無性《むしょう》に腹が立った。どうしようもなく腹が立った。それで――」

昂《たかぶ》りをおさえるように、平八郎は盃の酒を一気にあおり、

「命乞いするその男を叩き斬った」

「家移りの理由はそれですか?」

お葉が切り返すと、平八郎は憮然《ぶぜん》と首をふって否定した。

「仲間の報復を恐れたわけではない。むしろその逆だ」

「逆?」

「やつらと闘うつもりだ。その覚悟もできている。ところが……」

真っすぐお葉の顔を見すえた。

「ひと月たっても、やつらは動こうとしない。なぜだ?」

「………」

「お前なら、その理由《わけ》を知っているはずだ。正直に応えてくれ」

「たぶん、仕返しはないと思います」

お葉がぽつりといった。

「ない?」

一瞬、平八郎は虚をつかれたような表情になった。

4

忍びの心得に、

《間諜《かんちょう》は多く死を以て、自らを期するものなり》

との一条がある。

常に死と背中合わせに生きている彼らは、仲間の死に対しても特別な感情を抱くことはなかった。忍びの世界では、死者は単なる敗北者にすぎない。どこで果てようと、その屍《しかばね》は打ち棄てられ、弔《とむら》いを出すことさえ許されなかった。いわんや殺された仲間の報復を企てることなどは、絶対にあり得ぬことであり、また許されなかった。報復、あるいは意趣返し、仇討ちといった言葉は、義や情実を重んじる武家社会だけに通用する概念なのである。

「それに」

酌をしながら、お葉がつづける。

「お庭番には、もっと大事な仕事がありますから……」

「『天一《あまくに》』のことか？」

「ええ」

お庭番の手に渡った『天一』が贋物だったことは、すでにお葉から聞いて知っていたが、その後の経緯についてはわからなかった。平八郎がそれを訊《たず》ねると、

「目下、お庭番と南町奉行所が総力をあげて、贋物の『天一』を作った錺職人を洗い出しているところです」

お葉がよどみなく応えた。

平八郎の知らぬ間に、『天一』をめぐるお庭番と尾張の闘争は、南町奉行・大岡越前守を巻き込んで、さらなる波瀾《はらん》を呼び起こそうとしていた。新たに標的とされたのが、政事とはまったく無縁の錺職人たちなのである。これまでも多くの無辜《むこ》の人々が『天一』の争奪戦に巻き込まれて命を落としていった。こんな無益な殺し合いが一体いつまでつづくのだろうか。

平八郎は暗鬱《あんうつ》たる思いで宙を見すえた。

「どうなさいます？」

お葉が空になった銚子を振った。追加の酒を注文するかと訊いているのである。

「やめておこう」

平八郎は差料《さしりよう》をひろって、腰をあげた。

「もう、お帰りですか」

「所用があるのだ」

襖《ふすま》を開けて廊下に出ると、

「平八郎さま」

お葉がふいに平八郎の背中にしなだれかかった。鼻孔に甘い脂粉の香りがたゆたう。

「まだ信じてもらえないんですね」

前にまわり込んで、お葉が切なげに平八郎の顔を見上げた。

「いつ……、いつになったら信じてもらえるんですか」

「お前が、忍びを抜けたときだ」

「それは無理です」

と平八郎の胸に顔を埋めて、

「忍びから抜けるときは……、死ぬときです」

お葉は哀しげに目を伏せた。

「一つだけ手だてがある」

「え」

「『天一』を手に入れ、それと引き換えにお前の身柄をもらい受ける」

「まさか……」

平八郎の考えはあまりにも大胆で突飛すぎた。だが、お葉が驚いたのはそのことではない。『天一』と引き換えにお前をもらい受けるといった言葉そのものに驚愕《きょうがく》し、感動したのである。

「それなら、お庭番も否《いな》とは言うまい」

微笑をふくんでそういうと、平八郎はすがりつくお葉の躰をそっと引き離し、

「また来る」

階段を下りていった。お葉は見送らなかった。部屋にとって返してぴしゃりと襖を閉め、階段を下りていく平八郎の足音に耳をかたむけながら、小さく嗚咽《おえつ》した。

蒼白い月明かりを浴びて、平八郎は帰路をいそいでいた。四半刻(三十分)も歩かぬうちに酔いが醒《さ》めて、躰はすっかり冷えきっていた。吐き出す息がいまにも凍りつきそうな寒さである。

湯島天神下に出た。ここから切通し坂までは目と鼻の先である。

同朋《どうぼう》町を右に折れたところで、平八郎はふと足を止めた。前方の闇に小さな明かりが揺らいでいる。一つや二つではない。物々しく揺らめく無数の提灯《ちょうちん》の明かりである。

すばやく路地角の闇に身をひそめて、様子をうかがった。ややあって、提灯をかざした四、五人の侍が、足早に平八郎の前を通りすぎっていった。そのあとから、小者ふうの男たちが筵《むしろ》をかぶせた戸板を担いで小走りにやってくる。

（そうか……）

戸板に乗せられているのは、おそらく渋川右門の死体であろう。とすれば、あの侍たちは公儀の目付筋の者にちがいない。

ひらりと身をひるがえして、平八郎は路地奥に走り去った。侍たちに見とがめられて、あらぬ疑いをかけられたら面倒なことになる。ここは逃げの一手だ。

行く先々に提灯の明かりが揺らいでいる。それを避けて闇から闇に道をひろい、ようやく切通し片町の自宅にたどりついた。その瞬間、

（あっ）

平八郎は思わず立ちすくんだ。家の障子窓に薄らと灯りがにじんでいる。

——誰かいる！

反射的に刀の柄に手をかけ、足音を忍ばせて戸口に歩みよった。妻戸の節穴からそっと中をのぞき込む。行燈《あんどん》の灰灯りが壁にくっきりと黒い人影を映し出している。姿は見えなかったが、明らかに侵入者の影である。

平八郎は油断なく身構えて、刀の鯉口《こいぐち》を切った。かすかに鍔が鳴った。

そのときだった。

「平八郎か」

中から、野太い声が飛んできた。

拍子ぬけするほど寛闊《かんかつ》で気安げなその声に、緊張の糸がぷつんと切れた。

がらり。妻戸を引きあけた。

奥の畳部屋の火鉢の前で、四角ばったいかつい躰つきの浪人者が、まるでこの家のあるじのような顔をして茶碗酒を飲んでいた。躰ばかりでなく、顔も下駄のように四角ばった男である。

「おぬし……!」

といったまま、平八郎は啞然《あぜん》と三和土《たたき》に立ちすくんだ。

星野藤馬《ほしのとうま》――尾張六代藩主・継友《つぐとも》の異母弟・松平主計頭通春《かずえのかみみちはる》の密偵である。

「寒い寒い、はやく戸を閉めてくれ」

藤馬が大仰に肩をすぼめていった。平八郎はうしろ手に戸を閉めて部屋に上がりこみ、火鉢の前にどかりと腰をすえると、

「なぜ、ここがわかった?」

咎《とが》めるように訊いた。

「わしの目は千里眼じゃ。おぬしの動きはすべてお見通しよ」

藤馬が白い歯を見せて笑った。なんとも人を食った笑顔である。

「留守中に人の家に勝手に上がり込むとは、無礼だぞ」

「まま、そうとんがるな……飲むか?」

貧乏徳利の酒を茶碗についで突き出した。この徳利酒は自分で持ってきたらしい。

「用件は何だ」

茶碗酒を受けとり、ぐびりとあおりながら、平八郎が訊いた。

「この近くで公儀の目付どもに会わなかったか？」

やはりと思った。平八郎の推測どおり、あの侍たちは公儀の目付だったのである。

徳利の酒を茶碗になみなみと注ぎながら、藤馬が話をつづける。

「一刻（二時間）ほど前に、湯島切通しの坂上で、幕府の天文方が何者かに斬殺されたそうじゃ。連中はその件で動いてるのよ」

知っていたが、平八郎は黙って聞いていた。それにしても藤馬の情報の速さには、驚きを超えて呆《あき》れるばかりである。

「ここだけの話だがな――」

藤馬が真顔で身を乗り出した。

「幕府天文方・渋川右門を殺したのは、土御門《つちみかど》家の刺客だそうじゃ」

「えっ」

平八郎は思わず瞠目《どうもく》した。

土御門家は、代々、陰陽道・天文道をもって朝廷につかえてきた公家で、伝説の陰陽師・安倍晴明《あべのせいめい》を祖とする安倍家のことをいう。安倍家は土御門神道《しんとう》（安家《あんけ》神道・天社《てんしゃ》神道ともいう）の宗家でもあり、また諸国数万の陰陽師集団を支配する管領でもあった。

「しかし、なぜ土御門家が幕府天文方を……？」

「わしが手に入れた情報によると……、どうやら吉宗の『改暦』を阻止するのが狙《ねら》いだったらしい」

「改暦？」

それで思い出した。殺された渋川右門も吉宗に「改暦」を命じられたといっていた。しかし、なぜ土御門家が幕府の「改暦」を阻止しなければならぬのか、その理由がもう一つわからなかった。

5

日本で最初に採用された暦は、七世紀に百済《くだら》からもたらされた元嘉暦《げんかれき》とされている。その後、中国から宣明暦《せんみようれき》が移入され、平安初期の貞観《じようがん》三年（八六一）から江戸時代の貞《じよう》享《きよう》元年（一六八四）まで、八百二十三年もの長い間、宣明暦が用いられてきた。

この宣明暦にカナの暦注《れきちゆう》（日時や方角の吉凶、禁忌、禍福など）をつけて一般への普及を図り、平安以来ずっと作暦権を独占してきたのが陰陽博士《おんみようはかせ》の安倍家（土御門家）であった。

「つまり」茶碗酒をごくりと喉に流しこんで、藤馬がつづける。

「吉宗は『改暦』によって、土御門家から作暦権を奪い取ろうとしておるんじゃ」

しかも、それはにわかに思い立ったことではなかった。

吉宗が八代将軍に就任したその年、すなわち享保元年（一七一六）の二月、すでに初代天文方・渋川春海の弟子・猪飼豊次郎《いがいとよじろう》に、渋川右門の暦作御用手伝いを命じていたのである。このことは『有徳院殿御実紀』にも、

「当時用ひらるる貞享の暦法は疎脱《そだつ》多く誤《あやまり》も又少からざるにやと、（吉宗公が）猪飼豊次郎に御尋《おたずね》ありし」

と明記されている。

おそらく土御門家は、その事実を最近になって知ったのであろう。幕府の主導で「改暦」が行われれば、天文道の権威として君臨してきた土御門家の威信は失墜し、「暦作」の独占権も喪《うしな》う。それを恐れて「改暦」の中心人物であった幕府天文方の渋川右門を闇に葬《ほうむ》ったに違いない。藤馬はそう推断した。

「欲の深い男だからのう、吉宗は。……天下六十余州のみならず、天上界の七曜（日月五星）までも、おのが手におさめねば気がすまぬと見える」

「おぬしの話が事実だとすれば……」

火鉢に炭櫃の炭をつぎ足しながら、平八郎が眉宇《びう》をひそめていった。

「吉宗公も黙ってはおるまいな」

「うむ。話が面白うなってきた。泥沼の争いになるぞ、これは――」

といって、藤馬はくくっと喉の奥で笑った。この男は根っから争いごとが好きな性格らしい。そんな藤馬に冷やかな一瞥をくれて、

「おぬし、それを言うためにわざわざここへきたのか」

「いや、もう一つある」

「『天二』の件か?」

「ああ……」

と、不精ひげの生えたあごをぞろりと撫《な》でて、

「お庭番の手に渡った『天二』は、真っ赤な贋物だった。連中はその贋物を作った錺職人を血まなこになって探している」

「お庭番だけではあるまい」

「ん」

「おぬしも同様だ。それに尾張の隠密もな」

「さすが、と言いたいが……、一つ気に食わぬことがある」

「何だ」

「わしと尾張の隠密どもを一緒にするな」

「所詮《しょせん》、同じ穴のむじなではないか」

「おれを怒らせる気か」

藤馬がむっとなった。本気で怒った顔である。

「正直にいったまでさ。それより……」

さらりと話題を変えた。

「どうもわからんな」

「何がだ？」

「風間新右衛門は、いつ、何のために『天一』の贋物を作ったのだ？」

「じつは、おれもそれを考えていたのだが……。さっぱりわからん」

天下三品の名刀といわれる『天一』の柄には、「尾張四代藩主・吉通《よしみち》に八代将軍の座を委譲する」と明記した文昭院（六代家宣）の遺言状が隠されている。それをひそかに所持していたのは、公儀隠密「締戸番《しめとばん》」（お庭番の前身）筆頭の風間新右衛門であった。ところがその新右衛門は一年前に腎《じん》の臓をわずらって他界し、家督をついだ息子の新之助も、お庭番配下の忍びの者に抹殺された。この時点で『天一』の謎を解く糸口がぷっつりと切れたのである。

「ひょっとすると……」

平八郎が目を細めて、低くつぶやいた。

「風間新右衛門は、我が身に万一があった場合のことを考えて、贋物の『天一』を自分の手元におき、本物を誰かに預けたのかもしれんな」

「誰か、というと?」

「そこまではおれにもわからんが、命の次に大事な『天一』を預けたとなると、よほど信頼のおける近しい人物だったに相違ない」

「うーむ、その線はあるかもしれんな」

藤馬が深々と首肯《しゅこう》し、

「ところで平八郎、まだ気が変わらんか」

「何の話だ?」

「わしと手を組むという話じゃ」

「うむ」

うなずきながら肚《はら》の底で、それも悪くはあるまいと思った。お葉をお庭番の拘束から解き放つには、何としても『天一』を手に入れなければならぬ。そのために藤馬と手をむすんで、尾張方の情報を利用するという策は確かにある。

「わかった。おぬしと手を組もう」

「そうか、よう言うてくれた。飲め」

満面に笑みを泛かべて茶碗に酒をついで差し出した。

「固めの盃じゃ」

それから二日後、星野藤馬が予見したとおり、土御門家に対する幕府側の報復が、凄《すさ》まじいまでの苛烈《かれつ》さで開始された。

まず筋違橋《すじかいばし》御門ちかくで、石龍子《せきりゅうし》と名乗る売卜者《ばいぼくしゃ》（易者）が、全身を膾《なます》のように斬りきざまれ、その半刻（一時間）後、浅草待乳山《まつちやま》の易観相《えきかんそう》・白雲堂が、妾《めかけ》もろともに惨殺された。ふたりとも全裸のまま蒲団《ふとん》の上で串刺《くし》しにされたという。さらにその四半刻後には、神田花房町に住まう辻八卦《つじはっけ》が、首を叩き斬られて殺された。三人はいずれも土御門家麾下《きか》の陰陽師である。

その夜——亥《い》の下刻（午後十一時）。

飯倉神明宮《いいぐらしんめいぐう》門前町（俗に芝神明前という）の、とある屋敷の門を、様々な身なりの男たちが続々とくぐっていった。

築地塀《ついじ》をめぐらせた宏大な屋敷である。門構えも大名並みの番所つきの長屋門、門前には「土御門家殿御用」の高張り提灯が掲げられている。

屋敷の広間に、十人の男たちが集まっていた。上段に二人の男が座している。いずれも総髪二つ折の髷《まげ》の男で、ひとりは派手な鬱金《うこん》の長羽織に浅葱色《あさぎいろ》の袴《はかま》、もうひとりは利休《りきゅう》鼠《ねずみ》の羽織に同色の袴を着している。

「先ほどから、後藤民部《みんぶ》どのと対応を協議しておったのだが……」

鬱金の長羽織の男がおもむろに口をひらいた。歳のころは四十五、六、眉が薄く、窪《くぼ》んだ目の奥に炯々《けいけい》たる眼光が宿っている。

菊川伯耆頭《ほうきのかみ》弘泰《ひろやす》――関東陰陽家触頭《ふれがしら》である。

全国数万の陰陽師を支配する土御門家の権力機構は、幕藩体制の擬制による一種の治外法権社会を形成していた。「本所《ほんじょ》」とよばれる京都梅小路の土御門家は、いわば将軍家にあたり、その下におかれた家司《かし》・雑掌《ぞうしょう》は旗本直参《じきさん》に相当した。これは幕府との折衝や武家伝奏への使者、公武の諸儀式（祈禱《きとう》・祓《はら》い・祭事）などを執行する役職である。さらにその下には地方大名に相当する諸国触頭や出役がおかれ、苗字《みょうじ》帯刀《たいとう》も許されていた。

菊川伯耆は、関東一円の陰陽師を支配する江戸役所の触頭である。菊川のかたわらに座している利休鼠の羽織の男は、京の本所（土御門家）から差遣された雑掌・後藤民部であった。

「こたびの一件、我らが先に仕掛けた喧嘩《けんか》とはいえ、公儀の所業はいかにも残虐非道、このまま座視するわけにはまいらぬ」

菊川が憤怒に声を顫《ふる》わせながら、下段に居並ぶ八人の男たちを見回した。

前列に胡座《こざ》している三人の男は、江戸役所の取締小頭《こがしら》・白岩権之亮《ごんのすけ》と小嶋典膳《てんぜん》、そして手先役の都築右京介《つづきうきょうのすけ》――先日、渋川右門を暗殺した三人の刺客である。都築は、平八郎に斬られた右顔面を白布でおおっている。

三人の背後には、鬼一流《きいちりゅう》の五人の忍びが塑像のように微動だにせず列座している。

ちなみに「鬼一流」とは、陰陽博士・安倍泰長《やすなが》門下の陰陽師・鬼一法眼《ほうげん》を流祖とする剣法・軍法・忍法の流派の総称で、法眼流、鞍馬《くらま》流、鞍馬八流ともいった。伊賀や甲賀とはまったく別系の忍びである。

菊川が語をつぐ。

「民部どのより、ただちに復仇《ふっきゅう》の矢を放てとの御下知がござった。これは御本所（土御門家）からの御下命と理解されたい」

「承知つかまつりました」

白岩権之亮が低頭する。

「まずは、この男を……」

菊川が紙片を差し出した。受け取った白岩は、ちらりと紙片の文字に目を走らせ、背後のひとりに手渡した。五人の忍びたちは無言で頭を下げると、音もなく立ち上がり、一陣の風のごとく退出していった。

菊川伯耆頭が第一の標的と定めたのは、吉宗から「改暦」御用手伝いを命じられた猪飼豊次郎であった。ほかにも天文方には測量御用掛、暦作御用掛などの小吏が十数人いたが、渋川右門亡きあと、「改暦」作業班の中心人物となるのは猪飼豊次郎をおいてほかにはなく、この男を抹殺すれば「改暦」作業に大きな打撃を与えることになると看《み》たからである。

猪飼の拝領屋敷は青山百人町にあった。

敷地二百坪ほどの、塀囲いもない質素な小屋敷である。屋内には一穂の明かりもなく、しんと静まり返っている。

と――路地の闇だまりに忽然と五つの影がわき立った。黒覆面、黒装束の五人の鬼一流忍びたちである。

(行くぞ)

一人が無言の下知をくれると、忍びたちは次々に生け垣を飛び越えて屋敷の庭に侵入し、すばやく植え込みの陰や石灯籠《どうろう》の陰に身をひそめた。猫のように忍びやかで俊敏な身のこなしである。一人が縁側に歩みより、小柄《こづか》を使って雨戸を外しはじめた。

きしみを立てて、ほどなく外れた。

物陰に身をひそめていた四人が忍び刀を抜いて、さっと立ち上がったそのときである。

雨戸を外して縁側に上がりかけた忍びが、

「うわッ!」

悲鳴をあげて庭先に転がり落ちた。と同時に、残りの雨戸が次々に内側から蹴倒《けたお》され、烈風のごとく、影の塊《かたまり》が猛然と飛び出してきた。

　黒の革羽織、黒革の手甲《てっこう》で厳重に身をかためた侍たちである。その数十人。幕府が事前にこの屋敷に配備した目付配下の御小人目付《おこびとめつけ》たちであった。

　四人の忍びたちは捨て身の反撃に出た。その気迫におされて、乱刃は次第しだいに屋敷の中へと押し戻されていった。屋内の斬り合いになれば、数を恃《たの》む御小人目付たちにとって不利になる。味方同士が邪魔になって自在に動けないからである。四人の忍びの狙いはそこにあった。斬られても斬られても押し返し、ねらいどおり屋敷内での闘いに持ちこんだ。

　中は真の闇である。その闇の中で激しい物音がひびき、怒号や悲鳴が乱れ飛んだ。まさに阿鼻叫喚の修羅場である。

　闘いの結果は、双方にとって無残だった。五人の鬼一流忍びは全員討ち果て、御小人目付六人と猪飼豊次郎の妻が死亡、豊次郎もかなりの深傷《ふかで》を負って小石川養生所に担ぎこまれた。

第二章　綱吉の朱印状

1

江戸城内御用部屋——。

火鉢のかたわらで、飽きもせずに鋏《はさみ》で黙々と奉書紙を切っている初老の武士がいる。まるで童《わらべ》のように無心に奉書紙を切りつづけるそのさまは、冷徹な風貌《ふうぼう》のこの武士にはなんともそぐわぬ図であった。

御側御用取次《おそばごようとりつぎ》・加納近江守久通《おうみのかみひさみち》。

紀州藩から幕臣に編入された家臣の一人で、この年の正月、伊勢国三重、多気《たき》、上総国《かずさ》長柄三郡の八千石を加増されて一万石の大名に列した、将軍吉宗の側近中の側近である。

奉書紙を切りはじめてから、かれこれ半刻（一時間）はたとうか。机の上には短冊型に切られた紙が山のように積まれている。

御側御用取次は、日々老中から提出される伺書《うかがいしょ》を将軍の前で読みあげ、裁可をあおぐのがおもな任である。伺書の案件は、重罪人の処罰、役人の任免、賞罰などの未決案件で、伺いのとおりに将軍から裁可が下りると、奉書紙を十六に切った短冊型の札に「伺之通りたるべく候《そうろう》」と書いて伺書に添付し、再び老中に下げるのである。

久通が切っているのは、その札である。

「ごめん」

襖《ふすま》の向こうで声がした。

「巨勢どのか？」

手をとめてふり向くと、巨勢十左衛門が襖を引きあけて、敷居ぎわに端座し、

「方々をお連れ申した」

と、背後に目をやった。

入側《いりがわ》に四人の男が控えている。新規に暦作御用に選任された学者たちである。

渋川図書敬也《ずしよひろなり》。三十九歳――初代天文方・渋川春海の直弟子で、四代渋川右門亡きあと、五代渋川家の家督をついだ。

西川忠次郎正休《まさよし》。三十四歳――長崎の西洋天文学者として声望の高かった西川忠英如見《ただひでじょけん》の息子で、如見死後、江戸に出て天文学を講じていた。

この二人の補佐役として起用されたのが、数学者・建部賢弘《たけべかたひろ》とその門弟で和算の大家・

中根元圭《なかねげんけい》。いずれも六十を超えた老学者である。

「ご足労にござる」

加納久通が、常になくへりくだった物言いで四人に頭を下げ、

「『改暦』は上さま積年の宿願ゆえ、方々の英知を結集して、ぜひともこれを成就させていただきたい」

「ははっ」と一同が叩頭《こうとう》する。

「微力ではございますが、こたびの大役つつしんでお受けいたしまする」

渋川図書がうやうやしく応えると、四人はふたたび叩頭して膝退《しったい》した。

城を下がる途中、いちばん年長の建部賢弘が、眉間《みけん》にしわをきざんでつぶやいた。

「荷の重いことでござるのう」

「台命でございますから、お断りするわけにもまいりませんし……」

渋川図書が浮かぬ顔で同調する。彼らの胸裏には、改暦御用の御諚《ごじょう》を手放しで喜べぬ複雑な想いがあった。一つには吉宗の「改暦」の意図が定かでなかったことであり、一つには現行の「貞享暦」に、まったく誤差を見いだすことができなかったからである。このことは、のちの寛延二年（一七四九）、西川正休が吉宗に提出した口上書の中でも、現行の貞享暦の太陽の位置には誤りがないと明確に指摘しており、また享保十七年には、補佐役の中根元圭も貞享暦には差異がないと吉宗に復命している。つまり当初から彼らは「改

暦」に乗り気ではなかったのである。

「巨勢どの」

加納久通が、向き直った。

「あの四人の警護、くれぐれも頼みましたぞ」

「心得てござる」

十左衛門が苦々しい顔で応えた。先夜の事件が脳裏をよぎったのである。土御門家の反撃にそなえて、猪飼豊次郎の屋敷に御小人目付《おこびとめつけ》十人を配したものの、結局、豊次郎の妻をふくめて七人の死者を出してしまった。その悔恨と苦渋が胸底に重く沈殿していた。

「小人目付を十人も張りつけておけば事足れりとみたわしの見通しが甘うござった。あの四人には、藪田定八の忍びを付け申そう」

藪田定八は、お庭番十六家の筆頭であり、配下の忍びは精鋭の密殺部隊である。土御門家麾下《きか》の陰陽師三人を惨殺したのも、藪田配下の忍びたちだった。

「藪田の忍びを警護に……」

意外そうに見る久通に、

「先夜の轍《てつ》は二度と踏み申さぬ」

十左衛門が決然といい放った。

土御門家と幕府の抗争は、あくまでも水面下での暗闘である。

幕府としては、朝廷お抱えの陰陽家を真正面から攻撃するわけにもいかず、また土御門家も、幕府から諸国陰陽師支配の朱印状を受けている手前、表立って攻撃することはできなかった。つまり表面上は平静をよそおいつつ、足元で蹴《け》り合いをしているようなものである。これが両者の抗争の実態といえた。

「ところで」

加納久通が、鋏で奉書紙を切りながら、

「その後『天一《あまくに》』の件はいかが相なったかな?」

さり気なく話題を変えた。

「過日申し上げたとおり、南町の探索方が、市中の錺《かざり》職人を虱《しらみ》つぶしに当たっているところでござる」

「で……?」

「越前守からの報告によれば、すでに二十余人にしぼり込んだとの由」

「二十余人か……、いよいよ煮詰まってきたようだのう」

鋏を持つ手をとめ、薄い唇をほころばせて久通が満足げにうなずいた。

「では」

十左衛門が退出すると、久通はふたたび黙々と奉書紙を切りはじめた。

空が蒼《あお》く澄んでいる。

風もなく、この時季にはめずらしく暖かい日和である。久しぶりに柳橋の船宿『舟徳』

刀弥平八郎は、神田川の土手道を歩いていた。久しぶりに柳橋の船宿『舟徳』を訪ねよを訪ねようと思ったのである。なぜか妙になつかしい気がした。

『舟徳』のあるじ徳次郎との付き合いは、半年あまりになる。気性にやや偏屈なところがあったが、義俠心《ぎきょうしん》の厚い硬骨漢で、江戸に身寄りのいない平八郎にとっては、歳の離れた兄のようでもあり、ときには父親のような存在でもあった。

舟子（船頭）の伝蔵や三次、板前の吉兵衛、それに小女のお袖たちとも、すでに気ごころの知れた仲だった。

浅草御門をすぎて間もなく、神田川の川岸にへばりつくように立っている小さな二階家が見えた。引き戸の油障子に『舟徳』の屋号が、でかでかと記されている。

がらり。戸を引き開けて中に入ると、

「いらっしゃいませ」

奥から小女のお袖が飛ぶように出てきた。歳のころは二十一、二。色白のぽっちゃりした娘である。

「あら、平八郎さま、お久しぶり」

「親方、いるかい？」

「ちょっと出かけてます。伝蔵さんと三次さんは仕事」

「そうか……。酒をたのむ」

「何か召し上がります？」

「いや、酒だけでいい。熱燗《あつかん》にしてくれ」

奥の階段を上りかけると、

「平八郎さま」

お袖が呼びとめた。

「生憎《あいにく》いつもの部屋はふさがってます。奥の部屋を使ってくださいまし」

「わかった」

二階には六畳の部屋が二つある。平八郎がいつも使うのは、階段を上がってすぐの部屋なのだが、どうやらその部屋には先客がいるらしい。襖越しに男女のひそやかな話し声が聞こえてきた。

平八郎は奥の部屋に入った。真ん中にでんと炬燵《こたつ》がしつらえられている。ほかに調度類はいっさいなく、炬燵がなければ、何の愛想も飾り気もない殺風景な部屋である。

ほどなく階段にトントンと足音がひびき、お袖が盆を持って入ってきた。銚子二本と頼みもしない酢の物の小鉢がのっている。これは板前の吉兵衛の心づかいであろう。

「どうぞ」

お袖の酌を受けて、ぐびりと飲みほす。

「うまい」

お袖が無言で二杯目の酒をついだ。なぜかいつもの明るさがなく、表情が沈んでいる。

店に入ってきたときから、平八郎はそれに気づいていた。

「どうした?」

「え」

我に返ったようにお袖が平八郎の顔を見た。目が虚《うつ》ろである。

「何か悩みごとでもあるのか」

「い、いいえ、別に……」

「隠してもわかる。悩みごとがあるなら遠慮なく打ち明けてくれ。おれにできることなら力になってやる」

「……怖いんです」

間をおいて、ぽつりと応えた。

「怖い?　何が……?」

「あたし……、見てはいけないものを、見てしまったんです」

声がかすかに顫《ふる》えている。

「きのうの夜、いつものように仕事じまいをして……」

ためらいがちに語りはじめた。

「どういうことだ？」


お袖の住まいは、『舟徳』から十丁（約一キロ）も離れていない吉川町《よしかわちょう》の裏店《うらだな》である。

昨夜、仕事をおえて長屋に帰ったのは、五ツ（午後八時）ごろだった。化粧を落として寝支度にとりかかったとき、髪に挿した櫛《くし》がないのに気づいた。安物の馬爪《ばづ》の櫛だったが、お袖にとってその櫛は死んだ母親のたった一つの形見であり、掛けがえのない宝物であった。


（店に落としてきたのかもしれない……）

そう思って、急いで『舟徳』に引き返した。表の引き戸はすでに閉まっていて、軒行燈《のきあんどん》の灯も消えていた。勝手口なら開いているだろうと思い、裏にまわった。そこで意外な光景を目撃してしまったのである。

桟橋に四つの黒影がうごめいていた。目をこらして見ると、その影は黒装束に身をつつんだ徳次郎と伝蔵、三次、吉兵衛たちだった。やがて四人は二艘《そう》の猪牙舟《ちょきぶね》に分乗して、ひっそりと神田川に消えていった。

2

「あんな夜中に……、それもあんな恰好《かっこう》でこっそりと出て行くなんて……」

ただごとではありません、といってお袖は躰を小きざみに慄わせた。

（徳次郎たちが黒装束で……！）

にわかには信じられぬ話だが、お袖が嘘をついているとは思えなかった。

「そればかりではないんです」

訴えるような強い口調でお袖がつづける。

「親方たちが出ていったあと、店の中に入って、櫛を探していたら――」

徳次郎の部屋の天井板の隙間《すきま》から、二寸ほどの紐《ひも》が垂れ下がっているのに気づいた。不審に思い、踏み台を使ってのぞいて見ると、天井裏に蠟色鞘《ろいろざや》の刀が数振り隠してあった。垂れ下がっていたのは、刀の下げ緒だったのである。

「刀！」

平八郎は思わず声をあげた。

「あたし、怖い！」

お袖が、救いを求めるように平八郎の胸にとりすがった。そのときの恐怖がよみがえっ

たのか、かすかな嗚咽《おえつ》を洩《も》らしながら、

「ひょっとしたら、あの人たち……、雲霧仁左衛門《くもきりにざえもん》の一味かもしれません」

(ちがう!)

危うく叫びそうになった。凶賊・雲霧仁左衛門と三人の手下を斬り殺したのは、平八郎である。お袖はそれを知らなかった。いや、お袖ばかりでなく、江戸の市民は誰ひとり雲霧一味が死んだことを知らなかった。

向嶋《むこうじま》小梅村の廃寺・竜仙寺で見つかった四つの斬殺死体は、身元不明のまま無縁墓地に葬られたという。そんなうわさを最近になって、平八郎は耳にした。つまり、町奉行所の検死役人でさえ、その死体が雲霧一味であることを知らなかったのである。

「お袖……」

平八郎がそっとお袖の躰《からだ》を離した。

「江戸は物騒な町だ。自分の身を護るために、ひそかに刀を隠し持っている町人はざらにいる」

「………」

「親方を信じてやってくれ。そして今の話は忘れるんだ。誰にもいうな」

「でも――」

といいかけたお袖の口を、ふいに平八郎の唇がふさいだ。

そのまま沈黙がつづいた。

壁を透して、隣室からすすり泣くような喘《あえ》ぎ声が聞こえてくる。女の悦《よが》り声である。その声に刺激されたのか、平八郎の腕の中で、もの狂わしげにお袖が躰をくねらせはじめた。首筋に熱い吐息が吹きかかる。

平八郎は胸元から手をすべり込ませて乳房をつかんだ。ぴくんとお袖の躰が敏感に反応した。乳首が立っている。

「ああ……」

絶え入るような声をあげて、お袖は自分で着物の両袖《そで》を抜いた。はだけた胸元から白い、ゆたかな乳房があらわにこぼれ出る。

お袖を膝《ひざ》の上にのせた。手早く帯を解き、下腹に指を這《は》わせる。その部分はもう十分に濡《ぬ》れていた。平八郎の一物もはちきれんばかりに屹立《きつりつ》している。お袖が誘いこむようにそっと腰を浮かす。だが、平八郎は入って来ない。じらすように先端で恥丘を撫《な》でまわしているだけである。

「は、はやく……」

お袖が悩ましげに口走る。

「その前におれのいうことを聞け」

「き、聞きます」

「いまの話、決して口外するなよ」

「は、はい」

うなずいたとたん、平八郎の怒張した一物が下から垂直に突き上げてきた。

「あっ」

小さな悲鳴を発して、お袖は弓なりにそり返った。

「よいな、誰にも……、誰にも口外してはならんぞ」

激しく腰を律動させながら、平八郎はお袖の耳もとで何度も同じ言葉をくり返した。

「あっ、あああ……」

膝の上で、お袖が髪をふり乱して身も世もなく狂悶《きょうもん》している。平八郎は責めつづけた。

お袖の心にこびりついている徳次郎への疑惑や不信感を拭《ぬぐ》いとるためには、こうするしかなかった。

忘れてくれ。何もかも忘れてくれ……。胸の中で題目を唱えるようにつぶやきながら、平八郎は責めつづけた。

——それにしても……。

徳次郎たちがひそかに刀を隠し持っていたというのは、どういうことなのだろう。

何かの事情で主家を失った浪人者なのか。それとも、みずから禄を棄てて町人風情に落《らく》魄《はく》したわけありの侍か。はたまた船宿を隠れみのにして悪計をたくらむ鼠賊豺狼《そぞくさいろう》のたぐいか……。いや、徳次郎にかぎってそれはあるまい。

ゆさゆさと揺れるお紬の乳房に、虚ろな目をやりながら、平八郎は自問自答していた。

気になることが、もう一つある。

夜中の五ツすぎに、徳次郎たちは黒装束に身をかためて、二艘の猪牙舟に分乗して神田川に漕《こ》ぎ出していったという。いったい何の目的で、どこへ行ったのか。

徳次郎を信じたいという気持ちとは裏腹に、考えれば考えるほど疑惑がつのっていく。

「あぁっ」

ひときわ甲高い声をあげて、お紬が大きくのけぞった。その部分がきゅんと緊縮して、平八郎の一物を強くつつみ込んだ。お紬の中で熱いものが迸《はし》った。

弛緩《しかん》したお紬の躰をそっと畳の上に横たえる。激しく息をつきながら、お紬は小さく微《わ》笑《ら》った。

「旦那」

昌平橋《しょうへいばし》の北詰にさしかかったとき、ふいに呼びとめられた。ふり返って見ると、天秤《てんびん》棒を担いだ若い男が小走りに駆け寄ってきた。

棒手振《ぼてふ》りの魚屋・留吉である。

「よう、留吉」

「いいところでお会いしやした。これから旦那の家に立ち寄ろうと思ってたところで」

留吉はへちまのように間延びした顔に、愛嬌《あいきょう》たっぷりの笑みを泛《う》かべた。この男とは本所の「おけら長屋」に住んでいたときからの付き合いである。底抜けに気のいい男で、平八郎を兄のように慕っていた。湯島切通しの貸家を探してきたのも、この留吉である。

「おれに何か用か？」

「いえね、鯛《たい》が一匹売れ残っちまったんで、こいつを刺し身にして久しぶりに旦那と一杯やろうかと……」

「ほう、鯛の刺し身か。そいつは豪勢だ。いつもすまんな」

「どういたしやして」

途中、金沢町の酒屋で秤《はか》り売りの酒を一升買って家にもどった。留吉がさっそく鯛をさばいて刺し身にする。酒盛りがはじまった。

「最近『おけら長屋』に不審な者は現れなかったか？」

猪口《ちょこ》を口に運びながら、平八郎が訊《き》いた。

「そういえば五日ほど前に、目つきの鋭い侍がやって来やしてね。長屋の連中に旦那の居所を訊いていたそうで」

「そうか……」

おそらく、その侍は鍋島藩江戸藩邸の目付筋のものだろう。国元の吉岡監物《けんもつ》から探索の指令が出ているにちがいない。

「けど、心配にはおよびやせん。長屋の連中は旦那の家移り先を知るわけがねえんですから……。その侍もあきらめて帰っていきやしたよ」

「ところで留吉」

猪口の酒をぐびりと飲みほして、

「『舟徳』の親方のことで訊きたいことがあるんだが……」

「へえ」

留吉がいぶかる目で平八郎を見た。『舟徳』は留吉の得意先の一軒であり、平八郎と徳次郎を引き合わせたのも留吉だった。

「徳次郎があの船宿を商うようになったのは、いつごろなんだ?」

「たしか五年ほど前だったと思いやす。廃業した船宿を買い取って商いをはじめたそうで」

「それ以前は、どこで何をしていた?」

「さあ、そこまではあっしにも……、ただ、そのころの親方の言葉づかいには、西国訛《なま》りがありやしてね」

「西国訛り……?」

「江戸者じゃねえことだけは確かです」

「ふーむ」

「それがどうかしたんですかい？」

留吉の眼は、酔いがまわって兎のように赤く充血している。

「ここだけの話だがな」

と、お袖から聞いた話を告げると、

「まさか」

留吉は声を飲んだまま、石地蔵のように固まってしまった。

「何か思い当たるふしはないか？」

「いえ、さっぱり」

と首をふり、

「親方が侍だったなんて……、あっしには信じられねえ」

留吉が半信半疑の表情で哀しげにつぶやいた。どんな事情《わけ》があるにせよ、徳次郎がそのことを自分に隠していたという事実が哀しかったのである。

「何か後ろ暗いことでもあるんですかね」

「さあな」

空になった茶碗に酒をつぎ、

「だが、おれは徳次郎を信じている……。信じてやりたい」

きっぱりといった。

「そりゃ、あっしだって」

「そのためにも事実が知りたいのだ。すまんが留吉、徳次郎の素性を探ってはもらえぬか？」

「へい……、このままじゃ、あっしだって納得がいきやせん。第一水くさいじゃありやせんか。身内同然のあっしゃ旦那に隠しごとをするなんて」

「おれたちにも言えぬほど、何かよんどころのない事情があるのかもしれぬ」

「承知しやした」

うなずくと、急に思い出したように、留吉が話題を変えた。

「話は変わりやすが……、お手元は、まだ大丈夫なんですかい？」

平八郎のふところ具合を心配しているのである。このところ用心棒の口がさっぱりかからず、正直なところ、平八郎のふところ具合はかなり厳しかった。

「これまでの蓄えで何とか食いつないではいるが……、この先ちょっと心細いな」

平八郎が苦笑まじりに応えた。

「蔵前の札差《ふださし》『上総屋《かずさや》』が蔵番《くらばん》を探しているんですがね。やってみますかい？」

「蔵番か……、考えておこう」

あまり乗り気ではなかった。

蔵前の札差ともなると、多いところでは十棟以上の米蔵を持っており、蔵の近くに家を建てて人を住まわせ、米の搬入搬出から金銭の出納・記帳まで、いっさいの管理を任せていた。そうした蔵の管理人を俗に「蔵法師《くらほうし》」といった。足利時代、剃髪《ていはつ》した者がこの役をつとめていたのがその名の由来だが、いまは有髪《うはつ》俗体の町の者がつとめている。蔵番は蔵法師の下で使われる、いわば小間使いのようなものである。

「あんまり勧められた仕事じゃねえんですがね」

平八郎の胸中を察してか、留吉が気づかうようにいった。

「そのうち、もっといい仕事を探して来やすよ」

3

その夜、酉《とり》の下刻（午後七時）。

芝神明前の土御門家江戸役所の門前に、一挺《ちょう》の微行駕籠《しのびかご》がとまった。

駕籠を案内してきたのは、六尺ゆたかな浪人者――星野藤馬である。全身黒ずくめの屈強の侍が四人、駕籠のまわりを固め、四辺にするどい目をくばっている。これは尾張藩御《お》土居下御側組同心《どいしたおそばくみどうしん》、通称「お土居下衆」とよばれる〝影の者〟たちである。

駕籠から降り立った白皙《はくせき》の小柄な武士は、尾張六代藩主・継友《つぐとも》の異母弟・松平通春《みちはる》であった。

来駕《らいが》を待ち受けていたらしく、門内から取締小頭の白岩権之亮が小走りに出てきて、

「お待ちしておりました。さ、どうぞ」

通春と藤馬を邸内に案内した。

畳廊下を右に左に曲がりくねり、奥の一室に通された。

贅《ぜい》をこらした数寄屋造りの書院である。そこには豪勢な酒肴《しゅこう》の膳部が用意され、優美に着飾ったおすべらかしの女たちが、仰々しく平伏してふたりを迎え入れた。

「ようこそお運びくだされました」

触頭の菊川伯耆頭《ほうきのかみ》が低頭する。

「堅苦しい挨拶《あいさつ》はぬきにして、まずは御酒など……」

ふたりに酒をすすめ、なごやかに酒宴がはじまった。どこからともなく雅《みや》びな琴の音が流れてくる。あざといまでに宮廷様式を擬した饗宴《きょうえん》である。

藤馬が落ちつかぬ目で周囲を見まわしている。

(大そうなもてなしじゃ)

菊川がなぜこれほどまでに歓待してくれるのか、藤馬はふしぎでならなかった。その理由は、のちに通春から聞かされて知ったことだが、尾張家と朝廷とは昔から特別に深い縁故があったからである。

藩祖義直《よしなお》は後陽成《ごようぜい》天皇の弟・八條宮智仁親王《はちじようのみやともひとしんのう》の子・幸丸《さちまる》に娘の鶴姫をめあわせており、四代藩主・吉通《よしみち》は、摂家の九條輔実《くじようすけざね》の娘・輔君《すけぎみ》を室に迎えている。また現六代藩主・継友《つぐとも》の正室・安己姫《あこひめ》は太政大臣・近衛家熙《いえひろ》の娘である。

土御門家の出先機関である江戸役所が、藩祖の代から朝廷と深いつながりをもつ尾張家に最大級の礼をつくすのは、むしろ当然のことであろう。

酒を酌みかわしながら、ひとしきり歓談したあと、菊川が白岩権之亮に人払いを命じた。女たちが静々と退出して行く。それを見届けると、

「さて」

と菊川が通春の席に膝行し、

「ご用のおもむきと申しますのは？」

改まって来意を訊《たず》ねた。通春は朱杯をしずかに杯盤において、

「こたびの公儀と土御門家との抗争、『改暦』の是非をめぐっての争いと聞きおよび申したが……」

「仰せの通りにございます」

「しかし、なぜ『改暦』を阻止しようと？」

通春がずばり切り込む。

「常憲院《じようけんいん》（五代綱吉）さまから下賜された諸国陰陽師支配のご朱印状を守るためでござ

います」

　菊川はまるで書状を読み上げるようによどみなく、しかも、かなりの長広舌で朱印状に関するいきさつを語った。


　いまから四十二年前——すなわち貞享元年（一六八四）。

　八百二十余年にわたって墨守されてきた中国製の宣明暦が廃止され、新しく「貞享暦」が採用されたことは、すでに述べた通りである。この「貞享暦」は、わが国初の邦製暦であり、その後の暦法・天文道に大きな影響を与えるものであった。

　貞享改暦の第一の推進者は、二代将軍秀忠の第三子で、三代家光の異母弟にあたる会津藩主・保科正之《ほしなまさゆき》であった。進取の気性に富んだ正之は、邦製暦法につよい関心をいだき、江戸から安井春海（のちの渋川春海）を招いて、改暦を検討させた。

　安井春海は、大坂の道頓堀を掘削した安井道頓の又従兄弟《またいとこ》で、父の安井算哲《さんてつ》は徳川家康に寵愛《ちょうあい》された本因坊・林・井上の三家とともに幕府の碁所につとめていた人物である。

　春海は父の死後、家職をついで幕府の碁所につとめながら、江戸と京を往来して、天文・暦術・神道などの研究にいそしんだ。やがて、その該博な知識と、家職の囲碁を通じて京の摂家や清華、幕府の要路などに幅広い人脈をもつようになったのである。会津藩主・保科正之もそのひとりであった。

正之は、宣明暦を廃して、中国暦最高の傑作といわれる元《げん》の「授時暦《じゅじれき》」をもとに改暦をすすめるよう提言したが、春海はこれを拒否し、あくまでも邦製暦に固執した。「授時暦」は四百年前に中国本土を基にして作られた暦法であり、日食の予報に誤差があったからである。

わが国初の邦製暦に執念を燃やす春海は、保科正之の全面的な支援を受け、数か月間にわたって昼夜の天体観測を行った結果、中国の元と日本の京との里差を加えることによって新暦法を創案し、かねて親交のあった宮廷天文家・土御門泰福《つちみかどやすとみ》に採用を願い出た。

これまで造暦の権限を一手ににぎってきた土御門家が、幕府主導で行われたこの「改暦」を本来なら容認するはずはなかったのだが、土御門泰福は、なぜかあっさりと安井春海の申し出を受け入れた。そればかりか、京の梅小路の私邸に鉄表（観測機）を立てて、春海とともに冬至観測を行い、何度となく試行錯誤をくり返した末、ついに貞享元年十月二十九日、本邦初の改暦宣下を得るに至ったのである。

これによって幕府は全国の暦屋を統制する権利を得、改暦に功のあった安井春海は、渋川春海と名をあらためて幕府の初代天文方に取り立てられた。

貞享元年十二月一日の『常憲院（五代綱吉）御実紀』には、

「碁師安井春海、新たに廩米《りんまい》二百苞《ほう》給わり、天文職命ぜられる。これ当家にて天官を設けられし創制なり」

と記されている。以来、造暦の実権は幕府天文方に移り、この役職は幕末までつづくことになるのだが……。

ここに一つ大きな疑問が残った。それまで天文道の権威として暦作権を独占してきた土御門家が、なぜあっさりとその権利を幕府に手渡してしまったのか。

その謎を解く鍵《かぎ》は、貞享改暦が行われた前年の、天和《てんな》三年（一六八三）五月十七日に発布された勅許《ちょっきょ》にあった。

『土御門家文書』には、

「陰陽道支配の事、自今以後、安家（土御門家）に付される」

と諸国の陰陽師支配を許す旨がしたためられてある。しかもこれを絶対的に補充する形で、同じ年の九月二十五日に、五代将軍綱吉から、

諸国陰陽師之支配被勅許畢家伝之祈禱
弥無懈怠可抽精誠之状
如件
天和三年九月廿五日　綱吉朱印
土御門兵部少輔どのへ

と、勅許を承認する朱印状を受けているのである。

じつは、ここに土御門泰福のしたたかな計算があった。すなわち、造暦の実権を幕府に引きわたす代わりに、全国数万の陰陽師支配の勅許とそれを承認する朱印状を受けて、陰陽師免許（職札《しょくさつ》）の発行、貢納金《こうのうきん》や頒暦《はんれき》権料などの経済的特権を得ようともくろんだのである。さらには、諸国陰陽師支配を基盤にして天社神道を創始し、陰陽道を神道として独立させるねらいもあった。

その目論見どおり、土御門家は宮廷天文家から天社神道（土御門家神道）の総本社となり、諸国数万の陰陽師をその支配下において、勢力を拡大していったのである。

「吉宗公はそれがお気に召さぬようで……」

菊川が苦々しげにいう。

「幕府の手で改暦が行われれば、常憲院さま（五代綱吉）から下賜されたご朱印状は無効となり、土御門家は諸国陰陽師支配の権利をも失うことになるのです」

「なるほど、吉宗公のねらいはそれでござったか――」

通春が深々と首肯《しゅこう》した。

4

貞享の改暦は、幕府と土御門家の政治的取り引きによって行われたものであり、諸国陰陽師支配の朱印状は、造暦権と引き換えに五代将軍綱吉から下賜された、いわば取引証文のようなものであった。

四十二年後の現在《いま》、吉宗は貞享暦を改暦することによって、その取引証文（朱印状）を反故《ほご》にしようと企んでいるのである。

「事情はよくわかり申した。しかし菊川どの……」

通春がつと膝をすすめて、

「幕府天文方の一人やふたり抹殺したところで、吉宗公の野望を打ち砕くことはでき申さぬ。それより手前どもに秘策が……いや、切り札がござるのだが――」

「切り札？　と申されますと」

「『天一《あまくに》』と申す天下三品の名刀でござる」

「ほう」

菊川の細い目が貪婪《どんらん》に光った。

通春は、『天一』に隠された秘密やこれまでの探索の経緯を淡々と説明し、

「『天一』を手に入れれば、改暦を阻止することはおろか、吉宗公の天下をくつがえすこともできるのでござる」

白皙《はくせき》の端整な顔に似合わず、不敵な笑みをきざんでそういった。

要は、『天一』探索のために土御門家と盟約をむすびたい、というのが通春の主意であり、提案であった。

土御門家の支配下には、神道行事をつかさどる陰陽師のほか、五穀豊穣の祭や雨乞い、雨止めの祭礼をつとめる祈禱《きとう》師、病難や厄災を祓《はら》う覡《かんなぎ》・巫女《みこ》・呪術《じゆじゆつ》師、あるいは辻占いや八卦見《はっけみ》、万歳師にいたるまで、数知れぬほどの配下がいる。これを動員すれば、公儀お庭番のそれとは比較にならぬほどの探索網になる。通春のねらいはまさにそこにあったのである。

むろん菊川にとっても異存はない。

「承知つかまつりました。さっそくその旨、配下の者どもに申し伝えましょう」

江戸役所の広間に、横目付の陰陽師と鬼一流の忍びの者十数人が招集されたのは、通春と藤馬が退邸して半刻（一時間）ほど後のことであった。

取締小頭の白岩権之亮から『天一』探索の指令が下されると、男たちは無言のまま風のように退出していった。

じり……。

燭台《しょくだい》の灯りが寒々と揺れている。

閑散とした広間に、白岩権之亮と同役の小嶋典膳、手先役の都築右京介が鼎座《ていざ》して、ひそひそと話込んでいる。都築の右半面には、平八郎に切られた刀傷が目尻から口元にかけて、まるで百足《むかで》が張りついたように生々しく残っている。

「松平通春どの、若年ながらなかなかの策士よのう」

白岩がなかば感服し、なかば皮肉るような口調で低くつぶやいた。

「だが……」

小嶋典膳が欠けた歯をのぞかせて、にんまりと嗤《わら》った。

「話としては面白い。文昭院公（六代家宣）のご遺言状が手に入れば、御本所（土御門家）とて黙ってはおるまい」

「もちろんだ。事と次第によっては、吉宗公の将軍宣下《せんげ》が白紙にもどされることもあり得る」

将軍宣下とは、征夷大将軍《せいいたいしょうぐん》に補任された武家の棟梁《とうりょう》に、朝廷が宣旨を下す儀式をいう。この儀式に付随する祭祀《さいし》を「天曹地府《てんそうちふ》」といい、京の土御門家の私邸の祭場でこれが執り行われた。

吉宗は享保二年（一七一七）に将軍宣下・天曹地府の祭祀を受けている。執行したのは土御門泰福である。

松平通春のいうとおり、『天一』に隠された文昭院の遺言状に「八代将軍の座は尾張殿へ」と明記されているとすれば、天曹地府の祭祀を執行した土御門家としても黙殺するわけにはいかぬ。当然、朝廷に異議申し立てがなされるはずだ。

「そうなれば、吉宗公の天下も十中八九、くつがえることになろう」

確信めいた口ぶりで白岩がそういった。

「問題は、文昭院公のご遺言状を手に入れたあとだ。尾張と手を組んで吉宗公を将軍の座から追い落とすか。それとも吉宗公と取り引きをして、改めて諸国陰陽師支配の朱印状を発行させるか……」

「それは我らが考えることではない。御本所が決めることだ。それより小嶋どの」

白岩がゆったりと腰をあげた。

「どうだ？　場所を変えて一献傾けぬか」

「よかろう」

それまで一言も口をきかず、二人のやりとりに耳をかたむけていた都築が申しわけなさそうな顔で、

「すまんが、わたしは失礼する」

「何か用事でもあるのか？」

白岩が不機嫌そうな顔で訊いた。

「いや、このところ、ちょっと躰の具合が……」

「そうか。ならば無理には誘うまい」

「ごめん」

一礼して、都築は広間を出ていった。丸めた背に老いの影が色濃くにじんでいる。その背に白岩が冷やかな一瞥《いちべつ》を投げかけ、

「近頃、めっきり老けたな、あの男も」

「いやいや」

小嶋が首をふって、意味ありげな笑みを泛かべた。

「あれで結構盛んらしいぞ」

「女か」

「聞くところによると、親子ほど歳の離れた女にぞっこん入れ揚げているそうだ」

「どこの女だ」

「わからぬ」

「まずいな、それは……」

白岩の眼がぎらりと光った。

「あの歳で色狂いはまずい……、念のために女の素性を調べておいたほうがよいぞ」

「うむ」

小嶋が険しい顔でうなずいた。

十月十九日。

恵比寿講《えびすこう》を明日にひかえて、不況風が吹き荒れる江戸の街にも、一時《いっとき》、活気がよみがえった。

「恵比寿講は、おおかた簾《すだれ》をかけ、見せ（店）相応に祝ひ、客抔《など》まねき賑やかにしたる事也《なり》。別て伊勢町抔は、一軒も残らず軒並み簾かけて、賑やかに祝ひし事也。小網町辺、伝馬町、本町抔も、ことのほか賑やかに祝ひたる事なり」

と、『江戸風俗志』に記されているように、恵比寿講の当日は、ほとんどの商家が、商売繁盛を祈願して神棚に恵比寿と大黒の二神を祀《まつ》り、親族や得意先の人々を招いて宴を催したという。

大伝馬町一丁目では、俗に「腐市《くされいち》」とよばれる一夜だけの夜市が開かれ、行商人たちが往来に筵《むしろ》をしいて、小宮、神棚、三方《さんぼう》、桶《おけ》、まな板、鯛、漬物、野菜など翌日の恵比寿講に必要な品々を売っていた。

棒手振りの留吉も、この日ばかりは商売大繁盛である。ふだんは一匹か二匹ぐらいしか売れない鯛が飛ぶように売れ、八ツ半（午後三時）ごろには二つの盤台が空になった。

いったん長屋にもどって着替えをすませ、小半刻ほど暇をつぶすと、留吉はふたたび長屋を出ていった。行き先は柳橋である。

両国橋をわたって広小路の雑踏を抜け、神田川の土手道にさしかかったときには、すでに灯ともしごろになっていた。

薄闇《やみ》のかなたに家並みの明かりがぼんやりとにじんでいる。

土手道から神田川の河原におりた。荒涼たる枯れ野の中央に、いまにもひしげそうな朽ちた野小屋がぽつんと立っている。

留吉は、その野小屋の陰に身をよせて、前方の闇に目をすえた。一丁（百九米）ほど先に小さな灯火が見える。『舟徳』の軒行燈の灯である。

この四日間、留吉はおなじ時刻、おなじ場所で張り込みをつづけていた。徳次郎たちの動きを探るためである。だが、その四日間、徳次郎たちが動く気配はまったくなかった。

今夜も変わった様子はない。『舟徳』はひっそりと闇につつまれ、いつもと変わらぬたたずまいを見せている。宵闇が深まるにつれて、寒さも一段と強まり、躰の芯《しん》までぞくぞくと冷えてくる。

野小屋の陰に張り込んでから、小半刻はたつであろう。

（そろそろ切り上げるか……）

あきらめて踵《きびす》を返そうとしたそのときである。ふいに前方の闇がちらりと動いた。留吉は思わず目を見張った。『舟徳』の裏口からこっそり出てくる人影が目路に入った。遠目で顔はよく見えなかったが、背格好から見て徳次郎にまちがいない。

留吉は足音を忍ばせて、人影のあとを追った。

影の正体が確認できたのは、浅草御門の前を通りかかったときであった。門番所の高張り提灯《ちょうちん》の明かりに、はっきりと徳次郎の顔が泛かびあがったのである。

徳次郎は、浅草御門からさらに西へと歩をすすめ、和泉橋《いずみばし》の北詰を右に折れた。俚俗《りぞく》に「和泉橋通り」とよばれるその道をしばらく行くと、御徒町《おかちまち》にでる。地名のとおり、このあたりは幕府の御徒衆の組屋敷が多い。

三枚橋をわたったところで、忽然《こつぜん》と徳次郎の姿が消えた。

留吉はあわてて走った。半丁ほど走って、急に足をとめた。掘割沿いの小さな一軒家に入って行く徳次郎の姿が目に入った。家の窓にうっすらと明かりがにじんでいる。

足音を消して、留吉はその家の戸口に歩みよった。軒先に『錺職・宇之吉』の木札がぶら下がっている。それを確認すると留吉はすばやく身をひるがえした。

御徒町から湯島切通しの平八郎の家までは、走って四半刻（三十分）もかからぬ距離である。

「錺職人の家に……？」

平八郎がけげんな目で聞き返した。

かなりの勢いで走ってきたらしく、留吉は肩でぜいぜい呼吸をつきながら、その家の場所を仔細《しさい》に説明した。

「よし、おれが様子を見てくる。おまえさんは長屋にもどってくれ」

平八郎は朱鞘《しゅざや》の大刀を腰に落とし、塗笠をかぶって家を出た。

5

そのころ……。

御徒町の一軒家の板間では、徳次郎が職人体の男と膝をつき合わせて、何事かひそひそと話し込んでいた。男は錺職人の宇之吉である。歳は三十前後、眉の太い、見るからに一徹そうな職人の面がまえである。

あたり一面に造りかけの仏具や金具、そして鑿《のみ》、鏨《たがね》、木槌《こづち》などの道具が乱雑に散らかっている。二坪ほどの土間には、炉や鞴《ふいご》がしつらえられ、そのまわりに蠟付《ろうづけ》に使う金属類が山と積まれている。

徳次郎は、ふところから一枚の紙を取り出して、板間のうえに広げた。図面である。何かの部品と思われるさまざまな図形が精緻《せいち》な線で描かれ、細かい数値がびっしりと書き込まれていた。

「こいつは……」

といったまま、宇之吉は声を飲んだ。この図面が何を意味するのか、瞬時に悟ったのである。徳次郎はことさら無視するように腰の煙草入れをはずし、火鉢の炭火で煙管《きせる》に火をつけると、深々と吸いこんだ。

図面に視線を落としていた宇之吉が顔をあげ、うろんな目で徳次郎を見た。

「この図面をどこで……？」

「ある人のツテで国友《くにとも》から手に入れた」

国友とは、根来《ねごろ》・堺とならんで、畿内有数の鉄炮《てつぽう》の製造地として知られる近江国坂田郡国友村（滋賀県長浜市）のことである——といえば、説明するまでもなく、これは鉄炮の部品の図面である。

「あぶねえ橋だが、やってもらえねえかい？　手間賃は、おまえさんの言い値どおり払う」

「…………」

宇之吉は逡《しゆん》巡《じゆん》した。

この時代、鉄炮の所持については厳しい制限があった。俗に「入り鉄炮に出女」といわれるように、とりわけ江戸府内での鉄炮の取締りは厳重だった。

享保三年（一七一八）には、

関東中鉄炮改仕様口上覚
江戸並十里四方之内ニ之有リ
武士屋敷ニ差置候浪人鉄炮所持候ハバ
之ヲ相改メ　屋敷主ノ方へ鉄炮取上
持主之仮名並鉄炮之品書付
八月中ニ鉄炮改役エ差出レ可差図任候
以後鉄炮所持之浪人差置候ハバ
尤其時々ニ書付差出レ可候　以上
享保三戌年七月

と、江戸十里四方内での浪人者の鉄炮所持を厳しく禁止する触書が出されている。

しばらくの逡巡のあと、

「わかりやした」

宇之吉がこくりとうなずいた。

どんな事情《わけ》ありの仕事でも、金さえ積まれれば引き受ける。宇之吉はそういう男だった。

といって決して金の亡者ではない。職人の腕を評価する尺度は金しかないと割り切っているのである。むろん徳次郎もそうした風評を聞きつけて頼みにきたのである。

「やってくれるかい」

念を押すように、徳次郎が聞いた。

「引き受けた以上は、もう何も聞かねえことにいたしやしょう」

「かたじけない」

思わず徳次郎の口から侍言葉が出たが、宇之吉はまったく意に介さず、

「じゃ、お預かりいたしやす」

と、ていねいに図面を折り畳んで、抽斗《ひきだし》にしまった。そのときである。

がらりと引き戸が開いて、四人の侍が傲然《ごうぜん》と入ってきた。身なりは俗にいう八丁堀風、一見してそれとわかる町方役人である。ひとりは与力、背後の三人は同心であろう、腰に朱房の十手をさしている。

「宇之吉だな?」

与力らしい侍が鷹《たか》のように鋭い目で誰何《すいか》した。

「へい」

「詮議《せんぎ》の筋がある。番所まできてもらおうか」

ほとんど反射的に宇之吉は立ち上がっていた。抽斗から図面を取り出してふところにねじ込み、身をひるがえして裏窓に跳んだ。すさかず徳次郎もあとを追う。ばりっと障子窓

を突き破って、ふたりは表に飛び出した。

「待て！」

侍たちも窓を飛び越えて追う。

路地に飛び出した瞬間、

「あっ！」

徳次郎と宇之吉は、息をのんで立ちすくんだ。闇の奥から御用提灯の波が押し寄せてくる。思わず背後をふり返った。そこにも御用提灯の明かりが揺れていた。捕方の群れである。

「畜生！」

徳次郎がふところから匕首《あいくち》を抜き放った。宇之吉も薪雑棒《まきざっぽう》をひろい上げて身がまえた。

「神妙に縛につけい！」

裏窓から飛び出してきた同心のひとりが、抜刀するなり猛然と斬りかかってきた。いや、正確には撲《なぐ》りかかってきたというべきであろう。

同心の刀は、咎人《とがにん》を生け捕りにするために刃がつぶされている。いわゆる「刃引《はび》き」の刀である。これで相手の得物を叩きおとし、肩や腕、胴、足を撲りつけ、怯《ひる》んだところを捕縛するのである。

ばきっ！

薪雑棒が真っ二つに折れ、はずみで大きくよろめいた宇之吉の頭上に、刃引きの二の太刀が振りおろされようとした刹那《せつな》、

「うわッ」

突然、捕方のひとりが血しぶきを撒《ま》き散らしてのけぞった。と同時に、捕方の群れをなぎ倒すように黒影がとび込んできた。

「な、何奴っ！」

与力がわめいた。

影は臆するふうもなく、右手にだらりと刀を下げたまま、徳次郎と宇之吉の前に立ちふさがった。塗笠を目深にかぶった平八郎である。

「おのれ、曲者！」

三人の同心が刃引きの刀で撲りかかってきた。平八郎はとっさに二、三歩跳び下がった。刃引きの刀をまともに受ければ、こっちの刀が叩き折られる。それで受けずに跳び下がったのだ。

勢いあまって三人がころげるようにのめったところへ、すかさず踏み込んで右方の同心の胴を薙《な》ぐや、倒れかけたその男のかたわらを疾風のようにすり抜けて、残る二人の背後にまわり込み、ひとりを袈裟がけに、返す刀でもうひとりを逆袈裟に斬り伏せた。瞬息の三人斬りである。

度肝をぬかれて立ちすくむ捕方たちに、

「か、かかれい！」

上ずった声で与力が下知する。それより迅《はや》く平八郎が捕方の群れに突進していた。またたく間に三、四人が折り崩れた。徳次郎も匕首で闘っている。浮足立った捕方たちを容赦なく斬り伏せながら、平八郎はすばやく人数を読んだ。残るは六人。

――徳次郎は顔を見られている。一人たりとも生かしておくわけにはいかぬ。

これほど明確な殺意をもって人を斬るのは初めてだった。修羅と化したおのれ自身に戦《せん》慄《りつ》を覚えながら、平八郎は憑《つ》かれたように斬りまくった。

悲鳴が飛び散った。瞬時に五人の捕方が死体となってころがった。

手勢のほとんどを失い、おろおろと逃げまどう与力に、平八郎の紫電の一閃《いっせん》が飛んだ。一刀両断である。与力の首が高々と宙に舞った。

徳次郎が最後のひとりと闘っている。平八郎はくるっと翻身して、袈裟がけの一刀をあびせた。けだもののような悲鳴を発してのめり落ちた。その声が殺戮《さつりく》の終焉《しゅうえん》を告げていた。路地のそこかしこに累々と屍《しかばね》が横たわり、吐き気をもよおすほど濃厚な血臭が立ち込めている。

鏘然《そうぜん》と鍔《つば》鳴《な》りをひびかせて、平八郎が刀を鞘におさめた。

「行こう」

その声を聞いて、徳次郎がはっと塗笠の下を見た。

「へ、平八郎さん……!」


『舟徳』の二階座敷である。

平八郎と徳次郎、宇之吉の三人は無言で酒を酌みかわしていた。三人とも返り血をあびて幽鬼のように凄愴《せいそう》な姿である。

長い沈黙のあと、徳次郎がほろ苦い笑みを泛かべながら、ぼそりといった。

「……留吉に跟《つ》けられてたってわけですかい」

「おれが頼んだのだ。すまぬ」

平八郎が頭を下げ、弁解するようにいった。

「どうしても親方のことが気になってな」

「いや」

徳次郎が手をふった。

「謝らなきゃならねえのは、あっしのほうですよ。もっと早く旦那に打ち明けておきゃよかったんですがね」

「それにしても、わからんな」

平八郎が思案顔で首をひねった。

「何がです?」

「町方は、なんで徳さんを……?」

「いや、町方のねらいは徳次郎さんじゃありやせん。あっしですよ」

応えたのは宇之吉だった。その瞬間、平八郎の脳裡《のうり》にひらめくものがあった。

「そうか……、錺職人といったな?」

「へい」

「たぶん、それだ」

「というと?」

「南町の役人は『天一』の贋物《にせもの》を作った錺職人を洗っていた。それで目をつけられたに違いない」

「あまくに!」

宇之吉の顔が硬直した。

「心あたりがあるのか」

「へい。『天一』の贋物を作ったのは、あっしなんで――」

今度は平八郎が驚く番だった。

「やはりそうか……、誰に頼まれて作ったのだ」

「津山という浪人者でした」

「津山？」

 聞かない名である。その浪人者は苗字しか名乗らなかったという。人相風体を聞いても、思い当たるふしがなかった。ただ一つ確かなことは、『天一』の贋作の依頼人が風間新右衛門ではないという事実だけである。

宇之吉の話によると、津山と名乗る浪人者が訪ねてきたのは一年ほど前だった。本物の『天二』を持ってきて、これとそっくり同じ物を作ってくれといった。理由はいっさい話さなかったという。

「手間賃は十両。悪い話じゃなかった。二つ返事で引き受けやしたよ」

悪びれるふうもなく、宇之吉は淡々とそういって猪口の酒をあおった。

奇妙な話である。

「津山」と名乗る浪人者はいつどこで、誰から本物の『天二』を手に入れたのか。そしてどんなわけがあって贋作を依頼したのか……。謎は深まるばかりである。

「それはともかく――」

平八郎が思い直すように徳次郎を見た。

「よかったら、徳さんの話も聞かせてもらえぬか」

「へえ」

うなずいて、徳次郎がぽつりぽつりと語りはじめた。

第三章　老い鳩

1

吉宗が紀州藩主の座についたのは、二十一年前の宝永二年（一七〇五）である。

その年の五月、吉宗の異母兄で紀州三代藩主の綱教《つなのり》が四十一歳で死去し、八月には父の光貞、その翌月には綱教の跡をついで四代藩主となった次兄の頼職《よりもと》が二十六歳の若さで他界した。わずか四か月の間に、紀州家は二人の当主とその父を失ったのである。

その結果、部屋住みの庶子・吉宗が家督をついで五代藩主の座についたのだが、当初から三人の連続死に不審をいだいていた者がいた。

頼職の従兄弟《いとこ》・松平頼雄《よりかつ》である。

頼雄の父・松平頼純《よりずみ》は、紀州藩祖・徳川頼宣《よりのぶ》の三男で、伊予国（愛媛県）西条《さいじょう》四万八百石の藩主、すなわち御家門《ごかもん》（徳川御三家の分家）である。

頼雄は元禄十二年（一六九九）に松平家の嫡子となり、翌年には山城守に補任《ぶにん》されて、父・頼純に代わってたびたび伊予西条を訪れ、藩政の指揮をとっていた。ちなみに西条松平氏は参勤交代を行わない定府《じようふ》大名で、国元には陣屋をおいて統治させていた。伊予と和歌山の距離の近さ、本藩と支藩の関係、そして何よりも従兄弟同士という親しさもあって、松平頼雄と紀伊四代藩主・頼職は兄弟のように強い絆《きずな》でむすばれていた。

その頼職の訃《ふ》に接したとき、頼雄の脳裏に一抹の疑惑がよぎった。

——あれほど壮健だった頼職どのが……、なぜだ？

伝えられるところによると、頼職は父・光貞の危篤の報を受けて急ぎ和歌山にもどったが、江戸から十日たらずという強行軍の疲労がもとで発病し、病状が回復せぬまま一か月後に不帰の人となったという。

——しかし……、

二十六歳の若者が旅の疲れで発病し、わずか一か月あまりで死ぬであろうか。

頼雄の胸裏には、どうしても割り切れぬものがあった。

——ただの病死とは思えぬ。

時の経過とともに疑惑がふくらんでくる。

半年後、頼職の近臣・大槻兵之進《おおつきへいのしん》から、疑惑を裏づけるような手紙がとどいた。それによると、病床の頼職は、みずから将軍綱吉に「奥医師を派遣してほしい」と手紙を出していたという。この事実が意味するのは、一つには頼職自身がおのれの病状に疑惑をいだいていたということ、そして一つには紀州家の侍医をまったく信用していなかったということである。

頼職の要請に応じて、将軍家はただちに奥医師・田村元伯《げんぱく》を紀州家に差遣したが、時すでにおそく頼職はこの世を去っていた。死因は朱毒（水銀）による腎不全《じんふぜん》——明らかに謀殺である。だが、奥医師の田村にもそれを見抜くことできなかった。

大槻兵之進が指摘した第二の疑惑は、頼職の死後、吉宗が五代藩主に決定するまでに、三十五日間の空白があったことである。その間、紀州藩は君側護衛の隠密「薬込役《くすりごめやく》」や土地の郷士を総動員して、藩の出入り口をふさぎ、国固めを行ったという。

この国固めは、頼職の死の真相を探ろうとする公儀隠密の侵入を警戒してのことではなかったか。

大槻の手紙でいっそう疑惑を深めた頼雄は、吉宗の叔父であり、紀州藩大番頭《おおばんがしら》をつとめる巨勢《こせ》十左衛門に、事の真相をただす糾問状を送りつけた。

返事はなかった。まったくの梨のつぶてである。

そして、事件は突然起きた。

家臣の人望も厚く、内外に英邁《えいまい》の聞こえ高かった頼雄が、「不行跡」という不可解な理由で廃嫡《はいちゃく》されたのである。

この廃嫡事件については、『南紀徳川史』の「江戸御用日記」にも、「山城守(頼雄)様御事、御行跡不宣、左京様(頼純)御心に不被為叶、段々御病気にも有之、難御見届儀も候付、左京様御儀絶被成、御引込む御座候に被成置候」と、不行跡と病気で義絶されたとしか記されていない。義絶とは親子の縁を絶たれ、家督相続権を剝奪《はくだつ》されることである。

このとき頼雄は、怒りに打ち顫《ふる》えながら近臣にこう語ったという。

「これは吉宗公とお志摩の方の策謀に相違ない」

父・頼純の側室・お志摩の方には、頼雄の異母弟にあたる頼致《よりよし》という庶子がいた。世子の頼雄が廃嫡されれば、頼致が伊予西条藩の跡継ぎになるのは自明の理である。わが子を世継ぎにしたいと願うお志摩の方と、獅子《しし》身中の虫ともいうべき頼雄の排除をねらう紀州吉宗との利害が一致し、黙契をむすんだのである。

正徳三年(一七一三)八月。

松平家を義絶された頼雄の身柄は、本藩(紀州家)の指示で和歌山に移され、紀州藩附家老・安藤帯刀《たてわき》の領地である田辺の秋津村《あきつむら》宝満寺下の屋敷に幽閉された。明らかにこれは、頼雄の身柄を紀州家の監視下におくための謀計であった。

そして三年後の享保元年(一七一六)。

七代将軍・家継《いえつぐ》が夭折《ようせつ》し、紀州藩主吉宗が八代将軍職につくと、空席になった紀州藩主の座に西条藩主・頼致が迎えられ、名を「徳川宗直《むねなお》」と改めて本藩六代藩主となったのである。むろん、このことは、秋津屋敷に幽閉されている頼雄の耳には届かなかった。

それからさらに二年の歳月をへた享保三年五月。

屋敷の周辺を散策していた頼雄は、土蔵に米俵を運びこんでいる人足の姿を見とめて、

「それは西条藩から届けられた米か？」

と訊《たず》ねた。

「いいえ、紀州家からこなたさまへのお上げ米にございます」

「つまり吉宗公の思し召しというわけか」

頼雄が重ねて訊《き》くと、人足は首をふって、紀州家のお殿さまはお代替わりになり、いまは西条藩から迎えられた宗直さまがご当主でございますと応えた。

「なに、頼致が紀州藩主に！」

激しい衝撃を受けて、頼雄は絶句した。まさに青天の霹靂《へきれき》である。名状しがたい怒りと悲しみが胸に突きあげてきた。本来ならおのれが座るべきその座に、妾腹《しょうふく》の弟・頼致が座ったのだ。これほどの屈辱、これほどの悔しさはない。

（なんと理不尽な……！）

頼雄はすぐさま屋敷にとって返し、奉書紙に一文をしたためた。

「われ今までは、君（吉宗）の御恵みの忝《かた》じけなきに、惜しからぬ命に月日を送りしが、義大夫殿（頼致）の御代と成りては、養い受けべきは思いも依らずとて、其の日より食を絶ち、死を選ぶ所存」

絶食死の覚悟である。

そして同年五月二十九日、頼雄は五十一歳で悲運の死をとげ、遺骸《いがい》は火葬にされて、吹上感応寺に葬られた――と『南紀徳川史』には記されているが、この史料は紀州藩士・堀内信が十四代藩主茂承《しげつぐ》の命により、明治二十一年（一八八八）に編纂《へんさん》したものであり、必ずしも正しい史実を伝えているとはいいがたい。

一方、和歌山県御坊《ごぼう》市・小松原九品《くほんじ》寺の『日高郡誌』上巻「御内々奉申上御事」は、九品寺境内にある「大名塚」について、こう記している。

「この墓は山城守（頼雄）と申す御方、当寺に入られ、当寺にて御薨（死去）。御火葬つかまつり候《そうろう》段、御骨は当寺へ残し置かずと代々ひそかに申し伝えに御座候、右御墓に付き、下々にして前々より風説御座候には、右御方様御儀、当寺へ入られ候節、玄関にて不時之御難に掛かられ、終に御果て遊ばされ、直ぐ様当寺境内にて御火葬つかまつり候」

つまり、頼雄は将軍吉宗を訪ねて江戸へ向かう途中、御坊の九品寺に止宿し、寺の玄関で「不時之御難」に遭って「お果て遊ばされた」と、九品寺文書は伝えているのである。

話を五月二十九日にもどそう。

その日の朝、秋津屋敷の周辺を散策していた松平頼雄は、紀州家の附家老・安藤帯刀が差し向けた監視役の侍の目を盗んで、宝満寺の境内に足をむけた。

そこで待ち受けていたのは、頼雄がひそかに伊予西条から呼び寄せた八人の藩士であった。

「お久しゅうございます」

八人の中でいちばんの年配らしい侍が、感慨深げに頭を下げた。かつて頼雄に近侍していた近習頭《きんじゅうがしら》の山根源次郎である。

「よう来てくれた」

頼雄が目を細めて八人を見回したが、その顔はすぐに険しく変わった。

「異母弟の頼致が本藩の家督をついだと聞きおよんだが……」

声に怒りと哀しみがこもっている。埃《ほこり》まみれの旅装の八人は、身をきざまれるような悲痛な思いで頼雄の言葉を聞いていた。

「わしは断じて承服できぬ。この上は、吉宗公に直々にお目にかかり、廃嫡お取り消しの儀をお願い申しあげ、もし、お聞き届けくださらぬ場合はその場で腹を切って果てるつもりだ」

「殿……」

山根が顔をあげて頼雄を見た。唇がふるえている。次の言葉が出なかった。

「そちたちも江戸まで従いて来てくれるか？」

「もとより、そのつもりで参上つかまつりました」

「殿の旅支度は、これに――」

山根の配下・高沢又十郎が風呂敷包みをひらいた。大小の刀、一蓋《いちがい》の編笠、手甲脛巾《てっこうはばき》などが入っている。頼雄はその場で旅装をととのえると、八人の侍を従えて鳥が飛びたつように宝満寺をあとにした。

2

御坊に着いたのは、夜の六ツ半（七時）ごろだった。

日高郡御坊は、天文元年（一五三二）に建立された浄土真宗西本願寺御坊（日高別院）が地名の由来で、寺院の僧や門徒などを住まわせて宗教的な集落を形成した、いわゆる寺内町《じないまち》である。近年は商業の町として殷盛《いんせい》していた。

一行がその夜の宿と決めたのは、御坊の北外れ、小松原の九品寺であった。

長旅の疲労で足を痛めた頼雄を、山根と高沢が両脇から抱え、宿坊の玄関に入ろうとした、そのときだった。突然、扈従《こじゅう》のひとりが「うっ」とうめいて前のめりに倒れ込んだ。

「どうした！」

ふり向いた山根の目に、血まみれで倒れている侍の姿が映った。頸《くび》に深々とクナイが突き刺さっている。

「曲者っ！」

叫ぶと同時に、四方から怪鳥《けちょう》のように黒影の群れがとび出してきた。黒覆面、黒装束、忍び刀をかまえた男たちである。その数十五、六。

八人の侍は、頼雄を半円形に取り囲んで防御の陣形を組み、いっせいに抜刀した。

——ヒュヒュッ……。

闇を引き裂いて数本のクナイが飛来し、かわす間もなく、ひとりが胸をつらぬかれ、もうひとりが眼球を射ぬかれて倒れ伏した。

残る六人は頼雄を庇《かば》って必死に闘った。だが、しょせんは多勢に無勢である。闘いの帰趨《すう》はすでに決していた。六人の陣形はあっけなく切り崩され、宿坊に逃げこもうとした頼雄は、玄関の前でめった斬りに惨殺された。

獲物を仕留めた黒装束たちは、つむじ風のように土煙を蹴《け》たてて闇《やみ》のかなたに奔馳《ほんち》した。

彼らが巨勢十左衛門配下の紀州隠密「薬込役《くすりごめやく》」であることは言を俟《ま》たない。

この事件のあと十左衛門は吉宗の生母・浄円院《じょうえんいん》に供奉《ぐぶ》して江戸に下向、五千石を賜って御側衆首座に取り立てられている。このことは『享保通鑑《つがん》』にも、

「享保三年五月、五千石被下之、御側衆之上ニ被仰付、巨勢十左衛門」と記されており、また『有徳院殿（吉宗）御実紀』巻六にも、

「浄円院殿に供奉してまいりし巨勢十左衛門由利に采地五千石たまひ、御側の首座に候すべきむね命ぜられ」

とある。明らかにこれは松平頼雄暗殺に対する論功行賞である。

殺戮《さつりく》の嵐が吹き去り、ふたたび静寂がよみがえった九品寺の宿坊の前には、血まみれの屍体《したい》が累々ところがっていた。だが、よく見ると、瀕死の深傷《ふかで》を負いながら、かすかに息のある者が何人かいた。近習頭の山根源次郎と配下の高沢又十郎、坂口弥兵衛、今田吉五郎の四人である。

「その四人が、じつは、あっしらなんで……」

といって、徳次郎はぎりっと歯噛《が》みした。八年前の惨劇の記憶がよみがえったのだろう。深いしわをきざんだその顔には、無念さと痛恨の想いがありありと表れている。

（そういうことか……）

平八郎はさほど驚かなかった。徳次郎たちが武家の出であることは、お袖の話を聞いて薄々察知していたからである。

「すると、近習頭の山根源次郎という男が……？」

「あっしです。高沢又十郎が舟子の伝蔵、坂口弥兵衛が三次、今田吉五郎が板前の吉兵衛……。世を忍ぶ仮の姿といえば聞こえはいいが、早い話、負け犬のなれの果てってわけでさ」

徳次郎が唇をゆがめた。自嘲《じちょう》の苦い笑みである。

「殿のお命も護れず、あっしらだけが、こうしてのうのうと生きてるなんて、情けねえ話です」

「…………」

慰撫《いぶ》する言葉もなく、平八郎はただ黙って聞いている。

「頼雄さまの亡骸《なきがら》を荼毘《だび》に付して九品寺の墓に葬ったあと、しばらくあちこちを転々としましてね」

五年前に江戸に出てきて、廃業した船宿を買い取り、町人に身をやつしてひっそりと暮らしていた。その船宿がいまの『舟徳』であること言うまでもない。

「けど、あのときの怨《うら》みは決して忘れちゃおりやせん。いつかきっと頼雄さまのご無念を晴らそうと……」

たぎるような想いを胸にためつつ、臥薪嘗胆《がしんしょうたん》の日々を送っていたという。

徳次郎たちの怨念《おんねん》と憎悪の矛先は、吉宗と謀《はか》って異母兄の頼雄《よりかつ》を廃嫡に追いこみ、ぬけぬけと紀州家の当主におさまっている宗直《むねなお》（頼致《よりよし》）に向けられていた。

——あの男だけは許せぬ。

それが亡き頼雄の遺志でもあり、徳次郎たちの志操でもあった。

「親方の気持ちはよくわかるが……」

平八郎が慰めるような口ぶりで、しかし悲観的にこういった。

「宗直公は紀州五十五万石の当主だ。たった四人で太刀打ちできる相手ではあるまい」

「むろん、まともに立ち向かったんじゃ、歯が立たねえでしょう。けど……」

と、ためらいつつ、

「飛び道具を使えば、勝ち目はありやす」

「飛び道具？」

「そいつを宇之さんに造ってもらおうと思いやしてね」

ちらりと宇之吉の顔を見やった。宇之吉がうなずいて、

「これです」

と、ふところから紙を取り出して広げた。

江州国友村の鉄炮鍛冶から入手した図面である。

銃身は三尺（約九十センチ）、六匁玉（口径十五・八ミリ）を用いた場合の有効射程距離は二丁（約二百米）、命中精度は一丁（約百米）。図面通りに完成すれば、かなり高性能の銃となる。その銃を使って、登城あるいは下城の宗直の駕籠《かご》をねらい撃てば、確実に仕

留めることができる。

　徳次郎は自信たっぷりにそういった。

　問題は狙撃《そげき》場所だった。まずは宗直の登城下城の道すじを確認すること。そしてその道すじに身を隠す場所があるかどうか。さらにその位置から行列までの距離を測らなければならない。

「その場所を探すために、赤坂の紀州藩邸に何度も足を運んで下見をしたんですがね、おそらく、その下見に行くときにお袖に見られちまったんでしょう」

　徳次郎は苦笑を泛《う》かべた。が、すぐにその笑みは消えた。

「この八年間、あっしらは頼雄さまの仇を討つために生きてきた。そのために汗水流して働き、こつこつと金を貯めて……」

　ふいに言葉が途切れ、感きわまったように徳次郎はうつむいた。平八郎がその言葉を引き取って、

「仇討ちの準備をととのえてきたというわけか」

「へえ……けど、これは旦那には関わりのねえ話です。いまの話は聞かなかったことにしておくんなさい」

「それより……」

　平八郎が見返した。

「宇之吉はどうする？　二度とあの家にはもどれんだろう」

「とうぶんの間、ここにいてもらいますよ。頭を丸めて口髭《ひげ》でも生やかしゃ、気づかれる心配はねえでしょう……。どうだい、宇之さん？」

「あっしは構いやせん。乗りかかった船ですからね。こうなったら地獄の涯《は》てまで親方についていきやすよ」

宇之吉が不敵な笑みをきざんだ。

——地獄の涯て。

その言葉が、平八郎の心にずんと重くひびいた。


一夜明けて、江戸の街に激震が奔《はし》った。

南町奉行所の与力一名、定町廻《じょうまちまわ》り同心三名、捕方十五名が皆殺しにされるという、前代未聞の凶悪事件が起きたのである。

街の辻々に読み売り（瓦版《かわらばん》屋）が立ち、口に泡を飛ばして昨夜の事件をまくし立てていた。町中がその話柄でもちきりである。

「南の町方が二十人も斬り殺されたそうだぜ」

「雲霧一味の仕業か」

「いや下手人は錺《かざり》職人だそうだ」

話に尾ひれ羽ひれがつき、あげくの果ては「贋金造り一味」の仕業という説まで飛び出す始末である。

昼八ツ（午後二時）ごろ、遅い昼餉《ひるげ》をとったあと、平八郎は塗笠で面を隠してふらりと家を出た。

外に出て一丁も歩かぬうちに、まず目に映ったのは、捕方を数人従えて物々しく町筋を巡回している町方同心の姿だった。それも一組や二組ではない。湯島切通しから両国広小路に至るまでの小半刻の間に、十数組の巡回団に出くわした。事態は、平八郎が想像していた以上に大事《おおごと》になっていた。

——探索に動いているのは町方ばかりではあるまい。

昨夜の事件は、すでに南町奉行・大岡越前守から御側衆首座・巨勢十左衛門に報告がなされているはずである。とすれば、いまごろお庭番配下の〝草〟たちもひそかに動き出しているに違いなかった。実のところ、彼らの動きに関する情報が欲しくて、平八郎は両国広小路に足を向けたのである。

灰色の分厚い雲が、どんよりと垂れこめている。

この日はいつにも増して冷え込みが厳しかった。にもかかわらず、両国広小路は相変わらずの人出である。この人混みのどこかに星野藤馬がいるはずだ。

曇天の寒空に、数羽の都鳥が白い翼をひろげて、孤を描くようにゆったりと滑空している。一見優雅に見えるこの鳥たちも、食い物屋の残飯にありつこうと必死なのだろう。

垢離場《こりば》ちかくの居酒屋に入った。店構えは小さいが、造りのしっかりした居酒屋である。

煮炊きの湯気と人いきれが充満する店内の一隅に藤馬の姿があった。

「よう」

先に気づいたのは、藤馬のほうだった。満席の卓の間をぬって、となりに腰をおろす。

「おぬしの家を訪ねようと思っておったところじゃ。まあ、飲め」

猪口《ちょこ》に酒をついで、無造作に差し出した。

「おれに何か用か」

「ゆうべはどこへ行っていた?」

不精髭のはえた顎《あご》をぞろりとなでながら、藤馬がさり気ない口ぶりで訊いた。

(なるほど、そういうことか……)

すぐに察しがついた。昨夜の事件のことである。むろん、その事件に平八郎が関わっていたことを知るはずはない。鎌をかけてきたのである。

「池之端の飲み屋で飲んでいた……。それがどうした?」

とぼけ顔で、逆に訊き返した。

「まあ、いいだろう」

藤馬は、それ以上追及しなかった。徳利に残った最後の数滴を猪口に落として飲みほすと、

「話がある。河岸を変えよう」

卓に酒代をおいて立ち上がった。

「どこへ行く?」

「裏から出る」

「え?」

藤馬があごをしゃくって、目配せした。

(表を見ろ)

と、いっているのである。

平八郎は、腰高障子を細目に引き開けて、そっと表を見た。雑踏の中に、所在なげに佇《ちょ》立《りつ》している二人の虚無僧《こむそう》の姿があった。天蓋《てんがい》の下からこっちの様子をうかがっていることは気配でわかる。

小声で訊いた。

「尾張の隠密か?」

「わしの見張り役じゃ。この寒空にご苦労なことよ」

口もとに皮肉な笑みをきざんで、藤馬は足早に裏口から出ていった。平八郎もあとに従く。

3

居酒屋を出て寸刻後、両国広小路の喧騒《けんそう》とは打って変わって、物音ひとつ聞こえない閑静なたたずまいの路地を、ふたりは歩いていた。

日本橋横山町の裏路地である。

途中、何度か背後をふり返ってみたが、尾行の気配はなかった。

路地の突きあたりに、山茶花《さざんか》の垣根をめぐらせた小粋な仕舞屋《しもたや》が見えた。

家の後方に見える鬱蒼《うっそう》たる樹林は、初音《はつね》の馬場の木立であろうか。すっかり葉を落とした裸の梢が、寒々と風に揺れている。

「あの家だ」

藤馬があごをしゃくった。

「引っ越したのか」

「ああ、清洲町《きよすちょう》の家は、お庭番に突きとめられた。いずれはここも嗅《か》ぎつけられるだろう。それまでの仮住まいじゃ」

そういって、藤馬はふところに両手を突っこんだまま足で戸を引きあけ、

「おい、もどったぞ」

奥に声をかけた。襖《ふすま》が開いて、二十四、五のきりっとした面立ちの女が出てきた。目にもあざやかな韓紅《からくれない》の着物を着ている。

平八郎は以前この女に会ったことがある。名は小萩。藤馬の情婦である。

「あら、刀弥さまもご一緒ですか……、お久しぶりでございます」

「いつぞやは、どうも――」

「ささ、どうぞ。お上がりくださいまし」

たおやかな笑みを泛かべて、部屋に招じ入れた。この女が尾張家お抱えの別式女《べっしきめ》（女武芸者）であることを、平八郎は知らなかった。

「ゆうべの事件のことだが……、おぬし、どこまで知っている?」

酒をつぎながら、藤馬が卒然と訊いた。

「事件のことは瓦版で知った。それ以上くわしいことは、おれにもわからぬ」

「そうか……」

疑わしげにうなずきながら、藤馬は昨夜の事件のあらましを語りはじめた。

どこで手に入れた情報なのか、一点の間違いをのぞいて、驚くほど正確に事実を把握していた。その一点とは、錺職人の宇之吉が何者かに拉致《らち》されたと思い込んでいることである。藤馬の話によると、どうやらお庭番も同じ見方をしているらしい。

「やつらは尾張の隠密の仕業と看てるようだが、そいつはとんだ見当ちがいじゃ。尾張はやっておらぬ」

「宇之吉という鎊職人が『天一』の贋作を造ったというのは、確かなのか？」

盃を口に運びながら、平八郎がとぼけ顔で訊いた。

「まず間違いあるまい」

「その宇之吉が姿をくらましたとなると、またひとつ『天一』探しの手がかりが消えたことになるな」

「と、わしも思ったんだが……、さすがは南町の大岡越前。打つ手がはやい」

「どういうことだ？」

「宇之吉の弟子に目をつけたんじゃ」

「弟子？」

「鎊職見習いの文七という男じゃ。そいつを番所にしょっ引いて、越前守が直々に吟味したところ……」

『天一』の贋作を注文した人物が「津山」と名乗る浪人者であることが判明したという。

そこまでは平八郎も知っている。

「で、その浪人者の素性はわかったのか？」

「いや、わかったのは『津山』という名だけじゃ。それも本名かどうか疑わしい」

「津山、か——」

結局のところ、それ以外に宇之吉も文七も、浪人者の素性については何も知らなかったのである。

「そこで大岡越前は……」

藤馬がつづける。

「文七の証言をもとにして『津山』という男の人相書きを作らせ、江戸中の浪人者を片っぱしから洗い出す作戦に出た――」

なるほど、それで合点がいった。街のいたるところで見かけた町方の巡回団は、昨夜の事件の探索に動いていたのではなく、「津山」という浪人者を探していたのである。

「おぬしに一つ、頼みたいことがある」

藤馬が、いかつい顔を急にやわらげ、平八郎の目をのぞき込むように背を丸めた。

「なんだ?」

「『津山』の人相書きを手に入れてもらえぬか」

「人相書き?　なぜ、それをおれに……?」

「おぬしならできるはずじゃ」

平八郎の眉が曇った。

「はっきり言ってくれ。どういうことだ」

「お葉という女よ」

（あっ）

思わず叫びそうになった。そして不覚にも盃の酒を数滴、膝《ひざ》のうえにこぼしていた。あわてて袖《そで》口で拭《ぬぐ》ったが、さすがに動揺の色は隠せなかった。

――この男を敵に回したら怖い。

茫洋《ぼうよう》たる風貌《ふうぼう》を装ってはいるが、この男の目はつねに物事の核心を射ぬいている。いまの一言で平八郎は改めてその怖さを思い知らされた。

しばらくの沈黙があった。

勝手のほうからまな板を叩く軽やかな音が聞こえてくる。小萩が夕餉《ゆうげ》の支度をしているらしい。

「つまり……」

苦いものでも吐き出すかのように、平八郎がようやく口を開いた。

「女に頼めということか」

「そうだ……、気に障ったか？」

「……………」

「しかし、これはおぬしのためでもあるんじゃ」

「おれのため？」

「女が引き受けてくれれば本物、もし断ったら、おぬしに心を許しておらぬという何よりの証拠じゃ」

とどめを刺すような言葉だった。藤馬はそこまで見透かしていたのである。

「どうだ、やってくれるか」

「気乗りのしない話だが……、考えておこう」

平八郎は差料《さしりょう》をひろって立ち上がった。胸中に拭いきれぬ不快感がある。

「帰るのか」

「仕事があるのでな」

にべもなくいって背を向けた。藤馬は引きとめなかった。引きとめても思いとどまるような男ではない。頑固なやつだと思いつつ、その頑固さが存外好きだった。

「あら、お帰りになったんですか」

小萩が盆を持って入ってきた。

「仕事があるそうだ」

「そう……」

やや気をそがれた感じで藤馬のかたわらに腰をおろし、酒をついだ。酌を受けながら藤馬が思い直すように、

「ところで、尾張の屋敷の様子はどうなっている？」

「お殿さまのご奇矯《ききょう》はあいもかわらず……、というより、日増しにその度を深めておりま

す」

小萩はふっと嘆息をもらした。

お殿さまとは、尾張六代藩主・継友《つぐとも》のことである。八代将軍の最有力候補と目されながら、紀州吉宗の陰謀によってその座を奪われた継友は、いつごろからか人が変わったように酒色に溺《おぼ》れ、わけもなく家臣を怒鳴りちらし、奇行狂態を演じるようになった。

尾張藩士・朝日文左衛門の『鸚鵡籠中記《おうむろうちゆうき》』は、継友の奇行についてこう記している。

「灰吹へ御酒を御入れ、または御足を洗い給ふ水、または泥水を人に御飲ませなされ、また行燈障子に火をつけ、御慰みとなさるること別して御好みなり」

奇行というより、狂気の沙汰《さた》としかいいようがない。家臣たちも「殿は異常人である」と公言してはばからなかったという。

「先日も、御小姓《おこしよう》がお庭の泉水に投げ込まれ、御坊主のひとりが焼け火箸《ひばし》で顔を焼かれたそうでございます」

「ほう」

「それに、近ごろはお顔色もすぐれず、ひどくお痩《や》せになって……、藤馬さまのおっしゃるとおり、あの御容子は――」

小萩が柳眉をよせて、藤馬の顔を見た。

ふむ、と険しい顔でうなずき、

「もはや疑うまでもあるまい。継友公は『朱毒』を盛られたんじゃ」

朱毒（水銀）を用いて政敵を密殺する手口は、紀州忍者のいわば常套《じょうとう》手段である。紀州家の三人の当主の連続横死事件や、継友の異母兄である四代藩主・吉通、そしてその世子・五郎太の怪死も、朱毒による謀殺ではないかと藤馬はみている。

「家中の賄《まかな》い方か、御膳掛かりにお庭番の『草』がまぎれ込んでおるのだろう……。そのことで何か思い当たるふしはないか」

「確かな手証はありませんが、吉通さまの代から賄い方をつとめている者の中に、出自の不明な女が二人ほど……。お目付にご報告いたしましょうか」

「いや、捨ておけ」

「え」

「死ぬるを待つも一策」

ぐびっと盃をほし、

「継友公はしょせん天下を獲る器ではない。ご乱心の果てに身まかられるのが、あのお方にふさわしい運命《さだめ》じゃ」

「では……！」

小萩が刮目《かつもく》した。

「継友公が身まかれば、七代藩主の座に通春さまが座ることになる。それまで、わしらは高見の見物を決め込んでおればよい」

藤馬はさも愉快そうに喉の奥でくくと嗤《わら》い、いきなり小萩の肩に手をかけて、ぐいと引き寄せた。

「よいな小萩。いまの話は他言無用だぞ」

「ふふふ」

ふくみ笑いを泛かべて、

「怕《こわ》いお人……」

ぽつりとつぶやくや、小萩はしんなりと藤馬の胸に躰《からだ》をあずけた。藤馬は、片手を小萩の胸元にすべり込ませ、もう一方の手で着物の下前をはぐりながら、

「吉宗公に代わって天下を治めることができるのは、通春さまをおいてほかにはおらん。継友公にはそのための捨て石になってもらうのじゃ」

「あっ」

ふいに小萩が小さく叫んだ。藤馬の指先が秘孔に入っていた。

4

陰陽道には「五段祈禱《きとう》法」という修祓《しゅうばつ》がある。陰陽五行説《おんみょうごぎょうせつ》にもとづく祈禱法で、あら

ゆる祈願に効果があるとされている。

日本橋駿河《するが》町の両替商『播磨屋《はりまや》』は、商売繁盛・家運長久・無病息災を願って、月に一度、土御門家の江戸役所から陰陽師を招いて五段祈禱を斎行していた。

今日がその日である。

あるじ夫婦や番頭、手代、丁稚《でっち》などがずらりと居並ぶなか、烏帽子《えぼし》狩衣《かりぎぬ》姿の陰陽師・都築右京介が、五行祭壇の前で祈禱を行っていた。

祭壇は縦横二尺五寸の正方形で、高さ一尺二寸。四隅に立てた柱に注連縄《しめなわ》が張りめぐらされ、祭壇の上には、五行（木・火・土・金・水）にあたる物実《ものざね》（木は榊《さかき》、火は灯明、土は土器《かわらけ》に盛った土、金は小刀、水は鉢に入れた井戸水）が供えられている。

「水生木大吉、祈願円満。木火土金水の神霊、厳の御霊を幸えたまえ」

五行拝詞を何度かくり返して唱え、最後に五行の神にお帰りを願う送神の儀を行って、五段祈禱はおわる。

狩衣から青鈍色《あおにびいろ》の羽織袴《はかま》に着替え、菅《すげ》の一文字笠をかぶった都築右京介は、あるじ夫婦に丁重に送られて『播磨屋』を出た。

そのとき、付近の路地角にちらりとよぎった人影を、都築は目のすみでとらえていた。

（またか……）

菅笠の下の都築の顔が曇った。が、右半面の表情はまったく動かなかった。目尻から口元にかけて百足《むかで》が張りついたように赤黒く盛り上がっている刀疵《きず》が、右顔面を麻痺《まひ》させていたからである。

この数日、都築の身辺にはつねに不審な影がつきまとっていた。江戸役所の取締小頭・白岩権之亮が差し向けた横目付である。

土御門家の陰陽師支配組織が、横目付や仲間同士による相互監視によって維持されてきたことを、都築自身、知りすぎるほど知っていた。しかし、いざ自分が監視される立場になってみると、決して気分のいいものではなかった。

(白岩どのも猜疑心《さいぎしん》のつよい男だ)

背中に尾行の気配を感じながら、室町通りを横切って、伊勢堀のほうに足を向けた。都築が住んでいる陰陽師長屋は、麻布飯倉の土器町《かわらけちょう》にある。つまり、帰宅の道すじとはまったく逆の方向に、都築は向かっていたのである。

伊勢堀にかかる中ノ橋のたもとで、ふと足をとめて、背後をふり返った。物陰にちらっと人影がよぎった。それを見とどけると、桟橋で客待ちをしていた猪牙舟《ちょきぶね》に乗り込んだ。これは尾行をふり切るための策である。

「浜町河岸までやってくれ」

「へい」

すかさず船頭が棹《さお》を突いて舟を押し出す。

都築は艫《とも》に腰をおろして、もう一度うしろを振りかえった。尾行をあきらめたのか、横目付の姿は消えていた。

都築をのせた猪牙舟は、荒布橋《あらめばし》をくぐって日本橋川に出、鎧《よろい》の渡しを経由して箱崎橋を左に折れた。しばらく行くと三ツ叉に出る。そこからさらに浜町堀を北上した。

西の空にほんのりと残照がにじみ、茜色《あかねいろ》の彩雲がたなびいている。

掘割沿いの家並みは寒々と暮色につつまれ、家路につく職人や人足たちが、ひっきりなしに行き交っている。

小川橋の西詰で舟を下りた。

浜町堀西岸の難波町《なにわちょう》は、吉原遊廓《ゆうかく》の旧地で、明暦の大火（一六五七）後、吉原は浅草田圃《たんぼ》に移転し、跡地は町屋になった。

小川橋の西詰から、まっすぐ東西に伸びる道幅四間（七米余）の通りの両側には、足袋《たび》や股引《ももひ》きを商う店、雛《ひな》人形の細工師、唐和薬種問屋、水油の仲買など、雑多な小店が軒をつらねている。

表通りから一歩裏に入った路地の、奥まったところで都築は足をとめた。小ぢんまりとした一軒家の前である。障子窓の隙間《すきま》から、炊《かし》ぎの煙が立ちのぼっている。

戸を引きあけて中に入ると、奥から弁慶縞《べんけいじま》の着物を着た二十七、八の女が出てきた。やや面やつれはしているが、目鼻立ちのととのった美形である。名はお島という。

「あ、旦那さま、ちょうど夕飯の支度がととのったところです。さ、どうぞ」

お島がうれしそうに顔をほころばせ、都築の手をとって部屋の中に招じ入れた。

二つ並んだ箱膳に、炊きたての飯と味噌汁、煮魚、香の物がのっている。お島の心づくしの手料理である。

二人は向かい合って食べはじめた。食べながら、お島は今日一日の他愛ないできごとを屈託なく語った。都築は無言で聞きながら黙々と箸を運んでいる。だが、実際にはお島の話はほとんど聞いていなかった。うわの空で何か別のことを考えている。

「どうかしたんですか？」

気づいて、お島がけげんそうに訊いた。

「ん」

「さっきから黙りこくって……、何か心配ごとでも？」

「うむ」と箸をとめて、つらそうな目でお島を見た。

「役所の連中に気づかれたようだ」

「何をですか」

「わしとお前の仲さ」

「でも……、何がいけないんですか。旦那さまに奥さまがいるわけでもないし、誰に迷惑をかけるでもないし――」

お島が反駁《はんばく》した。めずらしく声が尖《とが》っている。

「それとも、あたしが女郎上がりの女だから?」

「い、いや、それは関わりない」

都築はあわてて否定した。

「土御門家には厳しい家法や役所作法というのがあってな。役付きの陰陽師は妾《めかけ》を持つことを禁じられているのだ」

これは一面事実であり、一面嘘だった。土御門家に厳しい家法があるのは事実だが、それに定められているのは、修験者《しゅげんじゃ》や神職など、ほかの祈禱宗教家を兼職しないこと、必ず職札(免許状)を受けること、決められた貢納料を本所(土御門家)に遅滞なくおさめることなどであり、妾を持つことを禁じた条目はどこにもなかった。本音をいえば、やはりお島の過去に問題があったのである。

お島は、野州足利在の極貧の百姓の三女として生まれ、十五のときに深川の岡場所に売られてきた女である。

深川には、俗に「深川七場所」とよばれる七か所の岡場所があり、幕府公認の吉原遊廓をはるかにしのぐほど隆盛していた。

お島が売られた先は、深川七場所の一つ、土橋の『扇屋』という「伏玉《ふせだま》」専門の見世であった。この呼び名は深川独特のもので、見世で客をとる女郎を伏玉、茶屋に呼び出されて客の相手をする女郎を呼出《よびだし》といい、伏玉より呼出のほうが格が上とされていた。都築がはじめて『扇屋』に上がったのは、昨年の秋ごろだった。酒の勢いを借りてふらりと足を踏み入れたのである。

そこでお島と出会った。

初見の客、それも親子ほど歳の離れた初老の男である。安女郎とはいえ、たいていの女は露骨に嫌な顔をするものだが……、お島はちがった。老いて精気のおとろえた都築のものを、いたわるようにやさしく、そして根気よく愛撫してくれた。

何年ぶりかで、都築は欲情を放出した。夢のような一瞬だった。放出の快感そのものより、忘れかけていた男がよみがえったことに峻烈《しゅんれつ》な感動を覚えた。

その夜以来、都築は足しげく『扇屋』に通うようになった。お島の肉体に惑溺《わくでき》したのではない。年甲斐《としがい》もなく惚《ほ》れたのである。心底惚れた。

――この女をほかの客に抱かせたくない……。

お島に会うたびに嫉妬《しっと》で胸がきりきりと締めつけられる。

『扇屋』のあるじに五十両の金を叩きつけてお島を身請けしたのは、それから半月後だった。浜町河岸の難波町に家を借りてやり、月々の手当ても渡してきた。身請け金をふくめ、この一年で使った金はざっと計算して百両になる。

――問題はその金だ。

お島との関係が発覚すれば、当然その金の出所が追及される。都築は何よりもそれを恐れているのである。

「しばらく会わぬほうがいいな」

「……………」

お島は無言で食事の後片付けをしている。

「今月の費《ついえ》だ」

畳の上に一両の金子をおいて立ち上がると、ふいにお島が都築の背中にとりすがり、

「いいんですよ、面倒になったら、いつ別れてくれても――」

「お前と別れるぐらいなら、わしは役所をやめる」

「旦那さま……」

お島が前にまわり込んで、膝をついた。

「もうしばらく……、ここにいてください」

「そうもいかんのだ。役所の目がうるさいのでな」

「でも……、しばらく会えなくなるんですから、せめて今日だけでも――」

ひざまずいたまま、上目づかいに都築の顔を見上げ、袴を引きおろして下帯の紐《ひも》を解き、しなやかな指で都築のものをつまみ出した。都築は黙って見下ろしている。お島がそれを

口にふくんだ。

「あたしにできるのは、こんなことしか……」

都築は崩れるように膝を折って、股間に顔をうずめるお島の頭をやさしく抱えこんだ。

5

棒手振《ぼてふ》りの留吉に案内されて、平八郎は浅草蔵前に向かっていた。

わずかな蓄えがいよいよ底をつき、背に腹は代えられぬとばかり、札差《ふださし》『上総屋』の蔵番を引き受けることにしたのである。

聞けば、徹夜の張番をして一日の日当は八百文だという。用心棒の日当よりはるかに安い賃金だが、腕のいい大工の日収（四百文）の倍の稼ぎになる。当座しのぎとしては、そう悪い話ではなかった。

『上総屋』の米蔵は、浅草御蔵河岸の北はずれにあった。なまこ壁の蔵が四棟、向かい合って立っている。その真ん中あたりに、土蔵造りの小さな家があった。それが蔵法師《くらほうし》（蔵の管理人）の家である。

「先生、お連れしやしたよ」

留吉が妻戸を引きあけて、平八郎を中にうながした。広い土間の奥に六畳ほどの畳部屋があり、文机《ふづくえ》の前で小柄な老人が帳簿に目を通していた。年は六十七、八だろうか。白髪《しらが》の総髪に小さな髷《まげ》をのせている。平八郎が想像していた蔵法師とはまったく印象を異にした、町儒者のような老人だった。

「ま、お上がりくだされ」

老人がしわのように細い目をさらに細めて、平八郎を畳部屋に招き入れた。

「わしは室《むろ》と申す。名は鳩巣《きゅうそう》。見たとおりの老《お》い鳩《ばと》じゃ。はっははは」

老人はそういって無邪気に笑った。

幕府の儒員・室鳩巣である。昨年（享保十年）十二月、将軍吉宗の世子・家重《いえしげ》付きの奥儒者という閑職にまわされた鳩巣は、蔵法師の株を買って城勤めのかたわら副業に精を出していたのである。

「わしにとっては打ってつけの仕事でな。暇をみてはここで物書きをしておる」

「物書きと申しますと？」

「なに、日々徒然《つれづれ》のことを書き留めておくだけのことじゃよ」

室鳩巣の自宅は、駿河台の勧学坂にある。その地名にちなんで『駿台雑話《すんだいざつわ》』と題した随筆を執筆しているのである。主題は仁・義・礼・智・信の五項目だが、中身はそれほど堅いものではなく、

ない随筆である。

と、鳩巣自身がいうように、諺《ことわざ》や俗説を仮名まじりの平易な文体でつづった肩のこら

「誰が見候ても面白きもの」

「じゃ、一つよろしく」

留吉がぺこんと頭を下げて、立ち上がった。

「おう、ご苦労じゃった」

留吉が出ていくと、平八郎は居ずまいを正して鳩巣に向き直り、

「で、わたしの仕事というのは？」

「ちかごろ、このあたりに米泥棒が出没するようになってのう」

「夜番ですか」

「いや、夜番はほかの者に頼んだ。そこもとには昼間の見張りを頼みたいのだが……」

「昼間も出るんですか、米泥棒」

「人足にまぎれ込んでな。米俵をやぶって二升三升とかすめとっていく不届き者がおるのじゃ」

苦笑しながら、鳩巣は火鉢の鉄瓶の湯をついで茶をいれた。そこへ、がらりと戸が開いて、町方同心が岡っ引を従えて入ってきた。

「何か？」

鳩巣がけげんな目を向けると、

「このあたりに『津山』と申す浪人者はおらんか」

居丈高な感じで同心がいった。

（津山！）

一瞬、平八郎の耳がぴくんと動いた。

「さて、聞かぬ名じゃのう」

鳩巣が首をふると、岡っ引がふところから人相書きを取り出して、

「この顔に見おぼえはねえかい？」

と訊いた。鳩巣は「さあ……」とそっけなく首をふるばかりである。

「おぬしはどうだ？」

同心が平八郎にぎらりと目をむけた。

「拙者は刀弥《とね》と申す」

「名を聞いているのではない。この浪人者に見おぼえはないかと聞いているのだ」

「知らぬ」

「もし見かけたら、すぐに番屋に届けるんだぞ」

高飛車にいって、同心と岡っ引はそそくさと出ていった。

「埒《らち》もない……」

鳩巣がしわ面に冷笑を泛かべ、

「何を仕出かしたかわからんが……、江戸には何千、いや何万という浪人者がおる。その中から一人の男を探し出すのは至難のわざじゃ。そもそもこれだけ巷《ちまた》に浪人があふれているということは……」

鳩巣は大の話好きである。そして驚くほど博識である。

「ご政道が悪い」

ずばり、いい切った。

この国はいま、未曾有《みぞう》の大不況に見舞われている。吉宗の節倹政治が裏目に出たことは誰の目にも明らかだった。吉宗を八代将軍の座にすえた天英院（六代将軍家宣の未亡人）の実父・近衛基熙《このえもとひろ》でさえ、

「ただ倹約の外他事なく、幡本《はたもと》輩《やから》困窮恨みをふくむ」

と、吉宗の失政を嘆いている。

幕府の財政はもとより、諸藩の藩庫も窮乏の一途をたどり、禄を失い、職にあぶれた浪人たちが不況風に追いたてられ、諸国から江戸にぞくぞくと流れ込んでいた。

そうした失業浪人を生み出した元凶は、ほかならぬ徳川幕府自身である。儒学者・荻生《おぎゅう》徂徠《そらい》が「武士の鉢植え」と諧謔《かいぎゃく》的な比喩《ひゆ》をもって幕府の大名政策を批判したように、始祖家康から三代家光までのわずか五十年の間に、いわれなき非違を仮借なく爬羅《はら》剔抉《てっけつ》され、

あるいは世嗣《よつぎ》断絶という不条理な理由によって改易された大名家は、家数にして二百七十家、石高にして八百七十五万石にのぼり、このために生じた牢人《ろうにん》（浪人）の数は四十万ないし五十万ともいわれている。

「武士の鉢植え」が行われたのは、徳川政権の初期だけではない。ほんの二十数年前の元禄年間、五代将軍綱吉の治世下で、除封または減封された件数は四十六件にのぼり、石高も百六十万石におよぶ。

膨大な失業浪人に対して、幕府がこのまま無為無策をつづければ、いずれまた由比正雪《ゆいしょうせつ》の慶安の変、あるいは別木《べつぎ》庄左衛門の承応事件のごとき大乱が出来《しゅったい》するであろう。最後にそういって鳩巣は話をしめくくった。

――大乱。

その言葉がぐさりと平八郎の胸に突き刺さった。

まさに今、徳次郎たちがそれを起こそうとしている。徳川御三家の一つ、紀州宗直の暗殺計画は、その成否にかかわらず、吉宗政権の足もとを揺さぶる大乱になるであろう。

だが、誰にもそれを止めることはできぬ。

――この国は何かがおかしい。何かが狂っている……。

鳩巣の話に耳をかたむけながら、平八郎は肚《はら》の底で暗澹《あんたん》とつぶやいていた。

第四章　赤い雪

1

月が変わって、霜月（十一月）。

今朝は急激に冷えこんで、表に放置しておいた手桶《おけ》の水に薄氷《うすらい》が張っていた。初氷である。

日一日と寒さがつのるにつれて、『舟徳』の客足もしだいに遠のいていき、この日も二組の釣客がきただけで、暮七ツ（午後四時）ごろには、ぱったりと客足が途絶えた。

小座敷に座りこんで、ぼんやりと火鉢の灰をかき回しているお袖の肩を、背後から徳次郎がポンと叩いて、

「今日は早じまいにしよう」

「え、もう閉めるんですか」

「こう寒くちゃ、いくら待っても客は来ねえ。帰ってもいいいぜ」

「はい」

と申しわけなさそうな顔でうなずきつつ、お袖はそわそわと帰り支度をはじめた。

「じゃ、お先に」

「ご苦労さん」

お袖が出ていくのを待っていたかのように、奥の舟子溜《だ》まりから、船頭の伝蔵と三次がのっそりと姿をあらわした。徳次郎は無言でふたりを奥にうながした。

舟子溜まりの奥に納戸部屋がある。分厚い板戸を引きあけて中へ入ると、そこは三坪ほどの土間になっており、味噌や醤油《しょうゆ》、酒の樽《たる》などがおいてあった。

その樽の一つを、どうやらこれは中が空らしく、徳次郎はひとりで軽々と押しのけた。樽の下には方二尺ほどの杉板の木蓋《きぶた》があり、その蓋を引き上げると、ぽっかりと空間があらわれた。地下室の出入口である。

以前は、もやい綱や船具の収蔵に使っていたのだろう。部屋というより、室《むろ》といった感じの狭い空間だったが、二昼夜かけて内部を掘り広げ、壁や床を板張りにして、宇之吉の仕事場にしたのである。

梯子《はしご》を伝って地下におりると、宇之吉は燭台《しょくだい》の仄《ほの》暗い灯りの下で、例の図面を見ながら黙々と仕事をしていた。町方の探索から逃れるために頭を丸坊主に剃《そ》りあげ、あごに黒々と髯《ひげ》をたくわえている。別人と見まごうばかりの変貌《へんぼう》ぶりである。

「どんな案配だい?」

徳次郎が声をかけると、宇之吉は作業の手をとめてゆっくり振りむき、

「何とか二挺《ちょう》分は……」

と、かたわらに並んだおびただしい数の部品に目をやった。火皿、火蓋、機巧、照星・照門などのこまごまとした部品である。それらの鉄材は、徳次郎たちが手分けして、あちこちの鋳物屋や鍛冶屋から買い込んできたものである。

「あとは、こいつを仕上げるだけです」

宇之吉が銃身を差し出した。

銃身は、芯金《しんがね》とよばれる鉄の棒に、幅三センチほどのリボン状の鉄板を螺旋《らせん》に巻きつけ、これを火にかけて鍛練し、表面をヤスリで削って形をととのえたもので、最後に芯金を抜いて、筒の中を錐《きり》で研磨すれば完成である。宇之吉はその最後の工程にとりかかっていた。

「とりあえず、弾丸も五十発ほど作っておきやしたよ」

木箱を差し出した。箱の中には鉛の丸玉と火縄、弾薬などがびっしり詰まっている。火縄は竹皮の繊維をより合わせて作ったもので、木綿や檜《ひのき》の甘皮などより火移りがよいとされている。弾薬は、徳次郎たちが花火職人から手に入れてきた硝石、硫黄《いおう》、柳木炭を混合したものである。

「見事なもんだ……」

銃身を手にとって、徳次郎が感服するようにまじまじと見た。

「この銃があれば鬼に金棒ですぜ。あっしが一発で仕留めてみせやすよ」

伝蔵がにやりと笑った。伊予西条藩に在藩していたころ、鉄炮の名手とうたわれた男である。一丁（百九米）の距離から直径二寸の黒丸の標的を撃つ、いわゆる「丁撃《ちょうう》ち」で、五十発中四十八発を命中させたという記録も持っている。

「めしの支度ができやした」

頭上から低い声が降ってきた。板前の吉兵衛の声である。

「宇之さん、一服つけねえかい」

「へえ」

四人は梯子を登って階上にあがった。

舟子溜まりの囲炉裏の火にかけた鍋がぐつぐつと煮立っている。味噌仕立ての煮込みうどんである。吉兵衛が丼《どんぶり》によそってそれぞれに手わたすと、四人は物もいわず黙々とうどんをすすりはじめた。冷えきった躰《からだ》に、熱いうどんは何よりの馳走《ちそう》である。

「そろそろ場所を決めておかなきゃならねえな」

うどんをすすりながら、徳次郎が三人の顔を見回した。狙撃《そげき》場所のことである。

これまでの調べで、紀州宗直の登城下城の駕籠《かご》が、喰違見附《くいちがいみつけ》から紀尾井坂《きおいざか》・麴町《こうじまち》を経由して半蔵門にいたることはわかっていた。

この道すじで狙《ねら》える場所があるとすれば、紀尾井坂である。坂の両側は鬱蒼《うっそう》とした木立になっており、身を隠すには絶好の場所だった。はるか時代は下るが、明治十一年（一八七八）、時の内務卿・大久保利通が六人の暗殺者に襲われて非業の死を遂げたのも、この坂である。

問題は、紀尾井坂のどこで待ち伏せるか。

その場所が決まっていなかった。

「今夜、あっしが最後の下見をして決めてきやすよ」

四人の中で最年少の三次がいった。西条藩に在藩時代、検地方をつとめていた三次にとって、地取りや測量はお手のものである。

「よし、それはおめえに任せよう」

徳次郎がうなずいた。伝蔵も吉兵衛も異論はない。頼むぜ、といいたげに強くうなずいた。


暮七ツ半（午後五時）。

あたりはすっかり宵闇《よいやみ》につつまれている。

頬かぶりに半纏《はんてん》・股引《ももひ》き姿の三次が猪牙舟《ちょきぶね》に乗り込んで、ひっそりと舟を押し出した。

冬のこの時刻、行き交う舟はほとんどいない。漆黒の闇に塗りこめられた神田川の川面を、猪牙舟はゆっくり遡行《そこう》していく。

昌平橋《しょうへいばし》・水道橋・牛込橋を経由し、四谷御門をすぎたあたりで舟を左岸につけた。

土手の上は尾張藩の中屋敷である。長大な築地塀に沿って南にしばらくいくと、喰違見附にでる。

喰違見附は、いわゆる枡形《ますがた》御門ではない。石垣が左右から突き出ていて、乱杭歯《らんぐいば》のようになっているところからその名がついたという。寛永以来、この周辺に紀州家と尾張家の本邸や中屋敷がおかれたので、両家の往来のために造られたのが、この見附である。したがって構築された当初から門扉はなく、大名旗本の警備もなかった。

紀尾井坂は喰違見附の東にある。道幅はおよそ五間（約九米）、坂道をはさんで南側に紀州家の中屋敷と井伊家（彦根藩）の屋敷、北側に尾張家の中屋敷があり、この三家の一字をとって紀尾井坂の名がついた。

勾配の急な坂道をゆっくり下りながら、三次は四辺に鋭い目をくばった。坂の左右は雑木の疎林で、その奥に紀州・尾張の中屋敷の築地塀が見える。

坂の中腹で足をとめた。

右手――つまり紀州家の中屋敷側に、杉の大木が三本立っている。三次は熊笹《くまざさ》をかき分けて斜面を駆けのぼり、老杉の樹幹に手をまわして太さを測った。ちょうど人ひとりが隠れるほどの太さである。

射撃角度といい、距離といい、恰好《かっこう》の場所だった。ここから下城の宗直の駕籠をねらい撃てば確実に仕留めることができるだろう。

坂下の清水谷から坂の中腹までは、およそ二丁半、急坂を登ってきた陸尺《ろくしゃく》や供侍たちの息も上がる。そこをねらい撃ち、すぐさま逃げれば、脚力の落ちた供侍の追尾をかわすことは造作もあるまい。

三次は、ふところから紙と矢立てを取り出し、胴火《どうび》（携帯用の火種）の小さな明かりで見取り図を描き、さらにその位置から、歩測で坂道の中央までの距離を測った。

と、突然、闇を切り裂くように一条の光芒《こうぼう》が奔《はし》り、ふり向いた三次の顔をするどく照射した。同時に、

「そこで何をしておる！」

野太い声が飛んできた。三人の侍が龕燈《がんとう》提灯《ちょうちん》を持って、坂道を駆け登ってくる。三次はすばやく見取り図をふところにねじ込み、身をひるがえした。

「待て！」

「曲者ッ！」

声が追ってくる。数間走ったところで、三次は思わず足を止めた。坂の上から三つの人影が駆け下りてくる。これも龕燈を持った侍たちである。

「ち、畜生」

背後に隠し持った匕首《あいくち》を抜きはなって、身構えた。

三次にとって不運だったのは、たまたまこの夜、紀州六代藩主・宗直が側室の病気見舞いに中屋敷に出向いていたことだった。龕燈を持った侍たちは、宗直の帰邸に先立って屋敷周辺の見回りをしていた紀州藩の徒士目付《かちめつけ》だったのである。

龕燈の明かりが坂の上と下から迫ってくる。三次は匕首をふりかざして、下から駆け登ってくる三人に猛然と突進した。

「どきやがれ！」

遮二無二匕首をふりまわして突っ込んだ。捨て身で血路をひらく覚悟である。

次の刹那《せつな》、ずばっと抜きつけの一閃《いっせん》が飛んできた。三次の躰が大きくのけぞる。間髪をいれず、べつの侍が袈裟《けさ》がけに斬りおろした。半纏が肩から胸にかけて切り裂かれ、血しぶきが飛び散った。

さらにもう一人が、とどめのひと突きを脾腹《ひばら》にぶち込むと、たまらず三次は前のめりに崩れおちた。龕燈の明かりが倒れている三次に照射された。頸《けい》動脈が切り裂かれている。ほとんど即死だった。

「職人か……」

「それにしては挙動が怪しい。ただの職人ではあるまい」

ひとりが、かがみ込んで三次のふところをまさぐり、くしゃくしゃに丸めた見取り図をつかみ出して披《ひら》いた。

「紀尾井坂の見取り図だ。三本杉が描きこまれているぞ」

六人の侍の顔に緊張が奔った。ひとりがやおら三次の頬かぶりを引き剝《は》ぎ、

「明かりを」

龕燈を持っている侍に命じた。二筋の光が三次の顔を明々と照らし出した。

「面ずれがあるぞ」

「こやつ、侍か！」

「ほかに素性を明かすようなものはないか」

「ある」

剝ぎとった頬かぶりの手拭《てぬぐ》いをぱっと広げた。紺地に白で『舟徳』の屋号が染め抜いてある。これが三次のたった一つの、そして最大の手抜かりだった。

2

平八郎は人影の絶えた森田町の路地を歩いていた。蔵番の帰りである。

蔵番の仕事は、朝五ツから暮六ツまでの五刻（十時間）の約束だったが、この日は一刻半（三時間）も帰りが遅くなった。室鳩巣の長話の相手をさせられたからである。

話は、政治談義にはじまり、鳩巣個人の生い立ちや交友譚《たん》、そして京に遊学していた時代の見聞談にいたるまで、とどまるところを知らなかった。しかも、これがめっぽう面白く、ついつい聞き入ってしまうのである。

中でも興味深かったのは、鳩巣の刎頸《ふんけい》の友ともいうべき儒学者・新井白石《あらいはくせき》の晩年の話だった。

新井白石は、六代将軍家宣の寵任《ちょうにん》をうけ、側用人の間部詮房《まなべあきふさ》とともに、いわゆる「正徳の治」の立役者となった人物である。

頑固一徹な政治手腕から「灸《きゅう》のごとき存在」ともいわれ、また幕府内部では「鬼」と仇《あだ》名《な》されて恐れられた存在だったが、享保元年、八代将軍吉宗によって職を追われ、昨年（享保十年）五月十九日、失意のうちにこの世を去った。享年六十九。この時代としてはかなりの長命である。

「白石どのの晩年は、孤独で寂しいものじゃった……」

鳩巣の話によると、晩年の白石の関心事は、もっぱら娘たちの縁談であったという。

生前、白石はこんな長文の手紙を鳩巣に送っている。

「わたしの娘のこと、さてさて不幸なものと哀れに存じます。そのゆえは、御先代様（六代家宣）が御在世のうちは、もらいたいという人びともありましたが、当節の流行りと申しましょうか、みやげものとか申すことばかり媒酌の者がいうておりました」

と愚痴にはじまり、

「適当な相手と思っておりましても、わたしの名前がわかると一族が賛成しないとかで、もはや三、四人も断ってきたようなありさまです」

と娘に良縁が得られぬ苦衷を語り、

「わたしには御先代様の御恩で千石もいただいておりましたが、ただいま自分が不幸であるから、困って、これを五百石の身分の人に片付けたならば、いかに娘とはいっても、心のうちではさぞ悔しい思いをすることでしょう」

過去の栄光、現在の苦境、そして世上一般の父親と少しも変わらぬ娘への情愛を切々と吐露していたという。

「上様（吉宗）も罪なことをなさったものじゃ」

ぼそりとつぶやいた鳩巣の一言には、不遇の晩年を送った白石への哀惜の想いと、将軍吉宗に対する怨嗟《えんさ》の念がこめられていた。

「白石どのの胸中察するにあまりある」

その白石が、じつは妖刀『天一《あまくに》』をめぐる暗闘の、そもそもの元凶であることを鳩巣は知らなかった。

六代将軍家宣が、死の枕辺に書きのこした「八代将軍の座は尾張殿に委譲する」との遺言状を、政権延命のために黙殺したのは、誰あろう新井白石なのである。

そしてその遺言状は、家宣の臨終に立ち合った典薬頭《てんやくのかみ》・片倉宗哲《そうてつ》から公儀隠密「締戸番《しめとばん》」風間新右衛門の手にわたり、紀州藩祖・頼宣伝来の名刀『天一』に匿されて、ひそかに闇に消えたのである。

それにしても……。

幕吏たちから鬼と呼ばれ、蛇蝎《だかつ》のごとく嫌われた新井白石が、ただひたすら娘の縁談に心を砕いて晩年を過ごしていたという鳩巣の話は、平八郎を少なからず感動させた。

（白石どのも、人の親であったか……）

卒然と平八郎の脳裏に、非業の死をとげた父・平左衛門の面影がよぎった。

謹厳実直、古武士然とした厳格な男だったが、家では母を愛し、息子の平八郎をこよなく愛する、心やさしい父親であった。生きていれば今年で五十二歳になる。ちょうど『舟徳』の徳次郎と同じ年頃であった。

――徳次郎。

その名が頭をかすめた瞬間だった。

「だ、旦那ァ！」

突然、闇をついて、留吉が転がるように駆けつけてきた。

「留吉……、どうした？」

「た、大変です！　ふ、舟徳に……」

急き込むようにいった。

「ま、町方の手が回りやした！」

「なにッ」

平八郎は走った。何も考えずに、ただひたすら走った。霧がかかったように頭の中は真っ白だった。息がきれる。心の臓が破裂しそうに高鳴っている。それでも走りつづけた。あとを追ってきた留吉の姿がいつの間にか消えていた。

柳橋に出た。

次の刹那、平八郎はぶちのめされたような衝撃を受けて立ちすくんだ。

「なんだ、あれは！」

思わず声に出して叫んだ。

闇のかなたに無数の小さな灯が揺曳《ようえい》している。よく見ると、一つひとつの灯が群れ集まって光の帯になっている。しかも、その光の帯は、うねうねと蛇行しながら、十重二十重に『舟徳』を包囲しはじめていた。

御用提灯の灯である。

神田川の川面にも、まるで夏の納涼風景を彷彿《ほうふつ》させるように、明かりを灯した船が数十艘《そう》、川面を埋めつくさんばかりにびっしりと浮いている。船上に掲げられた高張《たかは》り提灯や船印に、遠目にもくっきりと「剱違輪《けんちがいわ》」の定紋が見てとれた。南町奉行・大岡越前守の紋所である。

平八郎の思考は完全に停止していた。

——どういうことだ……？

目の前で起きている事態がまったく理解できなかった。

ゆっくり土手道を歩き出した。どこへ行こうとしているのか自分でもわからない。無意識裡《り》に足が勝手に動いていた。そのかたわらを、

「捕り物だ、捕り物だ！」

大声でわめきながら、野次馬が駆けぬけていく。

土手の上は、すでに黒山の人だかりだった。六尺棒を持った小者たちが必死に野次馬の群れを押し返している。

人波にもまれながら、平八郎はうつろな目で数丁先の闇を見た。『舟徳』の灯は消えている。屋内に徳次郎たちはいるのだろうか。

トントントン……。

段梯子を上ってくる足音がひびき、からりと襖《ふすま》が開いた。

「仕上がりやしたよ」

闇の中で宇之吉の声がした。明かりを消した『舟徳』の二階座敷である。

窓際に躰を張りつけ、表の様子をうかがっていた徳次郎がゆっくりふり返った。宇之吉が仕上がった鉄炮二挺と弾薬の詰まった木箱を、ずんと畳の上においた。

「すまねえな、宇之さん」

徳次郎が、申しわけなさそうな顔で、頭を下げた。

「お前さんまでこんなことに巻き込んじまって……」

「なあに、気にしねえでおくんなさい。この銃はあっしの一世一代の仕事、国友の鉄炮鍛冶にも負けねえだけの自信がありやす。最後にこいつの威力を見届けられるだけでも、職人冥利《みょうり》につきるってもんでさ」

そういうと、宇之吉は手さぐりで盒薬《ごうやく》(黒色火薬を強い酒で練り、乾燥させて切ったもの)を銃口に押しこみ、槊杖《かるか》で銃腔内底につよく突き固め、鉛の弾丸を詰めた。あとは火皿に口薬(起爆薬)を盛れば、いつでも発射できる状態である。

階下で戸締めをしていた伝蔵と吉兵衛が水を入れた手桶を持って入ってきた。

「宇之さんが銃を仕上げてくれたぜ」

徳次郎が伝蔵に銃を手渡す。受け取って、伝蔵は東側の窓にひらりと張りついた。

徳次郎も銃を持って、西側の窓ぎわに身をよせ、障子窓をわずかに開けて、表の様子をうかがった。

『舟徳』を取り巻いていた十重二十重の光の帯が、じわじわと包囲網を縮めている。

「それにしても大した数だな」

徳次郎が苦笑を泛《う》かべた。

「町方だけじゃねえでしょう」

吉兵衛がいった。

「公儀の先手組《さきてぐみ》も駆り出されてるにちがいねえ」

先手組とは、平常は江戸城の五門（蓮池《はすいけ》・平川口・梅林坂・紅葉山下・坂下）を警衛する役目で、戦時には将軍の先陣をつとめる戦闘員である。したがって武勇の者たちがこの役に選ばれた。設立当初は三十四組あったが、のちに弓組八組、鉄炮組二十組となり、その配下に与力・同心・組衆がいる。

3

「さて、始めるか」

徳次郎が行燈《あんどん》に灯をいれ、外に明かりが漏れないように行燈の笠に半纏《はんてん》をかぶせた。ぽっとほの暗い明かりが部屋に散る。

「じゃ、こいつを……」

宇之吉が徳次郎と伝蔵に火縄を手わたす。受けとった火縄を首に巻きつけ、行燈の灯で火縄の先端に点火すると、二人はそれぞれの位置についた。

「伝蔵」

「へい」

「まずは先頭の御用提灯を狙え」

「承知」

点火した火縄を銃の火縄挟みに取り付け、障子窓の隙間《すきま》から銃口を突き出す。光の帯がうねうねと蛇行しながら、包囲の輪を縮めている。伝蔵の銃の目当（照準）が、光の帯の先頭の灯りにぴたりと定められた。引き金をひく。

ダーン！

銃口が轟然《ごうぜん》と火を噴いた。

御用提灯がバシッとはじけて、小さな火花が飛び散り、その一閃の光の中に、ぐらりと崩れ落ちる人影がはっきり目睹《もくと》できた。

「こいつはすげえ」

伝蔵が素《す》っ頓狂《とんきよう》な声をあげた。射程距離・命中精度、威力、いずれも国友銃には引けをとらない出来である。

つづいて徳次郎の銃が轟音を発した。御用提灯がはじけ飛んで、捕方の陣頭に立っていた同心がのけぞるのが見えた。不意の銃撃に肝を飛ばしたのだろう。捕方の群れから地鳴りのようなどよめきがわき起こった。

「宇之さん、頼む」

徳次郎が、撃ち放った銃をぽんと宇之吉に投げわたした。

徳次郎の銃には宇之吉が、伝蔵の銃には吉兵衛が盒薬《ごうやく》と鉛玉を詰めこむ。火縄銃の弾薬の装塡《そうてん》速度はおよそ二十秒である。一分間に三ないし四発の発射が可能だったといわれているが、一人が撃ち、その間にもう一人が玉込めをすれば、装塡速度はさらに短縮される。織田信長が長篠《ながしの》の戦で武田軍の騎馬隊を打ち破ったのも、いわゆる「三段装塡法」による連続射撃であった。

ダーン！

徳次郎が撃つ。そのあいだに伝蔵の銃に弾薬を詰め、伝蔵が撃つあいだに徳次郎の銃に玉をこめる。切れ目のない連続射撃である。

部屋中に硝煙が充満している。

銃身が焼ける。濡《ぬ》れ手拭いで焼けた銃身を冷やして撃つ。銃身が焼けると弾薬を込めたときに銃腔の熱で暴発する恐れがあるからだ。これは戦国時代の話だが、水のない戦場で射撃戦になったとき、撃ち手は小便をかけて銃身を冷やしたという。

『舟徳』を包囲していた光の帯が散りぢりに潰乱《かいらん》しはじめた。潮がひくように遠ざかっていく。

「捕方が散っていくぞ」

ふり向いて、徳次郎がにやりと笑った。

無数の御用提灯の灯が『舟徳』を遠巻きにして、きらきらときらめいている。さながら暗黒の海に揺曳する漁火《いさりび》のようだ。

静穏な闇が四辺を領している。

しかし、それが束の間の静穏であることを、徳次郎たちは悟っていた。一時《いっとき》、捕方の大群を押し返したところで、ここから脱出できる方策は何もない。神田川も捕方を満載にした数十艘の船で埋めつくされている。文字どおり蟻《あり》の這《は》い出る隙もない、絶体絶命の死地に四人は立たされていた。

「宇之さん、弾丸《たま》はあといくつ残ってる?」

徳次郎が訊《き》いた。

「三十八発です」

「それを撃ち終わったら……いや、その前に――」

と言葉を切って、つらそうに三人の顔を見回した。

「今生《こんじょう》の名残に酒でも飲むか」

「へい。あっしが持ってきやす」

吉兵衛がすかさず立ち上がって部屋を出ていった。ほどなく徳利数本と漬物の小鉢を盆にのせてもどってきた。四人は無言で酒を酌み交わした。死出の酒宴である。

数瞬の沈黙のあと、

「源次郎どの」

伝蔵が改まって徳次郎に向き直り、

「このままでは死んでも死にきれぬ。たとえ一人でも生き永らえて、亡き殿のご無念を晴らさねば……」

声がうるんでいる。

「おぬしの気持ちはわかるが――」

徳次郎も侍言葉になっていた。

「ここから無事に脱け出せる手だては、もはやあるまい。これも天与の運命《さだめ》だ。そう思って覚悟を決めてくれ」

「ならば、いっそ腹を切って！」

「それはならぬ！」

徳次郎が強く首をふった。

「しかし」

「最後の最後まで闘いぬいて打ち果てる。それが殿のお命を護れなかったわしらのせめてもの……」

いいおわらぬうちに、

「親方！」

障子窓の隙間から表の様子をうかがっていた宇之吉が小声で呼んだ。とっさに徳次郎が窓ぎわに跳んだ。闇がざわざわと動いている。枯れ野に伏して匍匐《ほふく》前進してくる黒影の群れが見えた。その周辺に芥子《けし》つぶほどの赤い小さな火が点々と揺らめいている。

「鉄炮隊だ！」

赤い小さな火は火縄の火口《ほくち》であろう。見るまに一丁ほど先の闇に迫っていた。

宇之吉と吉兵衛が手早く銃に弾薬をつめて、徳次郎と伝蔵に投げわたす。

ダダーン！

二発の銃声が同時にひびいた。それに呼応するかのように、闇の向こうで雷鳴のような銃撃音が轟《とどろ》き、川原の枯れ野一面に白煙がたゆたった。鉄炮隊がいっせいに撃ち返してきたのである。

「伏せろ！」

徳次郎が叫んだ。四人は反射的に畳の上に身を伏せた。

バリバリバリ……。

窓の障子が蜂《はち》の巣のように撃ちぬかれ、障子の桟が粉々に砕け散った。

烈しい銃弾の嵐はやむことを知らなかった。西と東の障子窓は木っ端微塵《こ ぱ み じん》に撃ち砕かれ、木枠だけが残された窓から、身を切るような川風がまともに吹きこんでくる。

徳次郎と宇之吉は西側の窓ぎわの壁に、伝蔵と吉兵衛は東側の壁に身をよせ、敵の銃撃の間合いを見計らって撃ち返した。

先手組の鉄炮隊は数組の編隊になっているらしく、一発撃てば、その何層倍もの銃弾が瞬時に撃ち返されてきた。東西の窓は、もはや原形をとどめていない。板庇《いたびさし》が撃ち砕かれ、欄干も吹き飛んだ。

「宇之さん、弾丸はあといくつだい？」

撃つ手をとめて、徳次郎が訊いた。

「十発です」

「十発か……、伝蔵、一休みしようぜ」

「へい」

二人は壁にもたれて、濡れ手拭いで焼けた銃身を冷やしはじめた。宇之吉が残り十発の弾丸を五発ずつに分けて、畳の上に並べている。これを撃ちおえたときに四人の命が尽きる。誰もがそう思いながら、畳の上に並べられた弾丸をうつろな目で数えていた。

「憶えてるか、伝蔵」

徳次郎が、硝煙で煤《すす》けた顔に、ふっと笑みを泛かべて話しかけた。

「殿のお供をして、石槌山《いしづちやま》で狩りをしたときのことだ」

「いまでも目に泛かびますよ。石槌山の裾野を愛馬で駆けめぐっていた殿のお姿が……」

伝蔵が目を細めて応えた。

石槌山は、伊予西条の南にある西日本の最高峰で、七世紀に役《えんの》行者《ぎょうじゃ》小角《おづぬ》によって開かれた山岳信仰の聖地である。もう二十数年前のことだが、松平頼雄《よりかつ》の供をして、石槌山の裾野でよく猪《しし》狩《が》りを楽しんだものである。

語り合いながら、三人は同じ光景を瞼《まぶた》の裏に想い描いていた。

「獲物の数では、いつもおぬしが一番だったな」

「はあ……」

「仕留めた猪を陣屋に持ち帰り、殿と一緒に囲炉裏をかこんで猪鍋《ししなべ》に舌鼓をうった。あの味が忘れられん」

「あのころから、吉兵衛は料理が得意だったな」

かたわらの吉兵衛を見やって、伝蔵が微笑を泛かべた。

「殿が食通であらせられたので、手前もそれなりに工夫をしたものです」

「陣屋の湧《わ》き水も旨《うま》かった。あれは日本一の名水だ……」

徳次郎が遠くを見るような目つきで、しみじみといった。

伊予西条は加茂川水系の豊富な伏流水が各所に湧き出る、美しい水の都でもある。

三人が遠い故郷の山河に想いを馳《は》せている間も、鉄炮組の銃撃の嵐はやまなかった。窓ぎわの羽目板が撃ちぬかれ、銃弾が雨あられのごとく部屋の中に飛びこんでくる。

「さて、そろそろ狩りを始めるとするか」

徳次郎が銃を構えた。

ダーン！

敵の銃撃の間隙をついて狙い撃ち、撃ってはすばやく壁に身を隠す。

伝蔵も撃つ。撃つたびに確実に敵を斃《たお》している。そして確実に残りの弾丸も減ってゆく。

一発一発が四人の命をきざむかのように……。

「最後の一発だ、食らえ！」

いきなり伝蔵が銃を構えて窓の前に飛び出した。

「伏せろ、伝蔵！」

徳次郎が叫ぶのと、一発の銃弾が伝蔵の胸板をつらぬくのとほとんど同時だった。血しぶきをあげて畳の上にころがった。

「又十郎どの！」

吉兵衛がとっさに伝蔵の躰を抱え起こして壁ぎわに引きずり込む。かすかだがまだ息はあった。

「しっかりしろ、伝蔵！」

「む、無念！」

それが最後の言葉だった。拍子ぬけするほど呆気《あっけ》なく、伝蔵はこと切れた。

「あっぱれな最期だ……」

徳次郎が感情を押し殺した低い声でそういうと、

「吉兵衛、酒を運んでくれ」

「へい」

銃弾をかいくぐって吉兵衛が盆を引きよせる。徳次郎は四つの猪口《ちょこ》に酒をつぎ、その一つを伝蔵の亡骸《なきがら》のかたわらに置いて、

「すぐわしらも行くからな」

高々と献杯し、一気に飲みほした。

吉兵衛と宇之吉も、無言で盃をかたむけた。そうしている間も銃弾は容赦なく撃ちこまれ、柱が砕け、襖がぶち抜かれ、壁が崩れ落ちていく。

ヒュルッ！

突然、真っ赤な火玉が三人の眼前をよぎり、部屋の奥の壁にストンと突き刺さった。

「火矢だ！」

吉兵衛が叫んだ。

先手組の弓隊が射込んだのである。立てつづけに数本の火矢が飛来して、板壁や柱に突き刺さり、めらめらと炎が燃え立った。三人は瞬時にこの闘いの結末を、そして自分たちの最期を悟った。

「火攻めか！」

「階下《した》に逃げるんだ！」

徳次郎が怒鳴った。廊下に飛び出した宇之吉が絶叫した。

「だ、だめだ！」

段梯子もすでに炎に包まれていた。下から猛烈な黒煙と火焔《かえん》が噴き上げてくる。

逃げ場を失った三人は、茫然《ぼうぜん》と部屋のすみに立ちつくした。

4

平八郎の全身の血が凍りついていた。

見ひらいた双眸《そうぼう》の奥に、紅蓮《ぐれん》の炎がめらめらと揺らいでいる。それは『舟徳』を包みこんだ猛火の投影であり、胸の底からたぎり立つ瞋恚《しんい》の炎でもあった。

燃えている。

舟徳が燃えている。

あの炎の中に徳次郎たちがいる。

（無残な……！）

心の中で叫んだ。どれほど大声を出して叫ぶよりも、それは強烈な叫びだった。

ゴオーッ。

轟音とともに火柱が噴きあがり、やがて身を揉《も》むように『舟徳』はゆっくり崩れ落ちていった。おびただしい火の粉が、冬の夜空を焦がさんばかりに舞い上がり、そして静かに舞い落ちてくる。さながら赤い雪だった。

しばらくの間、平八郎は惚《ほう》けたように見とれていた。心のどこかに奇妙な安堵《あんど》感があった。幻覚の世界にいるような気がしたからである。徳次郎の死が実感できなかった。

目に映るのは漆黒の闇に降りそそぐ無数の火の粉、赤い雪だけだった。徳次郎の魂魄《こんぱく》が、ひと粒ひと粒の赤い雪に昇華して、儚《はかな》げにきらめき、儚げに消えてゆく——それは絶望的に哀しく、美しい光景だった。

火事と聞いて血が騒ぐのは、江戸っ子の習性である。土手道をぞくぞくと野次馬が走ってくる。そうした人の流れと逆の方向に平八郎は歩いていた。何かに憑《つ》かれたように虚《うつ》ろな目であり、忘我の表情である。

「よう」

ふいに背後から声がかかった。ふり返ると、塗笠をかぶった六尺豊かな巨漢が、ふところ手のまま飄然《ひょうぜん》と歩み寄ってきた。

「また、妙なところで会ったのう」

星野藤馬である。

「おぬしも火事見物か」

平八郎が皮肉をこめていった。藤馬はまったく意に介さず、とぼけ顔で訊き返した。

「『舟徳』のあるじとは昵懇《じっこん》の仲だったそうだな」

「知ってるなら、訊くな」

突き放すようにいって二、三歩踏み出したところで、平八郎はハッと足を止めてふり返った。

「そうか、おぬし、知ってるんだな」

「何を」

「教えてくれ。『舟徳』の連中を町方に売ったのは誰なんだ!」

平八郎が嚙《か》みつくように詰問すると、

「しっ」

藤馬が口に指を当てて、すばやく四囲を見回し、

「大きな声を出すな」

と制して、

「川っ風に吹かれてすっかり冷えちまった。そのへんで一杯やりながらゆっくり話そう」

いかつい肩をゆすって土手の斜面を下りはじめた。平八郎もあとを追う。このとき、すれ違った侍の目がぎらりと光ったことに二人は気づかなかった。

神田川の土手下の道を、二人は南に向かって歩いていた。

「六ツ半（午後七時）ごろ、紀尾井坂でちょっとした事件があってな」

歩きながら、藤馬がぼそぼそと語りはじめた。

「紀州藩邸の徒士目付《かちめつけ》が、怪しげな男を見かけて斬り棄てたところ、その男のふところに紀尾井坂の見取り図が入っていたそうじゃ」

「見取り図？」

「紀尾井坂は、紀州藩主・宗直公が登城下城に使う道だからな。そやつが何を企んでいたか、考えるまでもあるまい」

（そうか）

四人の誰かが狙撃場所の下見に行ったに違いない。そこを紀州藩の徒士目付に見とがめられたのだろう。しかし、なぜその男が『舟徳』の者だとわかったのか。

平八郎の疑問を見抜いたように藤馬が話をつづける。

「そやつもとんだドジを踏んだものよのう。頬かぶりの手拭いに『舟徳』の屋号が染め抜いてあったそうじゃ」

まさか！

平八郎は息を飲んだ。徳次郎たちは八年の歳月をかけて亡君の復仇《ふっきゅう》を準備してきたのである。その悲願本懐がたった一本の手拭いで水泡に帰するとは……！

言葉がなかった。

しばらく無言の行歩《ぎょうぶ》がつづいた。

「藤馬……」

気を取り直すように平八郎が声をかけた。

「おぬし、どこでその情報を手に入れたのだ？」

「愚問だな」

「…………」

「紀尾井坂には尾張の中屋敷もある。あの近辺で騒ぎが起きれば、嫌でも耳に入る」

藤馬がにやりと笑った。

「わしのほうからも訊きたいことがある。『舟徳』のあるじは何を企んでおったのじゃ？」

「…………」

それには応えず、平八郎がふいに足を止めた。

「どうした？」

と、塗笠のふちを押し上げた藤馬の顔が、

「ん！」

一瞬、硬直した。行く手をふさぐように三つの黒影が立ちはだかっている。

「うしろにもいるぞ」

平八郎が低くいった。ふり向くと、背後にも三つの黒影が立っていた。平八郎の右手が刀の柄にかかった。

「お庭番か……」

「違うな」

藤馬が首をふるなり、

「わしらに何の用じゃ！」

野太い声を前方の黒影に投げつけた。

「うぬらも謀叛《むほん》人の一味か」

くぐもった陰気な声が返ってきた。

藤馬がつと平八郎のかたわらに躰を寄せ、耳もとでささやいた。

「紀州藩の徒士目付じゃ」

前後の黒影がじわじわと歩を詰めてくる。いずれも鳶茶色《とびちゃいろ》の羽織に同色の袴《はかま》を股立《ももだ》ちにした侍たちである。

「詮議《せんぎ》の筋がある。同道願おう」

ひとりが高圧的にいった。

「断る」

ぶっきら棒に藤馬が応えた。

「ならば、やむを得ぬ」

しゃっと鞘《さや》走《ばし》る音が奔った。藤馬と平八郎も抜いた。藤馬は背後の三人に向かい、平八郎は前方の三人に向かって右半身に構えた。

六人の侍がいっせいに地を蹴《け》った。

「おいとしぼうッ」

叫ぶなり、藤馬は斬り込んできた一人を刀ごと打ち返し、そのまま一刀両断に斬り倒した。尾張柳生「合撃《がっし》打ち」である。

「おいとしぼうッ」

藤馬がふたたび大音声を発した。この奇妙な掛け声は「おいたわしや」の肥後訛《なま》りで、斬った相手を供養するために、必ずそう声を掛けることにしているという。

一方、平八郎は車《しゃ》の構えから、目にも止まらぬ回転技でひとりを斬り伏せ、さらに逆回りに躰を回転させて、まろばしの一閃を放った。

ずばっ。胴を断ち斬られた侍と、頸《くび》を裂かれた侍が、躰を交差させるようにゆっくりと地面に倒れ伏した。

「おいとしぼうッ」

また藤馬の掛け声がひびいた。ふり返って見ると、すでにふたりが血まみれで転がっており、最後のひとりが頭蓋《ずがい》を叩き割られて、今にも倒れそうによろめいていた。その侍が倒れるのを待たずに、鏘然《しょうぜん》と鍔《つば》音を鳴らして、藤馬は刀を鞘におさめていた。

5

半刻（一時間）後——。

日本橋横山町の藤馬の家で、二人は酒を酌み交わしていた。

小萩の姿はなかった。市谷の尾張藩上屋敷にもどったのだろう。先日着ていた韓紅《からくれない》の着物が部屋のすみの衣桁《いこう》にひっそりとかかっている。

平八郎は盃を口に運びながら、徳次郎から聞かされた八年前のいきさつを一部始終打ち明けた。

「そうか」

藤馬が深々と首肯《しゅこう》した。

「松平頼雄《よりかつ》公が何者かに暗殺されたという話は聞いておったが……、そうか、その時の生き残りが『舟徳』の連中だったか」

「頼雄公を暗殺したのは、吉宗公が差し向けた紀州隠密だと徳次郎はいっていた」

「間違いあるまい。邪魔者は片っぱしから消していくのが奴らの流儀だからのう」

「今夜の一件で、ようやくわかった」

「何が？」

「吉宗公が天下を簒奪《さんだつ》したということだ」

「平八郎」

藤馬が酒をついだ。常になく声に真率なひびきがこもっている。

「しょせん権力というのは簒奪するものなんじゃ。それは今も昔も変わらんし、これからも変わらぬ。武力で奪うもよし、知謀智略を駆使して奪うもよし。その結果、負けた者は勝者に従い、勝った者は敗者をその麾下《きか》におく。そうした理合《りあい》があってこそ、力の均衡が保たれ、世の中は静穏に治まるのじゃ」

めずらしく饒舌《じょうぜつ》である。

「だが、吉宗はどうだ？　朱毒（水銀）を用いて実の父・光貞公と二人の兄君を弑《しい》し、尾張四代藩主・吉通公とその世子・五郎太君を闇に屠《ほふ》り、さらには従兄弟《いとこ》の松平頼雄公をも暗殺した。これは天下獲りの理合にはずれる。人の道にもとる。外道のやり方じゃ」

藤馬の言を藉《か》りるまでもなく、吉宗の周辺で不審な死が相次いだことは儼然《げんぜん》たる事実である。しかし、それを吉宗、あるいは吉宗の側近（巨勢《こせ》一族）による謀殺だったと断定するだけの確かな証拠は何もないし、また、なくて当然なのである。歴史の暗部が権力者によって改竄《かいざん》、もしくは抹消されてきたからである。

歴史哲学では、偶然を必然の積み重ねだと定義している。史料の端々に垣間見られる小さな事実＝必然を一つひとつ丹念に拾いあげていくと、権力者によって抹消された歴史の暗部が、あぶり絵のように浮き出てくることがある。

吉宗の座右の書といわれる『大君言行録』には、こんな一節がある。

「国主の身にては、一門兄弟の方にても、むざと料理を食し湯茶を飲むべからず。兄弟の中にて毒を飼う事あり。必々、其《そ》の用心第一なり。兄弟と母別なれば（異母兄弟）、たとえ弟は兄に毒害の心なけれども、弟の母のせいにて毒害する事あり。朝晩の其の用心、肝要なり」

まさに吉宗の異母兄たちの怪死事件を連想させる記述ではないか。

ここにもう一つ興味深い事実がある。

『近世都市和歌山の研究』（三尾功氏著）によると、和歌山市は、昭和五十九年一月から同六十年三月にかけて、文化庁の補助を得て、和歌山城の追廻門の解体修理を実施した。

その結果、追廻門は典型的な高麗《こうらい》門形式をもち、かつ「朱色」に彩色されていたことが判明した。

高麗門を彩色した例は、現在日本では一例もなく、どのような理由で彩色したか不明だったが、三尾氏のその後の研究で、追廻門が二の丸御座の間の裏鬼門に当たり、その追廻門に除災の色「朱」を塗ることによって、裏鬼門のもたらす災厄を免れようとしたことが明らかになった。

宝暦八年（一七五八）の「墨引図」から推測すると、裏鬼門に当たる追廻門に朱の彩色がほどこされたのは明暦以降のことらしい。

この事実は、紀州家がかなりの量の「朱」を蓄えていたことを、そして、何らかの後ろめたい事情を抱えていたことを如実に物語っている。

また『南紀徳川史』に、

「御城西之丸ニ新タニ神祠御建ラレ、邦安社ト称シ、御霊ヲ慰メ給ヒケル」

と記されているように、松平頼雄の死の直後、和歌山城内西の丸の一郭に「邦安社《ほうあんしゃ》」と称する神祠《しんし》が建てられた。その後、御神体は日前宮《ひのくまぐう》境内に移遷され、毎年五月に盛大な祭典が行われるようになったという。

五月という月は、吉宗の長兄・三代藩主の綱教《つなのり》が死去した月でもあり、松平頼雄が御坊の九品寺で非業の死をとげた月でもある。

「それにしても、歴代藩主が『邦安社』の御霊《みたま》を慰めることに心を砕いたのは、なぜであろうか。松平頼雄の死には『南紀徳川史』では触れ得ない真実が隠されているのであろうか」

と、三尾氏も疑問を呈しておられる。


「吉宗は公方（将軍）ではない。ただの盗人《ぬすびと》じゃ」

唾棄《だき》するようにいって、藤馬は数杯目の酒を、かっと喉に流しこんだ。

「盗人に天下の仕置はまかせられん。現に町の者どもは、倹約一辺倒のケチくさい政事に悲鳴をあげている。巷《ちまた》で『似たり寄ったり』と申す戯《ざ》れ言葉が流行っているのを知っているか？」

「いや……」

「天下は町人に似たり、公方は乞食に似たりとな……。じつに正鵠《せいこく》を射た言葉ではないか、これは」

そういって藤馬は、さも愉快そうに大口を開けて呵々《かか》と笑った。

吉宗の緊縮政策に悲鳴をあげているのは、庶民ばかりではなかった。旗本御家人も幕府の借り上げに次ぐ借り上げに音をあげて、

旗本は　今ぞさびしさ　まさりけり

お金もとられで　暮らすと思えば
諸ともに　あわれと思え　質屋どの
お身よりほかに　知る人もなし

なかば自嘲《じちょう》気味にこんな狂歌を詠む始末である。

「口では『改革政事』などと、きれいごとをいっておるが、吉宗の施策はすべて民をたぶらかす欺瞞《ぎまん》にすぎぬ」

たとえば、その一つ。民意をくみ上げるという大儀名分のもとに創設された「目安箱」も、裏を返せば「密告制度」の導入にほかならないと藤馬はいう。これは一面真実を突いていた。

目安箱の設置は、吉宗が将軍職についてから創案したものではなく、すでに紀州藩主時代の宝永二年（一七〇五）、和歌山城の一の橋の門外に「訴訟箱」を設置しているのである。

設置場所は庶民の立ち入りのできない三の丸であり、一般庶民の民意をくみ上げるというより、明らかにこれは藩士を対象にした密告用の投書箱であった。その制度をそっくり幕政に導入したのが「目安箱」である。設置のさいには「捨て文」や「落とし文」を禁止する触書が発布された。

目安箱の鍵は吉宗だけが所持し、庶民の本音である狂歌や落首、あるいは匿名の投書にはいっさい目を通さず、その場で破棄したという。これで果して民意をくみ上げることができるであろうか。

要するに、目安箱という密告制度によって、市民同士の不信感や猜疑心《さいぎしん》をあおり立てて、江戸のすみずみに相互監視体制を浸透させるのが、吉宗政権の真のねらいだったのである。お庭番を秘密警察、目安箱を密告制度と考えると、吉宗の政事はまさに独裁専制による暗黒政治・恐怖政治といえた。

「この悪政を正す方策は一つしかない。吉宗の天下をくつがえすことじゃ」

最後にそういって、藤馬は空になった徳利をいまいましげに畳の上にころがした。

――吉宗の天下をくつがえす。

いつぞや松平通春から同じ言葉を聞かされた。そのとき平八郎は、紀州・尾張のいずれに理があろうと、徳川内部の権力闘争にすぎぬと思っていた。だから、いずれに与《くみ》するつもりもなかった。

だが、いまはその考えが大きく変わろうとしていた。

――義は、吉宗にあらず。

藤馬の熱弁に影響されたからではない。徳次郎の死をきっかけに、吉宗という権力者のあくなき権力への野望と、その冷酷非情な正体が見えてきたからである。

「……おぬしがうらやましい」

独語するように平八郎がぽつんとつぶやいた。

「うらやましい？」

「おぬしには信じる道があり、闘う相手がいる。だが……、おれはこの四年間、ただひたすら逃げ回ってきただけだ。佐賀鍋島藩の刺客から逃げ、お庭番の報復から逃げ、そしておのれ自身からもな」

「致し方あるまい。おぬしは、はぐれ狼《おおかみ》のようなものじゃ。人間も狼もおのれ一個では闘うことはできんからのう」

「…………」

「どうだ？　おれたちの群れに入って、一緒に闘わんか」

「松平通春公のためにか？」

「そして国のためにじゃ」

（国か……）

いまの平八郎には理解のできない概念である。吉宗に代わって、松平通春が将軍の座についたとしても、いったい世の中がどう変わるのか。ただ単に徳川という「家」の家長が代わるだけではないか。

（国とは何だ……？）

平八郎の胸に漠然たる疑問がわき立った。

第五章　けんか安

1

チキッ、チキキキ……。

青々と葉を繁らせた黐《もち》の木から、けたたましい鳴き声を発して、数十羽の椋鳥《むくどり》の群れがいっせいに飛びたった。

巨勢《こせ》十左衛門は、一瞬ぎくりと足をとめて不機嫌そうに頭上に目をむけ、ふたたび苛立《いらだ》たしげに歩を踏み出した。

江戸城吹上の小径《こみち》である。

蒼《あお》く晴れ渡った空から、冬の弱々しい陽光がふりそそいでいる。

「やくたいもない……」

歩きながら、十左衛門は苦々しく独りごちた。椋鳥のことではない。一昨夜の事件のことである。つい今しがた、城内の目付部屋で筆頭目付からその後の探索報告を受けたばかりであった。

船宿『舟徳』の焼け跡から見つかった四つの焼死体の身元を特定することはできなかったが、紀尾井坂で紀州藩の徒士目付《かちめつけ》に斬殺された職人体の男に関しては、八年前に伊予西条藩を脱藩した八人の藩士のひとり・坂口弥兵衛であるとの結論を得た。とすれば、四つの焼死体もその仲間に相違あるまい。

十左衛門の脳裡《のうり》には、八年前の記憶がいまなお鮮明に焼きついている。

享保三年五月三十日未明。

紀州隠密「薬込役《くすりごめやく》」筆頭の風間新右衛門から、

「御坊《ごぼう》の九品寺《くほんじ》にて、松平頼雄公以下、八名の従士、ことごとく討ち取ってまいりました」

との復命を受けた。だが、このときすでに、新右衛門は決定的な失敗を犯していたのである。討ち取ったはずの従士八名の中に、生存者がいたことに新右衛門は気づいていなかった。失敗というより、これは明らかな手抜かりである。たとえ相手が虫の息であろうとも、最後に「とどめ」を刺してくるのが刺客人の主業であろう。その主業を怠ったことが、結果的に一昨夜の事件につながったのである。

とはいえ、その責任を問うべき風間新右衛門は、もうこの世にはいない。幸い宗直《むねなお》公暗殺という大事は、紀州藩徒士目付の機転によって未然に防ぐことができたが、そうした重大情報を事前に把握できなかった十左衛門への批判は避けられまい。

（まるでわしを責めたてるように、次から次に厄介な事件が起きる……）

十左衛門はひどく苛立っていた。

吉宗政権のいわば「影の参謀」である十左衛門は、「表」で処理できぬ難問を山ほど抱えこんでいた。渋川右門殺害に端を発した土御門《つちみかど》家との暗闘は、目下のところ膠着《こうちゃく》状態にあるが、一触即発の緊迫した状況はいまなお続いているし、もっとも急務である『天一』奪回の件も、贋作《がんさく》の注文ぬしが「津山」と名乗る浪人者であることは突きとめたが、その後の探索は思うようにはかどっていない。いつぞや御徒町で起きた町方役人の大量殺人事件も未解決のままだ。加えて松平通春の動向や尾張の隠密の動きも気になる。そんな最中《さなか》に一昨夜の騒ぎが起きたのである。

苛立ちというより、肚《はら》の中をかきむしりたくなるような焦燥感があった。

――チキッ、チキキキ……。

前方の楓《かえで》の木の梢《こずえ》から、けたたましい鳴き声を発して、また椋鳥の大群が羽音をたてて飛び立った。

その楓の木の奥のやや小高い場所に、鉄骨で組まれた直径一間半（約二・七米）ほどの球形の建造物が見えた。

紀伊の工匠・加藤金右衛門に造らせた天体観測用の渾天儀《こんてんぎ》である。

渾天儀は架台の上に水平に固定された地平環と、それに垂直にかみ合う子午線環、そして天の赤道をあらわす赤道環の三つの円環で造られている。それぞれの円環には目盛りがきざまれており、この三つの円環を回転させることによって天体の位置を読みとることができる仕組みになっている。

なだらかな坂道を登っていくと、渾天儀の視準筒《しじゅんとう》を無心にのぞき込んでいる武士の姿が目路《めじ》に入った。身の丈六尺あまりの巨軀《きょく》の武士である。

十左衛門は、足音を立てぬように、爪先立ちでゆっくり地面を踏みしめながら武士の背後に歩みよった。

「叔父御……」

気配を察知して、武士がふり返った。将軍吉宗である。色が浅黒く、あばた面である。歳は四十三。年齢よりやや老けて見えるが、躰《からだ》つきはがっしりしていて、青年のように若々しい。

「お呼びでございますか」

「うむ……、すまぬが、もうしばらく待ってくれ」

そういうと、吉宗はふたたび視準筒に目をあてて、渾天儀を回しはじめた。まるで子供が巨大な玩具に熱中している態である。

十左衛門はかたわらの床几《しょうぎ》に腰をおろし、そんな吉宗の横顔をぼんやり眺めながら、

（昔と少しも変わっておらぬ）

胸の裡《うち》でしみじみとつぶやいた。

三十数年前――紀州家部屋住みの吉宗（幼名・源六）は、何人もの侍講にかこまれて学徳や君徳の修養に励むふたりの異母兄（綱教《つなのり》・頼職《よりもと》）たちを尻目に、毎日野猿のように紀州の山野を駈《か》けめぐっていた。

そのころの吉宗（源六）は読み書きもろくにできなかったらしい。後年、幕府の儒官・室鳩巣は「上様は学問はあまりお好きでなく、文盲であらせられる」とこき下ろしたというが、おそらくこれは事実であろう。

領民から「忍びの源六」と呼ばれた少年吉宗の学問の師は、紀州のゆたかな自然であった。さまざまな樹木や草花に自然界の摂理を学び、兎や狐狸、鹿、熊などのけものたちを友とし、紀ノ川の土手に出向いては、草むらに仰臥《ぎょうが》して日月星宿の運行を飽きもせず眺めていた。吉宗の天文学への強い関心はこのころに根づいたものかもしれぬ。

「おれは常憲院《じょうけんいん》さま（五代将軍・綱吉）を越える公方《くぼう》になりたい」

吉宗の口ぐせである。

五代将軍・綱吉は、わが国初の邦製暦「貞享暦《じょうきょうれき》」を作った人物としてその名を歴史にとどめたが、奇しくもその「貞享暦」が頒行された貞享元年（一六八四）に、吉宗は生まれているのである。

「これも宿世《すくせ》の因縁だろう。常憲院さまはおれの出世の糸口を作ってくれた恩人だが、その恩人を越えるためにも、『貞享暦』に代わる新しい暦を作りたいのだ」

つまり、「貞享暦」を変えることによって五代綱吉の名を歴史から消し去り、新たにおのれの名をきざみたい、というのが「改暦」の第一の理由であり、吉宗の壮大な野望でもあった。

そして……、これは十左衛門だけが知りうる秘密だが、「改暦」計画の裏には、もう一つ隠された事情があった。


話は二十一年前にさかのぼる。

宝永二年（一七〇五）九月。

紀州四代藩主・頼職が横死した直後、頼職に小姓として昵近《じっきん》していた内藤八右衛門忠元（三百五十石）、渥美源五郎久忠（三百石）、三井孫助高清（百五十石）、大槻《おおつき》兵之進《へいのしん》元永（二百五十石）の四名が髪を剃《そ》って喪に服すという異例の〝事件〟が起きた。

この時代、武士の剃髪《ていはつ》は主君の死に殉じると見なされ、殉死同様『武家諸法度』で厳しく禁じられていた。にもかかわらず四人が禁を破って剃髪したのは、明らかに頼職の不審死に対する抗議の意思表示であり、頼職の跡をついで新たに五代藩主の座についた吉宗への無言の抵抗でもあった。

「不心得者め！」

吉宗は烈火のごとく激怒した。ただちに大番頭・巨勢十左衛門が呼び出され、四名に対する処罰が秘密裡《り》に協議された。

結果は、知行召し上げのうえ、領外追放――この処分は『武家諸法度』の殉死の法が破られることを配慮してのことだと『南紀徳川史』には記されている。

翌日……。

領外追放処分を受け、浪々の身となった四人は、暮れなずむ和歌山城下をあとにして、紀州街道を一路泉州に向かっていた。

古くから「木の国」と呼ばれた紀州は、峻険《しゅんけん》な山々にかこまれた山岳地帯である。とりわけ和歌山から泉州にいたる紀州街道は、険阻な峠越えの連続で、紀州路最大の難所といわれていた。

こんな逸話がある。

紀州藩の藩祖頼宣《よりのぶ》が駿河から紀州へ移された折り、眼前にひろがる峨々《がが》たる山並みに辟易《へきえき》して、

「なにゆえに余がこのような山深い国に移されねばならぬのか」

と、兄の二代将軍・秀忠の差配に強い不満と怒りを示した。このとき、頼宣の入国に随

行してきた附家老の安藤帯刀《たてわき》は、

「この険しい道こそが、いざというときの防備に役立つもので、紀州は海陸ともに要害の地にございまする」

と説諭して、頼宣の機嫌をとりなしたという。紀州はそれほど山深い国なのである。

四人が和歌山と泉州の国境の孝子峠《こうしとうげ》にさしかかったときだった。突然、峠道の左右の茂みから、疾風のごとく影の群れが現れ、一瞬裡に四人を包囲した。いずれも柿色の覆面と同色の忍び装束をまとった男たちである。

「薬込役か！」

大槻兵之進が叫んだ。誰何《すいか》するまでもなく、男たちが紀州隠密「薬込役」であることは、誰の目にも明らかだった。

「卑劣な！　吉宗公のご処分とはこれだったのか」

忍びたちは物もいわず、いきなり背中の忍び刀を抜いて斬りかかってきた。四人もすかさず抜刀して応戦する。白刃が入り乱れ、激しい鋼《はがね》の音が響《とよ》めき、火花が飛び散った。夕闇《やみ》の中の熾烈《しれつ》な闘いである。

大槻兵之進は闘いながら忍びの数を読んだ。十三人。圧倒的な数に物をいわせて、忍びたちは波状の攻撃を仕掛けてくる。

勝負が決するのに時はかからなかった。たちどころに内藤忠元が数本の忍び刀で胸や背中を貫かれ、渥美久忠がめった斬りに斬られて地に伏した。それを見て、三井高清と大槻兵之進は一目散に樹林の中に駆け込んだ。

「逃がすな、追え！」

十三人の忍びたちが怒濤《どとう》のごとく樹海に流れこむ。

夕闇に包まれた樹海の中を、無我夢中で走り回っているうちに、大槻と三井は離れ離れになってしまった。忍びたちも二手に分かれて執拗《しつよう》に追ってくる。

樹間を縫い、灌木《かんぼく》を跳び、笹藪《ささやぶ》をかきけて大槻は必死に逃げた。逃げながら、背中に三井高清の断末魔の悲鳴を聞いた。

2

二昼夜あまり国境の山中をさまよった末に、大槻兵之進は命からがら泉州の堺にたどり着いた。

泉州堺は、徳川家康から糸割符《いとわっぷ》貿易の特権を与えられ、白糸、薬種、反物などの貿易港として殷盛《いんせい》をきわめたが、鎖国後は貿易の利を長崎に奪われて衰退の一途をたどり、さらにその凋落《ちょうらく》に追い打ちをかけるがごとく、一年前（宝永元年）に始まった大和川の付替工事によって大量の土砂が港に流れこみ、商業港としての機能を完全に失っていた。

さびれた港町の安宿に旅装を解くと、大槻はすぐさま主君（頼職《よりもと》）の死にまつわるいくつかの謎と疑念をしたためて、伊予西条藩の松平頼雄《よりかつ》に手紙を出した。この手紙が、のちに頼雄の嫡廃・幽閉、そして暗殺事件につながろうとは、大槻自身むろん知る由もなかった。

三日ほど堺に滞在した。

その間にも「薬込役」の執拗な追尾・探索がつづいていた。

身辺に探索の手が迫ったことを察知した大槻は、堺から大坂へと逃れ、さらに大坂から京に上り、旅の途中で知り合った陰陽師《おんみようじ》の添状を持って、京・梅小路の土御門《つちみかど》家の門を叩いた。庇護《ひご》を求めたのではない。土御門家への入門を願い出たのである。

土御門家に入門を願い、麾下《きか》の陰陽師になるには、公儀法度・役所作法を遵守し、貢納料（年に五十疋《ひき》＝一疋は二十五文）を上納することを誓約して、数年間の修行を積まなければならない。が、入門そのものは比較的簡単に許された。陰陽師組織の拡大と貢納料の増収を図るために、土御門家が入門者の間口を広げたからである。

一方、探索の「薬込役」から、大槻が京の土御門家に入門したとの報を受けた紀州家は、ただちに京都所司代を通じて、大槻の身柄引き渡しを要請した。

「家法に違背して脱藩したる者ゆえ、すみやかにお引き渡し願いたい」

これが表向きの理由だった。

土御門家は断固として大槻の身柄引き渡しを拒否した。このときの当主は、土御門家中興の祖といわれた土御門泰福《つちみかどやすとみ》である。十一年後の正徳六年（享保元年）、皮肉なことに吉宗は、この泰福から将軍宣下の「天曹地府《てんそうちふ》」の祭祀《さいし》を受けることになるのである。

「おのれ、土御門め……」

吉宗は歯噛《が》みして悔しがったが、相手は禁中深く奉仕する陰陽道の司である。徳川御三家の勢威・格式をもってしても、しょせん勝てる相手ではなかった。ときに吉宗二十二歳。はじめて味わう敗北であり、屈辱だった。

（あの折りの恨みを、上様は決して忘れておらぬ）

渾天儀《こんてんぎ》の視準筒を無心にのぞき込む吉宗の姿にぼんやり目をやりながら、巨勢十左衛門は肚《はら》の底でつぶやいた。

改暦を成功させることによって、土御門家から五代綱吉の朱印状を召し上げ、治外法権ともいうべき諸国陰陽師支配組織を弱体化させる。それが二十一年間、吉宗が抱きつづけた宿願であり、土御門家への報復であった。

「叔父御」

視準筒から目を離し、吉宗がゆっくりふり向いた。

「『改暦』の作業は進んでいるのか」

「それが……」

十左衛門は返答に窮した。三日前に天文方の渋川図書《ずしょ》から、次のような弁明書を受け取っていたからである。

『過日の火災により、測量不足の段は、私どもよく存じており候得ども、公儀の御沙汰《ごさた》もこれ有り、『改暦』お急ぎの趣、右不足ながら、まずは新暦術相求め候《そうろう》……』

――過日の火災で暦学書や観測器を焼失し、天体観測ができない。観測不足ではあるが、まずは新暦の算出法を模索しているところです、というのが弁明書の主意である。

十左衛門が苦しげにそれを伝えると、

「なぜ、それを早く申さぬ」

吉宗は、さも不機嫌そうにあばた面をゆがめ、

「机上の演算だけで『改暦』はできぬ。至急、図書の屋敷に司天台《してんだい》を作らせよ」

強い口調で命じた。

司天台とは、現代《いま》でいう天文台のことである。貞享の改暦の成功者・渋川春海《はるみ》が、貞享二年（一六八五）に牛込藁店《わらだな》に司天台を築いたのが、わが国初の天文台といわれている。

春海は元禄二年（一六八九）に本所二つ目に司天台を移したが、土地の低湿を理由にこれを廃し、元禄十六年（一七〇三）に駿河台に三百十七坪の土地を拝領して移転した。春海の死後は、渋川家に実力者が輩出せず、駿河台の司天台も廃止された。

「よいな、至急だぞ」

吉宗が強い口調で重ねて命じた。

「ははっ」

城を下がった十左衛門は、その足で神田佐久間町の天文方御用屋敷に渋川図書をたずね、司天台の図面の作成を依頼した。

幕府の作事奉行によって、司天台の築造工事が着手されたのは、それから十日後のことである。


暮六ツ（午後六時）。

蔵番の仕事を定刻におえて、平八郎は帰途についた。

陽が落ちて半刻もたたぬのに、表にはもう夜のとばりが下りていた。人気の絶えた町筋を夜風が寒々と吹き抜けていく。

いつになく足取りが重い。心にぽっかり穴があいたような、名状しがたい寂寞《せきばく》感があった。瞼《まぶた》の裏に焼きついた〝赤い雪〟の残影が、日がたつにつれて鮮やかさを増し、徳次郎の死が実感として胸に迫ってくる。

（おれのまわりで、なぜこうも人が死んでいくのだろう）

風間新之助、町医者・武田順庵、『舟徳』の徳次郎、伝蔵、三次、吉兵衛、そして鎊職人の宇之吉の死――彼らは死ぬべくして死んだのではない。いずれも第三者の手で抹殺されたのである。理不尽としか言いようがなかった。その理不尽な死から彼らを守ってやれなかった無力感が、平八郎の心をさらに重く沈ませている。

気がつくと……、

平八郎はおびただしい光の海の中にいた。薬研堀《やげんぼり》の盛り場の灯りである。堀端の道には、飲み食いを商う小店がひしめくように軒をつらね、提灯《ちょうちん》や掛け行燈《あんどん》の灯りが堀の水面にきらきらと耀映《きえい》している。

盛り場の一角に小さな煮売り屋があった。その煮売り屋で棒手振《ぼてふ》りの留吉と待ち合わせをしていたのである。

あの事件の翌日、平八郎はお袖のことが気になって、本所入江町の「おけら長屋」に留吉をたずね、お袖の様子を訊いた。

「あっしも気になりやしてね。今朝方一番にお袖ちゃんの長屋に行ってきたところなんですが……」

留吉の声も沈んでいる。

「どんな様子だった?」

「ひどく落ち込んでやしたよ」

「だろうな……」

『舟徳』が町方や幕府先手組《さきてぐみ》の急襲を受けたのは、お袖が店を出た直後だった。吉川町の長屋に帰って夕食をとり、寝支度にとりかかったとき、長屋の住人の知らせで騒ぎを知ってすぐに飛んでいったが、『舟徳』はすでに跡形もなく燃えつきていた。

留吉の話によると、お袖は激しい衝撃を受けて、いまだに茫然《ぼうぜん》自失の体で長屋の部屋に閉じこもっているという。

「心配なのは、お袖の今後の身の振り方だ。すまんが留吉、次の働き口を探してやってはもらえんか？」

「おやすい御用でさ。二日ばかり待っておくんなさい。あっしがきっと探してきやす」

留吉は快諾した。

今夜がその二日目である。

煮売り屋の縄のれんをくぐって中へ入ると、奥の席で酒を飲んでいた留吉がすぐに気づいて、

「旦那」

と、手を振った。平八郎は留吉のとなりに腰を下ろすなり、気がかりな目で訊《き》いた。

「どうだった？」

「へい。京橋の紙問屋『美濃屋』に住み込み奉公することに決まりやしてね。お袖ちゃんも喜んでやした」

「そうか、それはよかった……」

「あ、そうそう」

留吉が急に思い出したように、

「ついでに旦那の仕事ももらってきやしたよ」

「おれの仕事?」

「今夜ひと晩だけ、用心棒を頼みたいといってるんですがね。どうです? やってみる気はありやせんか」

「ひと晩だけか」

「用心棒代は一両。悪い話ではねえでしょう」

「うむ」

一両は破格の金である。断る理由はなかった。それにお袖にも一度会っておきたいと思い、

「よし、引き受けよう。場所はどこだ?」

「京橋筋の南伝馬町三丁目、あの界隈《かいわい》じゃいちばんの大店《おおだな》ですから、すぐにわかりやすよ」

3

煮売り屋を出て留吉と別れると、平八郎は京橋に足を向けた。

日本橋と京橋を南北に一直線にむすぶ大通りの、南はずれが南伝馬町三丁目である。

『美濃屋』はすぐにわかった。なるほど大そうな店構えである。

間口七、八間。本瓦葺《かわらぶ》き、土蔵造りの重厚な二階家で、見るからに老舗《しにせ》らしい風格を備えている。店先には草筵《むしろ》に包まれ、太縄でくくられた空の奉書櫃《ほうしょびつ》が四つばかり積み重ねておいてある。これが紙問屋の目印、つまり招牌《かんばん》である。

大戸はすでに下ろされていた。くぐり戸を引き開けて中に入り、

「ごめん」

と声をかけると、奥から小柄な中年男が出てきた。『美濃屋』のあるじ・宗兵衛である。

平八郎が来意を伝えると、宗兵衛は丁重に礼をいって客間に案内した。

ややあって、お袖が茶盆を運んできた。

「お袖……」

「平八郎さま！」

お袖は、一瞬虚をつかれたように立ちすくんだが、あわてて膝をつき、

「いらっしゃいませ」

ぎこちなく頭を下げた。平八郎との思わぬ再会に動揺しているのだろう。茶を出す手もかすかに顫《ふる》えている。

「働き口が見つかってよかったな」

平八郎が笑みを向けると、

「ありがとうございます」

ぺこんと頭を下げ、お袖は恥ずかしそうに部屋を出ていった。

「よい娘さんをご紹介いただきまして、留吉さんには心から感謝しております」

宗兵衛が温和な笑みを泛かべた。

「で、今夜の仕事というのは……？」

平八郎が訊く。

「じつは、数年前から手前どもの店に金子を無心にくる男がおりまして――」

宗兵衛が苦い顔で語りはじめた。

『美濃屋』は創業八十年の歴史を誇る、江戸でも屈指の老舗である。得意先はおもに府内の寺社や旗本などで、宗兵衛の父親の代には、播州《ばんしゅう》赤穂《あこう》浅野家の御用達看板を掲げていたこともある。

「ご存じのように赤穂浅野家は、お殿さまの刃傷沙汰《にんじょうざた》でお取りつぶしとなり、それ以来浅野家との縁は切れていたのですが……、あれは三年前のことでしたか、赤穂義士のひとり、堀部安兵衛さまの忘れ形見と名乗るご浪人さんが、突然手前どもの店をたずねてまいりまして、父親の供養料を払ってくれと……」

「供養料？」

「毎月の月命日に三両ずつ、年に三十六両を払えと申されるのです」

「そいつは法外な金額だな」

「丁重にお断り申し上げたところ、そのご浪人さんは店先にどっかりと座り込んで、『美濃屋』は恩知らずだ、赤穂義士の供養料も払わぬ因業だと、あたりはばからず大声でわめき立てる始末。それで……」

「やむなく払ったか」

「はい。世間体もございますので、泣く泣く払ってまいりましたが、何分にも当節の不景気で手前どもの台所も火の車、もうこれ以上はとても払いきれません」

「なるほど……、つまり、その浪人者が現れたら追い返せと……、そういうことだな?」

「ご面倒をおかけして申しわけございませんが、一つよろしくお願い申し上げます」

宗兵衛が哀訴するように両手をついた。

「その浪人者、今夜かならず現れるのか」

「月の四日は赤穂義士の命日でございます。この三年間、一度も四日という日をはずしたことがございませんので、もうほどなく現れるかと……」

「では、帳場で待つとしよう」

冷めた茶を飲みほすと、平八郎は刀を持って立ち上がった。

待つこと四半刻(三十分)、日本橋石町《こくちょう》の五ツの鐘がちょうど鳴り終わったころ……、

——ドンドンドン。

潜り戸を叩く音がした。

平八郎は帳場格子の壁にもたれたまま、朱鞘《しゅざや》の刀を手元に引きよせると、

「開いてるぞ」

声をかけた。

きしみを立てて潜り戸が開き、うっそりと人影が入ってきた。思ったより小柄な浪人である。肩に担いだ大刀の下げ緒に大きな瓢簞《ひょうたん》がぶら下がっている。年恰好は二十三、四、端整な顔立ちをしているが、どことなくすさんだ感じをただよわせる若者である。

「おぬしは……?」

浪人者がうろんな目で平八郎を見た。

「この店の用心棒だ」

「あるじはいないのか」

「用件はおれが聞く」

「よし」

と、うなずくや、ふところから袱紗《ふくさ》包みを取り出して披《ひら》いた。中身は古ぼけた位牌《いはい》と塗りの剝《は》げた朱杯である。

位牌には、

《刃雲輝劔信士》

の戒名がきざまれている。赤穂義士・堀部安兵衛武庸《たけつね》の位牌である。

浪人者は、瓢箪の酒を朱杯につぐと、ことりと上がり框《かまち》において、

「おれは赤穂浪士・堀部安兵衛武庸が遺児・堀部安之助だ。今日は父の月命日、供養料を
もらいにきた」

「なに」

「生憎《あいにく》だが、びた一文払うつもりはない」

堀部安之助と名乗った浪人は、剣呑《けんのん》な目で平八郎を射すくめた。

「引き取ってもらおう」

「そうか……」

安之助の顔に薄笑いが泛かんだ。

「腕ずくでおれを追い払おうという魂胆か」

「事と次第によってはな」

「おもしろい。売られた喧嘩《けんか》、買ってやろうじゃないか。表に出ろ」

「喧嘩を売ったわけではない。お引き取りを願っているのだ」

安之助は上がり框に置いた朱杯を取って一気に飲みほし、位牌とともに袱紗に包みこむ
と、

「おれの躰には『けんか安』の異名をとった堀部安兵衛の血が流れている。このまま黙って引き下がるわけにはいかぬ。貴様を叩っ斬ってでも供養料はもらっていく」

「困った男だな」

平八郎が苦笑まじりに立ち上がると、

「来い！」

挑発するように叫んで、開け放った潜り戸から表に跳び出した。追って平八郎も表に出た。通りすがりの人々が思わず足を止め、いぶかる目で二人を見た。

安之助は、刀の下げ緒に結びつけた瓢箪を腰に付け替えるや、おもむろに抜刀して右八双に構えた。平八郎も抜いた。

安之助がじりじりと間合いを詰めてくる。平八郎は右半身に構えて剣尖《けんせん》をだらりと下げた。車《しゃ》の構えである。たちまち四囲に人垣ができ、家々の窓に明かりが灯った。障子窓の隙間《すきま》にいくつもの顔がのぞいている。

つっ。安之助の左足が間境を越えた――と見た刹那《せつな》、平八郎の躰が石火の迅《はや》さで回転し、刀が一閃《いっせん》した。もとより斬るつもりはなかった。安之助の刀をはね返し、峰打ちにするつもりだったのである。ところが……。

がしっ！

平八郎の刀は宙で止まった。安之助が受け止めたのである。意外な膂力《りょりょく》だった。同時に、数歩踏み込んで平八郎の刀を下から掬《すく》いあげ、そのまま力まかせに押し返してきた。平八郎をたじろがせるほど俊敏で力強い受け太刀である。

渾身《こんしん》の力で鎬《しのぎ》を合わせたまま、両者の動きはぴたりと止まった。形勢はまったくの互角である。数瞬の鍔《つば》競《ぜ》り合いのあと、隙を見て、平八郎がさっと刀を引いた。すかさず安之助も踏み込んでくる。まるで磁石に吸いつけられたように二本の刃は離れなかった。平八郎は知らなかったが、これは馬庭念流《まにわねんりゅう》の「そくひ付け」という刀法である。

『念流兵法心得』には、

「敵の太刀より我が太刀、速からず遅からず、張り抜きの茶筒の蓋《ふた》をするが如く、少しも障りなく這入《はい》るが如し」

とある。茶筒の蓋のように奥懐にすっぽりと入り込み、相手の力に合わせて押し込んでいく。相手が押してくれば引き、引けば押し返し、上げれば上げ、下げればまた下げて、常に力を拮抗《きっこう》させることによって相手の太刀を殺す。これが馬庭念流の極意「そくひ付け」である。「そくひ」とは飯つぶで作った糊《のり》「続飯《そくひ》」のことをいい、一度くっついたら容易に剝がれないところから、その名がついたという。

平八郎の心に焦りが生じた。「まろばしの剣」を封じられたのはこれが初めてである。負けを知らぬ剣は、いったん守勢に立たされると意外なもろさを露呈する。膠着《こうちゃく》したまま平八郎は攻めあぐんでいた。

（相打ちで抜けるか……）

一瞬ひらめいた。相打ちとは、引き分けや痛み分けをいうのではない。柳生新陰流秘伝の『兵法家伝書』には、

「相打ちと言うも、よく物定めせんには、いささかの遅速あれば、其《そ》の分かちて、いささかなりとも先を先とし、後は後として紛れざる様に習わすべし。打ちに打たれよ、打たれて勝つ心持の事」

とある。

つまり、相手の太刀が届かぬ間合いを見切っておいて相手に打たせ、そこを踏み込んで打つ。一瞬の間の攻防であり、形としては相打ちだが、しかし勝つ。これが「相打ち」の極意であり、必死必勝の心術である。

（それしかあるまい）

と心に決めるや、平八郎は右手の握りをゆるめた。剣尖がわずかに下がった、その毛ほどの隙に乗じて、安之助はすばやく左足を退いて「そくひ付け」を解き、巻き返すように鎬をはずして逆袈裟《けさ》に斬りあげた。目にもとまらぬ紫電の早業だったが、間一髪、切っ先を見切った平八郎が、片膝をついて身を沈め、刀の峰で安之助の脾腹《ひばら》をしたたかに打ちすえた。

「ぐえっ」

奇声を発して、安之助が前のめりに倒れ伏すと同時に、横ざまに跳んだ平八郎の袖口もはらりと裂け落ちた。まさに紙一重の「相打ち」である。

「ま、まいった!」

地に伏したまま、安之助が頭を下げた。

このとき、野次馬の人垣の後列で、その様子を見ていた男がいた。菅《すげ》の一文字笠をまぶかにかぶった、武士とも町人ともつかぬ異形《いぎよう》の男——陰陽師《おんみようじ》の都築右京介である。近くの硯問屋《すずり》で「五段祈禱《きとう》」を斎行しての帰りに、偶然この場面に出食わしたのだ。

(あの男……)

笠の下の都築の眼がきらりと光った。自分の右顔面に無残な刀疵《きず》をきざんだ男の顔を、都築は忘れていなかった。

4

『美濃屋』宗兵衛の感謝の言葉と礼金の一両を受け取って、平八郎は帰途についた。

帰りぎわに店先まで見送りに出たお袖が、またお立ち寄りくださいと小声でいったが、平八郎は、ひと言「仕合わせになれよ」といい残して『美濃屋』をあとにした。新たな人生を踏み出したお袖への、それが平八郎の決別の言葉であり、願いでもあった。

（もう二度と逢《あ》うことはあるまい）

いずれお袖は自分にふさわしい男を見つけるであろう。

中橋広小路へさしかかったときである。ふと背中に気配を感じてふり返ると、闇の奥から小走りに駆けつけてくる人影があった。

「おぬしは……」

「先ほどはご無礼つかまつった」

堀部安之助である。先刻とは打って変わって改まった言葉づかいに、平八郎はやや面食らいながら、

「何か……?」

探るように見返した。

「お詫《わ》びのしるしに一献差し上げたいのだが――」

「詫びにはおよばぬ」

にべもなくいって、歩き出すと、

「それでは拙者の気持ちがおさまらぬ。何とぞ!」

安之助が必死に食い下がる。このまま家までついて来られては困るので、

「では一献だけ付き合おう」

「かたじけない。この近くに拙者の行きつけの小料理屋がござる。ささ、どうぞ」

と手を取らんばかりにうながした。

表通りから一本裏に入った路地角に、その小料理屋はあった。数寄屋造りの小粋な店である。見るからに人のよさそうな初老の夫婦が店を切り盛りしていた。

ふたりは小座敷に上がった。

「貴殿の御名は……？」

酒をつぎながら、安之助が神妙な顔で訊《き》いた。

「肥前浪人・刀弥《とね》と申す。刀弥平八郎」

「肥前の出でござるか……。すると、先ほどの刀法は……？」

「鍋島新陰流だ」

「なるほど……、拙者の『そくひ付け』を外されるとは……、いや、恐れ入りました」

「そくひ付け？」

「あの受け太刀は馬庭《まにわ》念流の極意『そくひ付け』でござる」

「ほう、あれが馬庭念流か――」

「亡父・堀部安兵衛が中山姓を名乗っていたころ、馬庭念流第十三世・樋口十郎右衛門将定《まささだ》どのに剣を学んだと母から聞かされました。それで拙者も十五のときから樋口道場で馬庭念流を……」

「それにしても」

猪口《ちょこ》を口に運びながら、平八郎はしげしげと安之助の顔を見た。

「堀部安兵衛どのに忘れ形見がいたとはな」

「お疑いでござるか？」

「いや、疑ってはおらんが……、安兵衛どのに子息がいたという話は、いままで聞いたことがない」

「これをご覧くだされ」

安之助が刀を差し出した。

「父の形見の差料《さしりょう》、討ち入りに使った刀でござる」

手に取って見ると、ところどころ塗りが剝げ落ちた朱塗りの鞘《さや》に、

《万山不重君恩重　一髪不軽我命軽》

と討ち入りのさいの銘がきざまれている。万山は君恩より重からず、我が命は一髪より軽からず、といった意味であろうか。

「して、母御はご健在なのか」

「いえ」

とかぶりを振り、

「……三年前に身まかりました」

安之助の母親は、堀部安兵衛の養父・堀部弥兵衛の娘で名を「順」といい、赤穂義士が

本所の吉良邸に討ち入った翌年、つまり元禄十六年（一七〇三）に安之助を産み、安兵衛の没後は母子ふたりで亀井戸に隠棲《いんせい》していたという。

のちに出家して法名を「妙海《みょうかい》」と号し、高輪泉岳寺わきに『清浄庵《せいじょうあん》』という庵《いおり》をむすんで、赤穂四十七士の菩提《ぼだい》を弔う日々を送っていたのだが、三年前（享保八年）の冬、流行り風邪をこじらせて他界したそうである。

享年五十七歳。

泉岳寺の墓地の片隅に、

《清浄庵宝山妙海法尼之墓》

と記された墓もあるという。

その母が健在だったころは、赤穂義士の墓参に訪れた人々がひっきりなしに『清浄庵』に出入りし、仏間には供物や供養料が山ほど積まれていた。一年間の供養料を武家の禄高に換算すれば、おそらく百数十石の知行取りに匹敵するほどの収入《みいり》があっただろう、と安之助は懐かしそうに当時をふり返る。

「今となってはそれも槿花《きんか》一朝《いっちょう》の夢、世間の連中は現金なものでござる。母が亡くなったとたんに『清浄庵』を訪れるものは誰もいなくなり、やがて――」

その日の暮らしにも困るようになった。それで浅野家恩顧の商家を訪ね歩いて供養料をせしめることにしたのだという。

「おぬしの気持ちはわからんでもないが……」

平八郎が諭すような口調で、

「しかし、あのやり方は強請《ゆすり》たかりと変わらぬ。いくら口すぎのためとはいえ、忘れ形見のおぬしがあのようなことをしていたのでは、堀部安兵衛どのの御名を汚すことになるだろう」

「仰せの通りでござる……、先ほど貴殿に叩きのめされたおかげで、拙者もようやく目が覚め申した。改めて御礼を申し上げます」

「礼をいわれる筋合いはないが……、おぬし、蔵番をする気はないか？」

「蔵番？」

「蔵前の札差『上総屋』の蔵番だ」

じつは室鳩巣から、夜番の浪人が事情があって辞めることになったので、代わりを探してもらえないかと頼まれていたのである。

「おれは昼の蔵番をつとめているのだが、夜番のほうは昼の倍の手当てが出るらしい。おぬしにその気があれば、蔵法師に引き合わせてやってもよいが……」

「それは願ってもない話、ぜひ、ご紹介願いたい」


翌日の夕刻。

平八郎と堀部安之助は、浅草御門橋の北詰で落ち合い、蔵前に向かった。

『上総屋』の土蔵が立ちならぶ路地の奥で、平八郎は足をとめた。

「ここだ」

蔵法師の家の前である。戸を引き開けて土間に入ると、奥の畳部屋で室鳩巣が文机に向かって黙々と筆を走らせていた。

「先生、夜番の代わりの者を連れてまいりました」

平八郎が声をかけると、

「おう、ご苦労」

鳩巣はしわ面に笑みを泛《う》かべて、ふたりを中へ招じ入れた。

「堀部安之助と申します」

安之助が名乗るのを受けて、平八郎は昨夜安之助から聞かされた話を巨細《こさい》洩《も》れなく説明した。

「ほう」

鳩巣の小さな目がきらりと光った。好奇心満々の目つきである。

「堀部安兵衛どののご子息とは、頼もしいかぎりじゃ。で、いつから勤めてもらえるのかな?」

「お望みとあらば今夜からでも」

「そうか……、では平八郎、番小屋に案内してやってくれ」

「はっ」

安之助をうながして表に出た。

なまこ壁の土蔵がずらりと軒をつらねた路地の一角に、丸太組の小さな小屋があった。中は二坪ほどの土間になっており、奥に畳一枚ほどの腰掛けがしつらえてある。そこに火鉢と行燈がおいてあった。

「蔵の見回りは一刻（二時間）に一度だ。あとはここで居眠りをするなり、本を読むなり、好きなように過ごせばよい」

「重ね重ねのご厚情、かたじけのうございます」

安之助が深々と低頭した。平八郎は気にするなといわんばかりに手を振り、

「困っているときは相身互いだ。礼にはおよばんさ……。では、頼んだぞ」

いいおいて、番小屋を出た。

5

鳩巣に挨拶《あいさつ》をして帰ろうとすると、

「ま、茶でも飲んでいきなさい」

と引き止められた。むげに断るわけにもいかず部屋に上がった。火鉢のかたわらに漆器の棗《なつめ》、茶碗、茶杓《ちゃびしゃく》、茶筅《ちゃせん》などが並べられている。

「たまには薄茶でもたてて進ぜよう」

と火鉢の鉄瓶の湯を茶杓ですくって、茶碗に注ぎ、みごとな手つきで茶をたてながら、

「いい若者だ……」

鳩巣がぼそりとつぶやいた。

「安之助のことですか」

「ふむ」

「初めて会ったときは、やけに鼻っ柱の強い男だと思いましたが、存外根は素直な男です。やはり血筋は争えませんね」

平八郎がそういうと、鳩巣は茶筅を持つ手をとめて首をふった。

「……違うな」

「違う?……何が違うんですか」

「あの男は、堀部安兵衛どのの息子ではない」

「えっ」

虚をつかれたように、ぽかんと鳩巣の顔を見た。

「堀部安兵衛どのに御子はおらなんだ」

「し、しかし」

反問しようとすると、鳩巣が遮るように、

「ま、一服」

点じた茶をつっと差し出した。

「…………」

何とも割り切れぬ顔で茶を飲む平八郎に、

「どうじゃ？」

鳩巣が上目づかいに訊いた。

「わたしには、とても信じられません」

「そのことではない。茶のことを訊いておるのじゃ」

「はあ、結構なお点前で……。しかし先生、安之助が嘘をついているとは思えませんが……」

「だから厄介なのじゃ」

「は？」

「おのれの出生を誰から聞いたと申しておった？」

「母親から聞かされたといっておりました」

「やはりな……、その母親が嘘をついておったんじゃ」

「母親が！」

ふむ、とうなずいて鳩巣が話をつづける。

「堀部安兵衛どののまことの妻女の名は『ホリ』と申してな。安兵衛どのが切腹して果てたのち、母方の実家である忠見扶右衛門《ただみすけえもん》どのの家に引き取られ、その後、忠見どのの次男が住む肥後熊本に身を寄せたそうじゃ」

室鳩巣は、赤穂義士礼賛の書『赤穂義人録』を著した人物である。赤穂浅野家に関する知識はなまなかなものではない。

「堀部安兵衛どのの跡は、忠見どのの次男が継いで堀部九十郎を名乗っておる」

つまり、堀部家の正当な跡継ぎは、その九十郎だというのである。

「すると、安之助の母親は……？」

「堀部家とは縁もゆかりもない赤の他人じゃ。『順』と申す女は、わしもよう知っておる。堀部安兵衛の妻と称して泉岳寺の近くに庵をむすび、参詣人《さんけい》から供養料をせしめておったそうじゃ」

泉岳寺に「妙海」の墓はたしかに実在するのだが……、

「堀部安兵衛どのとは全く関わりない。ただの騙《かた》り女だったのじゃ」

「かたり！」

「おそらく、その女は息子の安之助にも真実を打ち明けぬまま逝ってしもうたのじゃろう。

世間をたばかったばかりか、実の息子までも騙《だま》しつづけるとは……、罪なことをしたものよのう」

「…………」

平八郎は絶句した。鳩巣の話を疑うつもりはなかった。むろん否定するつもりも毛頭ない。ただ、安之助がこの事実を知ったらどう思うだろうかと、そのことばかりを考えていた。

「難問じゃのう。これは――」

鳩巣も同じことを考えている。

安之助は元禄十六年（一七〇三）の生まれだといった。とすれば今年で二十四歳になる。その二十三年間、安之助は「堀部安兵衛の遺児」であることを人生の拠《よ》りどころとして生きてきたに違いない。

「おれの躰には『けんか安』の異名をとった堀部安兵衛の血が流れている」

平八郎の前で大見得を切ったあのひと言に、安之助の強烈な自負と矜持《きょうじ》がこめられていた。それが鳩巣の一言で無残に打ち砕かれたのである。もとより悪意があってのことではない。鳩巣は事実をありのままに語っただけである。

しかし、真実はあまりにも残酷すぎた。それを本人に伝えるのはもっと残酷である。

「あの男の人生そのものを否定することになりますからね」

「ふむ」

「言わぬほうがいいでしょう」

それが平八郎の結論だった。

「まあ、わしがとやかく言う筋合いのものでもないからのう。おぬしの判断に任せる。……もう一服、どうじゃ?」

「いえ、結構です」

丁重に断って、平八郎は腰をあげた。

翌日の夕刻――。

土御門家江戸役所の用部屋に三人の男が座して、何やらひそやかに話し合っていた。

取締小頭の白岩権之亮と小嶋典膳。下段に跪座《きざ》しているのは、偏平《へんぺい》な顔にひどい斜目《すがめ》、そのうえ反《そ》っ歯《ぱ》という三拍子そろった醜怪な面貌《めんぼう》の男である。名は不毘羅《ふびら》、鬼一《きいち》流《りゅう》の忍びである。

「岡場所の女?」

白岩がぎらりと目を光らせて聞き返した。

「お島という女です。一年ほど前に都築どのが五十両の金で身請けしたそうで」

応えたのは不毘羅である。誦経《ずきょう》するような抑揚のない口調だ。

「一年前というと……」

小嶋がちらりと白岩を見やって、

「都築が江戸役所に来てまだ間もないころだな」

「うむ」

都築右京介が江戸役所を訪ねてきたのは、昨年の夏ごろだった。それまで都築は京の御本所（土御門家）の出役《でやく》陰陽師として、おもに摂津・河内・和泉・山城・大和の五畿内を巡回していたのだが、

「さらなる修行を積むために江戸役所で働かせていただきたい」

と申し入れてきたのである。

身分を確認したところ、陰陽師の職札（免許）も持っていた。それには、

許状

一、呼名可謂　都築右京介事

一、可着　烏帽子直垂事

一、可懸　木綿手繦事

土御門家雑掌　大井播磨正友

都築右京介殿

と記されていた。正しく御本所発行の職札であった。念のために御本所にも問い合わせてみたが、貢納料も遅滞なく納めており、雑掌《ぞうしよう》の大井から「置いてやってくれ」との要請もあったので、触頭《ふれがしら》・菊川伯耆頭《ほうきのかみ》の裁断で受け入れることにしたのである。

白岩はしかし、当初から流れ者の都築に不信感を抱いていた。何となく虫が好かなかったのである。

「あの男が五十両もの大金を持っていたとはのう」

「問題は、その金の出所だ……、一度、都築を呼んで詮議《せんぎ》にかけてみたらどうだ」

「いや、それはまだ早い。もうしばらく泳がせておこう。不毘羅」

「は」

「引きつづき、都築の動きを見張っててくれ」

「かしこまりました」

「それに、お島と申す女の居所もな」

「はっ」

一礼するや、猫のようにしなやかな身のこなしで、不毘羅は部屋を出ていった。

白岩権之亮が都築の行状に異常とも思えるほど過敏になっているのは、それなりの理由があった。

土御門家の江戸役所は、幕府の寺社奉行の管轄下におかれており、その動静はつねに寺社奉行配下の同心や隠密に監視されていた。とはいえ、これまで幕府と江戸役所との間に表立った確執は何もなかった。

両者の関係が悪化したのは、吉宗の代になってからである。なぜか急に寺社奉行の諜《ちょう》報《ほう》活動が活発になり、数年前には麾下の陰陽師から内通者が出るという事件も起きた。もともと猜疑心《さいぎしん》のつよい白岩は、それ以来とくに身内の行動に厳しい監視の目を向けるようになったのである。

「言い忘れていたが……」

小嶋がふと眉宇《びう》をよせていった。

「もう一つ、悪い知らせがある」

「何だ」

「幕府天文方・渋川図書の邸内に司天台《してんだい》が築かれるらしい」

「司天台……、それはまことか！」

「作事奉行が築造普請に取りかかったそうだ。完成すれば『改暦』御用に拍車がかかるだろう」

「とすれば……、早めに手を打たねばなるまいな――」

白岩のするどい眼が、毒をふくんでさらにするどく光った。

第六章　罠

1

十一月も半ばをすぎたある日の午下がり、市谷の尾張藩上屋敷に、三人の来訪者があった。

応対に出た用人に、そのひとりが、

「兄上のご病気お見舞いに参上した」

と来意を告げた。

藩主継友《つぐとも》の異母弟・松平通春《みちはる》である。連れのふたりは土御門《つちみかど》家江戸役所の触頭《ふれがしら》・菊川伯耆頭《ほうきのかみ》と取締小頭《とりしまりこがしら》の白岩権之亮《ごんのすけ》。継友の病気平癒の祈禱《きとう》を行うために、通春が連れてきたのである。

三人は寝所に案内された。

継友は病床で死んだように眠りこけていた。病状はかなり重いらしい。

　このひと月、烈しい下痢や嘔吐《おうと》がつづいたせいか、躰《からだ》はすっかり痩《や》せおとろえ、肌は檜皮色《ひわだいろ》に干からびていて、とても三十四歳の男には見えなかった。

（これが兄上か……！）

　通春はわが目を疑った。まるで臨終まぎわの老人のように変わり果てた姿である。

　病の原因は、藩邸の侍医にもまったくわからないという。

　人払いしたあと、白岩権之亮が枕辺に小さな祭壇をしつらえた。

　陰陽道には、病の原因を調べる「六三（六算）除け」という法がある。この法で白岩が病患部をさぐり当て、菊川伯耆頭がその箇所の障《さわ》りを除く秘法をほどこし、

「五王なる中なる王にはびこられ、病はとくに逃げ去りにけり」

と神歌を十遍唱えて、病気平癒の加持祈禱をする。

　半刻ほどで祈禱は終わり、三人は控えの間に下がった。

　茶をすすりながら、

「ここだけの話でございますが」

　菊川が小声で通春に話しかけた。

「継友公のご病気は予断を許しませぬ」

「陰陽道でも病の原因《もと》を取り除くことはできぬと申されるか」

「残念ながら……、そう永い命ではありますまい」

「………」

「しかし、通春さまにとって、これは吉兆と申せましょう」

菊川がずけりといってのけた。これは通春への婉曲《えんきょく》な世辞であり、追従《ついしょう》である。

「吉兆？　と申すと……」

「継友公の死期が早まれば、それだけ通春さまの出番が早くなるということでございます」

「菊川どの」

通春があわてて四辺に目をくばり、

「口がすぎますぞ」

たしなめるようにいった。が、言葉とは裏腹に、その顔には穏やかな笑みが泛《う》かんでいる。

「まるで、わたしが兄の死を願っているように聞こえるではないか」

「これは、とんだ失言を……」

と謝りつつ、菊川も顔では笑っている。以心伝心の腹芝居といったところであろう。

通春がふと真顔になって、

「ところで、その後『天一《あまくに》』の件は？」

声をひそめて訊《き》いた。

「手を尽くして『津山』なる浪人者を探してはいるのですが――」

応えたのは、白岩である。「津山」と名乗る浪人が錺《かざり》職人の宇之吉に『天一』の贋作《がんさく》を造らせたという情報は、すでに星野藤馬から聞いて知っていた。町方が「津山」の人相書きを作って探索に奔走していることも知っている。だからこそ気が急《せ》くのである。

「今のところ、まだ何の手掛かりも……」

申し訳なさそうに頭を下げる白岩に、通春はことさら無表情をよそおって、

「町方やお庭番も難儀しているに相違ない。むしろ勝負はこれからでござる。引きつづきよろしくお頼み申す」

「ははっ」

白岩が恐縮して頭を下げた。

「では、手前どもはこれにて——」

一礼して、菊川が気ぜわしげに腰をあげた。

「ご足労でござった」

通春はふたりを廊下まで見送り、ふたたび控えの間にとって返して腰をおろすと、

「小萩」

誰にいうともなく、低くつぶやいた。と同時に、隣室の襖《ふすま》が音もなく開き、敷居ぎわに奥女中姿の小萩がつつましく手をついた。

「調べはついたか？」

「はい」

小萩が裳裾《もすそ》をさばいて膝行し、

「委細はこれに……」

着物のたもとから、小さく折り畳んだ紙を取り出して、通春に手渡した。

「大儀」

受け取って、紙面にすばやく目を走らせ、ささやくような声でいった。

「藤馬に伝えてくれ。今夜酉《とり》の下刻（午後七時）、例の場所に来るようにと」

「かしこまりました」


「継友公のご病状はいかがでございましたか？」

星野藤馬が通春の朱杯に酒をつぎながら訊いた。

吉原仲之町《なかのちょう》の妓楼《ぎろう》『三浦屋』の二階座敷である。

「かなり重い。藩邸の医者も匙《さじ》を投げているそうだ」

「すると……、やはり」

「疑うまでもあるまい。あれは朱毒（水銀）による腎《じん》の臓の病だ。吉通《よしみち》公も同じような症状で亡くなっている」

八代将軍の最有力候補であった尾張四代藩主・吉通が、お庭番の〝草〟に朱（水銀）を盛られて謀殺されたことは前に述べた。

吉宗とその側近たち（巨勢《こせ》一族）の遠祖が、朱（水銀）の原料となる「丹砂《たんしゃ》」の採掘をしていた「丹生《にう》一族」であったことを解き明かしたのは、幕府の儒官・室鳩巣である（前作『はぐれ柳生殺人剣』参照）。

「鳩巣どののご教示を得て、さらに『朱』についていて調べをすすめてみたのだが……」

通春が朱杯の酒を舐《な》めつつ語る。

「じつは、『丹生一族』が尾張家にもいたのだ」

「尾張にも！」

藤馬が瞠若《どうじゃく》した。

学問好きの通春は、このひと月「朱」に関する文献や古文書を渉猟して、尾張家と「朱」の関係を徹底的に調べ上げたのである。その結果が確信に満ちた言葉に表れていた。

「はるか昔のことだが、確かにいたのだ。そして、その末裔《まつえい》たちがいまも尾張の家中にいる」

「ま、まことでございますか！」

「迂闊《うかつ》だった。なぜ、そのことに早く気がつかなかったのか……」

通春の白皙《はくせき》の顔に悔恨がよぎった。

全国各地に残る「丹生《にう》」（ニュウ、ニフともいう）という地名は、文字通り「丹《たん》が生じる」という意味であり、古くから丹砂（朱）の産出地とされてきた。吉宗が紀州藩主の座につく前に領していた越前丹生郡《にうごおり》も、朱の産出地である。

岐阜県徳山村の奥に「門入《かどにゅう》」という集落があった。門入とは、すなわち「門丹生《かどにう》」、「丹生」の入り口という意味である。門入からさらに数里分け入ったところに、地元の古老たちが「蝙蝠穴《こうもりあな》」と呼ぶ丹砂（朱）の採掘坑があった。

「古文書を調べてわかったことだが……」

朱杯に酒をつぎながら、通春が話をつづける。

「門入に飛び地を持っていたのが、石河《いしこ》一族だったのだ」

またもや藤馬は驚愕《きようがく》した。石河は代々尾張家の家老職をつとめる名門であり、現在は六代目の石河兵庫《いしこひようご》が家職をついで国家老の座についている。その石河の祖先たちが門入で丹砂の採掘をしていたというのである。

「蝙蝠穴」で採掘された丹砂は、ホハレ峠を越えて坂内川に運ばれ、下流の横山を経由して尾張に運ばれた。ホハレ峠の俚名《りめい》は「頬が腫《は》れるほど険しい坂」というのがその名の由来で、古地図には「入坂《にゆうざか》」（丹生坂）とも記されている。

「石河が採掘した朱は、何に使われたと思う?」

通春が唐突に訊いた。

「さっぱり見当がつきませぬ」

「名古屋城の金の鯱《しやちほこ》だ」

（あっ）

一瞬、息を飲んだまま、藤馬は絶句した。

朱＝水銀は金を精製するためには欠かせぬ媒体であり、古来「金千杯・朱千杯」といわれるほど珍重されてきた。

徳川家康が名古屋城の金の鯱を造るために、血まなこになって「朱」を探していたのはまぎれもない事実であり、当時、名古屋城の天守閣には金蔵と朱蔵があったという。

「家康公は、名古屋城の金の鯱を造らせるために、丹生一族の末裔である石河を家老職に取り立てたのであろう。つまり……」

その時代から尾張藩には「巨勢一族」と祖を同じくする「石河一族」が、藩の中枢に根を下ろしていたのである。

「すると、吉通《よしみち》公や継友《つぐとも》公に『朱毒』を盛ったのは……」

「国家老・石河兵庫の配下の〝草〟に相違あるまい」

通春はきっぱりとそういい切った。

2

国家老・石河兵庫の名は、尾張藩士・安井又七（馬廻組《うままわりぐみ》三十石五人扶持《ぶち》）が記した

『趨庭雑話《すうていざつわ》』の中にも登場する。

『円覚公（四代吉通）婬酒《いんしゅ》におぼれ、早世し給ふ根元は、本寿院主母（吉通の生母）、則《のり》なく姑息《こそく》に溺《おぼ》れ、悪しき事のみを見習わせ給へるによれり。しかのみならず、石河兵庫、院主の意を迎え其《そ》れを悪しく守り立てまつり……（云々《うんぬん》）』

――四代吉通が急死したのは、淫乱な母親・本寿院《ほんじゅいん》の感化を受けて酒色に溺れたためであり、もとはといえば本寿院に阿諛追従《あゆついしょう》し、「悪しきこと」を黙認した石河兵庫のせいである、と安井は記しているのだが、これは明らかに吉通の「毒死」を「酔乱狂死」に見せかけるための石河の偽装工作にほかならなかった。

「しかも本寿院さまのご乱行そのものも、朱毒による気の病（精神錯乱）だったのだ」

通春の話は、ほとんど断定だった。一つ一つの事実が寄木細工のようにぴったりと継ぎ合わされ、毛ほどの齟齬《そご》もなく平仄《ひょうそく》が合っている。

「石河の背後で糸を引いているのは、巨勢十左衛門であろう」

「それにしても、皮肉でございますな」

藤馬が口の中でぼそりとつぶやいた。

「何がだ？」

「継友公がお亡くなりになれば、その跡をお継ぎになるのは通春さま……。吉宗公が、いえ、巨勢十左衛門がそれを知らぬはずはございますまい」

継友を謀殺することは、結果として、吉宗の最強の政敵・通春を政治の表舞台に押し出すことになるのである。それを承知で十左衛門はなぜ継友を殺そうとしているのか。その意図が藤馬には理解できなかった。

「吉宗公は、あのときの恨みを忘れておらぬ」

通春がいった。酔いがまわったのか、涼やかな目元にほんのり朱がさしている。

「恨み……、と申されますと？」

「安西数馬の一件だ」

その名を聞いた瞬間、藤馬の脳裏に五か月前の事件が鮮烈によぎった。

安西数馬——継友の小姓頭《こしょうがしら》をつとめていた男である。五か月前、安西数馬は尾張藩を脱藩し、下総小金原《しもうさこがねはら》で行われた大巻狩りの勢子《せこ》にまぎれて吉宗暗殺を図った。しかし、狙《そ》撃《げき》は失敗し、数馬はその場で腹を切って果てた。

そして翌払暁《ふつぎょう》、市谷の尾張藩上屋敷の門前に、塩漬けの数馬の生首が届けられた。その生首こそが吉宗暗殺を指嗾《しそう》した継友への返報であり、復仇《ふっきゅう》の第一矢だったのである。

「吉宗公は執念深いご仁だ。何よりもまず、あのときの恨みを晴らすのが先決なのであろう……、藤馬」

つと膝《ひざ》を乗り出し、通春はまっすぐ藤馬の顔を見すえた。

「継友公のお命はそう長くはない。そちの申す通り、巨勢十左衛門がわたしの出番を早めてくれたのだ」

語尾がかすかに上ずった。めずらしく声に感情が洩《も》れている。次期藩主の座へのひそかな野心が、その声には込められていた。

「そろそろ露払いをしておいてもらえぬか？」

訊き返すまでもなく、すぐに合点がいった。継友に朱毒を盛った石河兵庫配下の〝草〟を始末しろといっているのである。藤馬がしかとうなずいた。

「承知つかまつりました」

「この者たちが石河の〝草〟だ」

通春がふところから折り畳んだ紙を取り出した。小萩から受け取った紙片である。

賄い方・三浦半右衛門。

毒味役・塚田欣次郎。

御膳掛かり・杉乃。

同　　・千歳。

この四人は、藩祖義直《よしなお》以来、世襲的にその役目をついで藩主の食事の世話をしてきた者たちである。小萩の調べによると、いずれもその祖は石河家の又者《またもの》（陪臣）であったという。

「四人でございますか」

「いや、もうひとり、肝心な男がいる。石河兵庫だ」

「石河どのが江戸に……？」

「来ている。継友公のご病気見舞いに事寄せて、〝草〟どもの首尾を見届けにきたのであろう。今夜、麹町《こうじまち》の中屋敷にこの四人を呼び寄せて会食をするやに聞きおよんだ。この機会を逃す手はあるまい」

通春は口辺にうすい笑みをきざんだ。ぞっとするほど凄味《すごみ》のある笑みである。これほど酷薄な通春の顔を、藤馬はかつて見たことがなかった。


その夜、戌《いぬ》の刻（午後八時）。

麹町の尾張藩中屋敷の一室で、五人の男女が酒肴《しゅこう》の膳部をかこんで談笑していた。

上座の小肥り、赤ら顔の初老の武士は、尾張藩国家老の石河兵庫である。その前に賄い方の三浦半右衛門、毒味役の塚田欣次郎、そして御膳掛かりの女中・杉乃と千歳がいる。

四人の話題は、もっぱら病床の継友の料理献立に関することばかりで、当然のことながら、「朱毒」を盛ったことなどはおくびにも出さなかった。

毒味役の塚田が、

「殿のご病気には鯉の生き血がよい」

といえば、

「いや、朝鮮人参《にんじん》の椀《わん》がよかろう」

と賄い方の三浦が反論し、

「鶴の肉などはいかがでしょうか」

杉乃が提案する。

端で聞けば単なる料理の話にしか聞こえないが、実はこのやりとりの中に、彼らだけにしか理解できない符丁が込められていたのである。

四人の話に耳をかたむけていた石河が、おもむろに口を開いた。

「そろそろ揚げ物にしたほうがよかろう」

揚げ物は「切り上げる」という意味である。つまり、そろそろ朱毒を盛るのはやめにしたほうがよいといっているのである。継友の病状を見きわめた上での石河の結論だった。

「では、明日からは揚げ物ということで……」

賄い方の三浦がにやりと嗤《わら》ってうなずくと、ほかの三人も同意するように顔を見交わした。五人の〝密談〟はそれで終わり、座が酒宴に移った。そのときである。

がらり。

庭に面した三方の障子が荒々しく引き開けられ、黒布で面をおおった六人の男が、怪《け》鳥《ちょう》のように躍り込んできた。酒宴は一瞬裡《り》に修羅場と化した。

「く、曲者……！」

石河の声が途切れた。覆面の男が左手で口をふさぎ、右手に持った打根《うちね》を石河の盆の窪《くぼ》に深々と突き刺したのである。四人の男女の首にも打根が刺し込まれていた。

打根とは、別名「鋒箭《ほこや》」とか「手突矢《てつきや》」とよばれる長さ四寸ほどの小武器である。『弓法軍要』に「組討ちのとき、あるいは手づめの勝負には、これに越ゆる事なし」と記されているように、一人一殺《いちにんいっさつ》の暗殺武器として用いられる。

五人は声もなく即死した。電光石火の早業である。

「屍《かばね》を運び出せ」

巨軀《きょく》の男が野太い声で下知した。これは藤馬の声である。配下の六人のお土居下衆《どいしたしゅう》が軽々と死体を担ぎあげて運び去った。

殺しの手業もさることながら、そのあとの処理が、また見事だった。酒宴の膳部は一分の乱れもなくそのまま残され、畳には一滴の血もこぼれていない。誰が見ても、酒宴の途中で五人が忽然《こつぜん》と姿を消してしまったとしか思えぬだろう。事実、この直後に部屋の様子を見にきた家士が、

「か、神隠し！」

と叫んで腰をぬかしたという。

市谷御門の番士が、神田川に浮いている五人の死体を発見したのは、翌朝の六ツ（午前六時）ごろであった。

日比谷御門の外に、敷地一万二千坪の宏大《こうだい》な屋敷がある。通称「桜田御用屋敷」。屋敷内には、四季折々の花が楽しめる花壇や錦鯉が泳ぐ池、将軍家の厩《うまや》、大奥老女の休息所などのほか、お庭番組頭たちの長屋がある。

長屋といっても、町屋の裏店《うらだな》のごとき貧弱な家ではない。敷地百七十坪、建坪が六十二坪あり、うち母屋が四十七坪、二階に十五坪ほどの侍・中間《ちゅうげん》部屋がある。敷地内には、ほぼ同じ規模の長屋が七棟あった。この七棟の長屋が、お庭番の活動拠点であり、牙城《がじょう》なのである。

その日の午後。

お庭番筆頭・藪田定八の長屋の広間に、お庭番家筋十六家の組頭たちが集合した。招集したのは御側《おそば》衆首座・巨勢十左衛門である。

「昨夜、石河《いしこ》兵庫どのが殺された」

十左衛門が臼《うす》のように大きな頭をぐりっとひねって苦々しげにいった。

「石河どのが!」

藪田が驚声を発した。

「四人の〝草〟ともどもにな」

一座から小さなどよめきが洩れる。

「手口から見て、尾張の隠密の仕業に相違あるまい」

「お土居下衆でございますか」

藪田が訊く。

「うむ……、おそらく松平通春公の差し金であろう」

「しかし、なぜ？」

疑問を呈したのは、お庭番第三家の組頭・川村弥五左衛門である。石河兵庫の正体がなぜ発覚したのかと問うたのである。一座の誰もが抱く疑問だった。

「継友公の病気見舞いと称して、のこのこ江戸に出てきたのが裏目に出たのじゃ……、とはいえ、石河どのの正体を見抜いた通春公の眼力、さすがといわざるを得まい」

十左衛門の声はますます苦い。心底、通春を畏怖《いふ》した言葉である。

「いずれにせよ」

険しい目で十六家の面々を見回し、

「継友公の命は先が見えてきた。これからは松平通春がわれらの敵になる」

「とあらば、ただちに返報を……」

第四家の組頭・明楽樫右衛門が昂然《こうぜん》といった。

「是非もない！　まずは通春公の命を取るべきでござる！」

第九家の村垣吉平も同調する。

「待たれよ」

と制したのは藪田定八である。

「石河どのと四人の〝草〟を殺した下手人は、通春公の密偵・星野藤馬と配下のお土居下衆だ。まずはそやつらから始末するのが筋であろう」

この発言には、少なからず藪田の個人的な感情がこめられていた。星野藤馬には組下の忍びが何人も殺され、何度も煮え湯を飲まされてきた。その怨念《おんねん》と憎悪である。

「本丸を落とすのは、それからでも遅くはあるまい」

そういって、藪田は同意を求めるように十左衛門の顔をちらりと見やった。十左衛門も藪田の胸中を察していた。

「よかろう。そちに任せる」

3

旧暦の十一月は現在の十二月である。とりわけ今年の寒さは相当に厳しい。

陽が落ちて間もなく、ちらほらと小雪が舞いはじめた。

蔵番を終えたあと、平八郎は両国広小路に足をむけた。路面は白木綿を敷いたようにうっすらと雪におおわれている。爪先がじんじんと痛むほどに冷たい。

十一月の酉《とり》の日を迎えると、江戸府内各所の鷲《おおとり》神社《じんじゃ》の境内では熊手市が開かれ、いやがうえにも暮の気分が盛り上がる。両国広小路の賑わいも相変わらずだ。

両国橋の西詰のたもとに、奇妙な人垣ができていた。これは三河万歳の太夫《たゆう》が、相棒の才蔵を探すための、俗にいう「才蔵市」である。こうした光景は両国にかぎらず、あちこちの火除地《ひよけち》（広小路）で見られた。江戸の風物詩の一つである。

つごもりの市にかかへる広小路
顔のまどりの延びた才蔵

三河万歳の太夫は、三河や駿河・遠江《とおとうみ》からやってくるが、才蔵は房総方面からくる出稼ぎである。間延びした道化面《づら》が太夫の人気を集め、高く売れたという。ちなみに三河万歳の太夫も土御門家の支配下にある。

「才蔵市」の人垣を横目に見ながら、平八郎は両国橋を渡った。橋の欄干には、雪見の人々が鈴なりになっている。

「いらっしゃいませ」

いつもの番頭が愛想たっぷりに平八郎を迎え入れた。

本所亀沢町の水茶屋『桔梗屋《ききょう》』である。

二階座敷に通され、運ばれた熱燗《あつかん》を手酌で飲《や》っていると、ほどなく、

「お待たせいたしました」

お葉が入ってきて、平八郎のかたわらに座り込むと、

「今年は早いですね」

ぽつりといった。

「雪ですよ」

「ああ……だが、積もるような雪ではない」

「ならいいんですけど――」

「雪は嫌いか」

「寒がりなんですよ」

と、お葉は微笑《わら》った。

「何か変わったことはあるか」

平八郎が訊くと、お葉は徳利を手にとって酌をしながら、探るような目で、

「もう、ご存じなんでしょ」

「何のことだ？」

一瞬、お葉はいぶかる表情を示した。尾張藩の国家老・石河兵庫と配下の四人の〝草〟が殺された事件のことである。平八郎はとうに知っているものと思っていたのだが、どうやら本当に知らないようだ。

「ほう、尾張の国家老がな……」

　事件のあらましを聞いても、平八郎はさほどに驚かなかった。権力抗争に裏切りや背反、内応はつきものだからである。尾張藩の家中に公儀の隠密が潜入していても不思議はないし、その逆があってもおかしくはない。

「その連中を殺《や》ったのは尾張の隠密か」

「いえ」

　お葉がためらうように首をふって、

「……星野さまです」

「なに」

　さすがに今度は驚いた。お葉の口から藤馬の名が出たことにである。

「なぜ、藤馬の名を知っているのだ？」

「忍び頭から聞きました」

「なるほど、そういうことか」

「星野さまはお庭番にねらわれてます。しばらく、あの人には近づかないほうが……」

「お葉……」

　そっと肩に手をかけて引き寄せた。

「おれは、何としても『天一《あまくに》』を手に入れたいのだ」

「…………」

「そのために藤馬と手を組んだだけだ。決して尾張方についたわけではない」

「お庭番はそうは思っていません」

「……それも致し方あるまい」

「殺されてもいいんですか」

お葉がたじろぐほど真剣な目で平八郎を直視した。

「男には、命を賭《か》けるものが必要なのだ。それがなければ生きている意味がない」

「命を賭けるもの？」

「お前のことだ」

「…………」

やおらお葉が平八郎の胸にしなだれかかってきた。細い肩がかすかに顫《ふる》えている。平八郎はお葉の躰を抱いて、畳に横たわらせた。お葉はそっと眼を閉じて、なすがままに身をまかせた。長い睫毛《まつげ》にひと雫《しずく》の涙が光っている。

唇を重ねた。甘く、馥郁《ふくいく》たる芳香が口の中にひろがる。やわらかな舌が生き物のようにからみつく。もどかしげに帯を解いた。両肩からはらりと着物がすべり落ち、白磁のようにきめの細かい肌があらわになった。ゆたかな乳房の上に薄桃色の乳首がつんと立っている。

「あ」

かすかな声がお葉の口から洩れた。平八郎が乳首を口にふくんだのである。お葉は躰を弓なりにそらせ、片手で平八郎の首を抱えこむと、もう一方の手で平八郎の着物の下前をはぐり、下帯の紐《ひも》を解いた。

平八郎の躰が敏感に反応した。お葉の指先がふぐりの裏をさすり上げている。しびれるような快感が平八郎の躰の芯《しん》をつらぬいた。全身の血が一挙にそこに流れこみ、一物が玉鋼《はがね》のように熱く、硬く屹立《きつりつ》した。

平八郎は、せき立てられるようにお葉の着物を剝ぎとり、おのれも脱いだ。一糸まとわぬ姿である。お葉の両膝を立たせ、股間《こかん》に手を差し込んで秘所を撫《な》であげた。秘毛がしっとりと濡《ぬ》れそぼっている。誘いこむようにお葉がそっと尻を浮かせた。桃色の裂け目がぬれぬれと光っている。平八郎はお葉の両膝を割って腰を入れた。屹立した尖端《せんたん》が花芯に触れる。お葉が突きあげるように尻を浮かした。すべるように入った。

「あっ、ああ……」

お葉がすすり泣くような声を洩らす。

熱く屹立した一物が肉ひだを押し分けて深く埋没し、尖端が奥の壁に突き当たった。お葉の肉体が大きく顫えた。絶え入るような声を発して、烈しく尻をふる。その動きに合わせて平八郎も腰を律動させる。

ふいにお葉が四肢を平八郎の躰に巻きつけ、骨がきしむほどの力でしがみついてきた。

「あ、だめ……！」

小さく叫んでのけぞった。全身が電撃を受けたようにひくひくと痙攣《けいれん》している。ほとんど同時に平八郎も欲情を放出した。激烈な快感が脳髄を突きぬける。

精を放ったあとも、平八郎はお葉の中で余韻にひたっていた……。


身づくろいを終えたお葉が、鬢《びん》のほつれ毛を片手でかき上げながら、障子窓を開けて外を見やった。夜気がひんやりと忍びこんでくる。

「雪、やみましたよ」

雲間から白々と月明かりが差している。

ぴしゃり。障子窓を閉めると、手酌で酒を飲んでいる平八郎のかたわらにしどけなく腰を下ろし、

「大事なことを言い忘れていました」

お葉が小声でささやくようにいった。

「大事なこと？」

平八郎が訊き返す。四辺に目をくばりながら、お葉はさらに声を落として、ためらいがちに話しはじめた。

「本当は、お組頭に知らせなければいけないことなんですけど……昼間、ふたり連れのご浪人さんが来ましてね」

見るからに食い詰め浪人といった感じの薄汚い男たちだった。むろん一見《いちげん》の客である。お葉が酒を運んでいくと、ひとりが、

「しばらく外してくれ」

剣呑《けんのん》な目つきでいった。不審に思って廊下に佇《たたず》んで聞き耳をたてていると、

「話はついたのか？」

襖越しに押し殺した声が聞こえてきた。

「明日の暮七ツ半（午後五時）、例の物を受け取る手はずになっている」

「場所は？」

「護持院ケ原の二番原だ」

「それにしても、五十両とは『津山』のやつ、吹っかけたものよのう」

「それでも安い買い物だ。おれの目に狂いがなければ、二百両は下らぬ代物《しろもの》だぞ。あれは」

そんな謎めいたやりとりをしていたという。

（津山！）

平八郎は思わず息を飲んだ。

「たしかに津山といったのだな」

「はい」

その「津山」が錺職人の宇之吉に『天一《あまくに》』の贋作を注文した人物だとすれば、「二百両は下らぬ代物」とは本物の『天一』に違いない。

「取り引きは明日の暮七ツ半か——」

「場所は護持院ケ原の二番原です」

「………」

このとき、平八郎の脳裏にべつの思念がよぎった。お葉はお庭番を裏切ってこの情報を平八郎に洩らしたのである。万一このことが発覚したらただではすむまい。忍びの裏切りは「死」に価する罪である。お葉はそれを承知で平八郎に賭けたのだ。そう思うと胸が焼けるほど熱くなった。無性にお葉が愛しくなった。

「お葉……」

お葉の躰を引き寄せ、つよく抱きしめた。着物の上から肌の火照《ほて》りが伝わってくる。お葉の躰はさっきよりさらに熱く、さらに烈しく燃えていた。

4

視界が急に明るくなった。

そっと薄目を開けて見た。窓の障子が白々と光っている。

(朝か……)

平八郎はむっくり起き上がった。

(何刻だろう?)

時間もわからぬほどよく眠った。障子窓を開けて外を見た。昨夜とは打って変わって、雲ひとつない晴天である。路上の雪もすっかり溶け消えていた。

平八郎は土間に下りて、水瓶の水を桶《おけ》にそそぎ、手ばやく顔を洗って房楊枝《ようじ》で歯を磨いた。

と、突然「起きてるか」と野太い声がして、男がのそりと入ってきた。藤馬である。

「おぬしか……」

「ずいぶんとごゆっくりだな」

起き抜けの平八郎の顔を見て、藤馬が皮肉まじりにいった。

「何の用だ?」

「その前に茶を一杯馳走《ちそう》してくれ」

無遠慮にそういうと、藤馬はずかずかと部屋に上がりこんだ。

火鉢にわずかに火種が残っている。炭櫃《すびつ》の炭をつぎ足し、鉄瓶に水をそそいで火鉢にかけながら、平八郎が訊いた。

「いま何刻だ?」

「五ツ(午前八時)を回ったところだ。ゆうべは遅かったのか?」

「……なかなか寝つかれなくてな」

「悩みがあるなら聞いてやるぞ。金か? 女か?」

藤馬が揶揄《やゆ》するようにいった。平八郎は憮然《ぶぜん》と首をふって、

「用件は何だ?」

「おぬしの手づるは当てにならんのでな」

「どういうことだ?」

「……ある筋から、ようやくこれを手に入れた」

藤馬がふところから折り畳んだ紙を取り出して畳の上に広げた。「津山」の人相書きである。五十年配の男の似顔絵の下に、

一、姓、津山。
一、歳、五十前後。
一、色浅黒ク。
一、鼻大キク、高キ方。
一、眼口耳、常体。

一、髪、総髪。

と記されている。とり立てて特徴のない顔である。

「どこにでもいそうな顔だな」

「それゆえ、町方もお庭番も手こずっておるんじゃ」

鉄瓶が湯気を噴き出した。急須《きゅうす》に湯をそそいで茶を入れると、藤馬がずずっとすすりながら、

「だが、これでひとつ手掛かりが出来た。何もないよりはましじゃろう。おぬしもこの顔をよく頭に叩き込んでおけ」

「用件はそれだけか」

「ああ」

「おれのほうからも訊きたいことがある」

「なんだ？」

「国家老・石《いし》河兵庫《こひょうご》と配下の〝草〟を殺したのは、おぬしたちなんだな」

質問の口調ではない。ほとんど断定である。

「…………」

口に運びかけた湯飲みを畳において、藤馬がひたと射すくめた。

「なぜ、それを……？」

「お庭番がおぬしの命をねらっている」

「そうか」

意味ありげに笑いながら、

「お葉という女から聞いたのだな」

平八郎は逡巡《しゅんじゅん》するように火鉢の炭をかき回しながら、

「もう一つある……、これはいい話だ」

「いい話？」

「『津山』の居所がわかったぞ」

「ほ、本当か！」

思わず藤馬が身をのり出した。

「今日の夕刻、護持院ケ原に現れる。時刻は暮七ツ半だ」

藤馬が疑わしげな目で、

「間違いあるまいな、その話」

「それを確かめに行くつもりだ」

「よし、おれも行こう」

ふいに平八郎が立ち上がった。

「いかん！」

「どうした？」

「仕事に遅れた」

「仕事？」

「上総屋の蔵番だ」

蔵番の仕事は朝五ツ（午前八時）からである。とうにその時刻はすぎていた。あわてて身支度をととのえ、

「七ツ（午後四時）に両国橋の西詰で会おう」

いいおいて脱兎《だっと》のごとく飛び出した。

「妙な男じゃ」

藤馬は苦笑を泛かべて見送った。『天一《あまくに》』奪回という重大な局面を迎えながら、目先の蔵番の仕事にあわてふためくところが、いかにも平八郎らしいおおらかさなのだが……。

（あの男は気性が真っ直ぐすぎる）

そこに平八郎の脆《もろ》さと危うさがひそんでいるような気がしてならなかった。

申《さる》の刻（午後四時）。

夜番の堀部安之助にあとを頼んで、いつもより一刻（二時間）ほど早く蔵番を終え、平

八郎は塗笠をかぶって両国広小路に向かった。

陽が没して、薄闇がただよいはじめている。人間の視覚とは不思議なもので、この時刻になると物が見えにくくなる。路地角からひょいと人影が現れたりすると、心の臓がとび出るほどびっくりさせられる。そんな経験は誰にもあるはずだ。文字通り「逢魔《おうま》が時」である。

前方にちらちらと灯影が見えた。両国広小路の灯りである。

雑踏をぬって両国橋の西詰に足を向ける。

人混みの中にひとりだけ頭をぽつんと突き出している長身の男がいた。藤馬である。

「よう」

藤馬もすぐに気づいて、大股に歩みよってきた。

「行こうか」

ふたりは肩をならべて歩き出した。

神田川の南岸をほぼ真っ直ぐ西上し、筋違《すじかい》御門の前を斜め左に折れると、やがて錦小路に出る。錦小路から一ツ橋御門、雉子橋《きじばし》御門へと続く宏大な火除地が「護持院ケ原」である。

そもそもこの火除地は、江戸城の北方、すなわち鬼門に当たるということで、五代将軍綱吉の母・桂昌院《けいしょういん》が護持院を建立した場所だったが、九年前（享保二年）の火災で七堂伽藍《がらん》が焼けたあと、再建されずに音羽の護国寺内に移され、焼け跡は火除地として空き地のまま放置されてきたのである。

桂昌院の無知につけ込んで護持院を建立させたのは、悪名高い怪僧・隆光《りゆうこう》である。

隆光は桂昌院の威光を笠にきて、夜な夜な寺院内で大奥女中たちと酒池肉林の狂宴をくりひろげたあげく、懐妊した女中たちを殺害して寺の池に投げ棄てたという。

この猟奇譚《たん》を裏書きするように、焼け跡の処理にあたった幕府の作事方・千坂某の筆記には、次のような記述が見られる。

「享保二年（一七一七）護持院を大塚護国寺の側に御移しありし時、我らも右掛かり仰せつけられ候が、さすが常憲院（五代綱吉）さま御代御出頭の事とて、寺内建物の広大なる事、なかなか申すに及ばず、中にも住持をはじめ役者祈禱僧、そのほか同宿の部屋々々に至るまで、結構美麗なること目を驚かすばかりなる。（中略）方丈の後の庭、花畑と申す所に大きなる池これあり候が、これをも埋め立て候様との事に付き、水をば神田橋の堀へ落とし候て、その跡を見候へば、人の骸骨《がいこつ》、およそ十人余もこれあり候故、皆々驚き入り、さて何ものかと吟味つかまつり候へば、骸骨のあたりに長き藻《も》のごときものこれあり候間、取り上げさせてよく見候へば、髪の毛にて候故、さては女の死骸と見え候とて、いよいよ不審を立て候」

寺内の池から十人余の女の骸骨が出てきたというのだから、ただごとではない。おそらく、そうした因縁があって、護持院の焼け跡は空き地のままに放置されたのであろう。

現在の護持院ケ原は、三本の道で四つの区域に分けられ、東側から一番原、二番原、三番原とよばれている。このうち一番原は旗本大名に下賜されて武家地になっていたが、そのほかは濠《ほり》を掘って樹木を植え、火除地をかねて将軍家の放鷹地《ほうようち》にされていた。

5

時刻は七ツ半（午後五時）少し前、夕闇《ゆうやみ》は、すでに宵闇に変わっている。

二番原と三番原を東西に分かつ道に、音もなく二つの影がわき立った。塗笠で面を隠した平八郎と藤馬である。ふたりは足をとめて闇を見まわした。

月明かりが一本道を白々と照らし出し、不気味な静寂が四辺を領している。人影はおろか野良猫一匹見当たらない。

「……おらんぞ」

藤馬が低くつぶやいた。

「あそこで待とう」

平八郎が道の右手（三番原側）の楓《かえで》の木陰に藤馬をさそった。その瞬間、

ひゅっ。

夜気を裂いて、何かが平八郎の首すじをかすめた。

「伏せろ！」

藤馬が叫ぶのと同時に、楓の樹幹にストンと小さな矢が突き刺さった。吹き矢である。二人はくるっと躰を一回転させて楓の木の根方に身を伏せた。立てつづけに吹き矢が飛んできた。

「どういうことだ！」

平八郎が驚声を発した。

「罠《わな》だ」

いうなり藤馬はふり向きざまに抜刀した。背後の灌木《かんぼく》の茂みから、凄《すさ》まじい殺気とともに三つの影が跳び出してきた。いずれも黒装束の男たちである。刃うなりを上げて藤馬の刀が一閃《いっせん》した。どさっと何かが枯れ草の上に落下した。截断された脚である。その間に、平八郎も二つの影を逆袈裟《けさ》に斬りあげている。宙に二つの首が舞った。

ざざっ。四方の闇が動いた。木立の間に無数の影がよぎる。完全に包囲されていた。

「逃げろ、平八郎！」

とっさに翻身し、灌木の茂みに跳び込んだ。包囲した影たちが黒つむじのように追ってくる。ふたりは樹間をぬって必死に逃げた。その背に間断なく吹き矢が襲ってくる。地を舐《な》めるように身を屈めて、右に左に矢をかわしながら、ふたりは一目散に走った。

「藤馬、上だ！」

先を行く藤馬に平八郎が叫んだ。ほとんど同時に頭上から黒影が舞い降りてきた。その数十二、三。忍び刀を垂直に構え、樹々の梢からいっせいに飛び下りてくるその様は、さながら獲物を目がけて急降下する猛禽《もうきん》のようだ。

平八郎と藤馬は左右に跳んだ。跳びながら舞い降りてくる影を手当たりしだいに斬った。両断された腕が宙に舞い、おびただしい血と肉片が一面に飛び散り、瞬時に四つの影が死体となって転がった。

だが、影の斬撃は一向にやまない。それどころか追尾の影が加わって、数はふくれ上がるばかりである。必死に斬りむすびながら、ふたりは猛然と走った。影の群れが怒濤《どとう》のごとく追尾する。逃げる先々に伏勢の影が躍り出してくる。それをことごとく斬り伏せ、三番原の道を横切って四番原に逃げ込んだ。

「うおーッ」

獰猛《どうもう》な吼《ほ》え声とともに、藪《やぶ》の中から突然、黒い塊がとび出してきた。きらっと琥珀《こはく》色の燐光《りんこう》が二つ闇によぎった。けだものの眼である。平八郎が反射的に刀を放った。

「ぎゃん!」

奇声を発して黒い塊が二つ、ドスンと地面に転がった。胴を真っ二つに斬られた犬である。

「忍犬か!」

藤馬が叫んだ。忍犬とは、敵の追尾、捕拿《ほだ》、あるいは伝令のために特殊に訓練された紀州犬のことである。

闇のあちこちで忍犬のけたたましい吼え声がひびく。

このとき平八郎は右手の闇の奥にかすかな水流の音を聞いた。

「藤馬、こっちだ！」

平八郎が右に走った。藤馬もあとを追う。

藪をかき分けて走ること寸刻、闇の奥に濠《ほり》が見えた。これは護持院の焼け跡を将軍家の放鷹地とするために掘削された水路で、濠といっても深さは膝下ほどしかない。

ふたりは水しぶきを蹴《け》たてて、濠の下流に向かって走った。嗅覚《きゅうかく》を絶たれて追尾をあきらめたのか、忍犬どもの吼え声がしだいに遠ざかっていく。

濠の中をしばらく走ると、行く手に大きな掘割が見えた。飯田川である。そこで濠の水流は急に流れを速め、どどっと轟音《ごうおん》をたてて掘割に落ち込んでいた。

ざぶん。

ためらいもなく二人は掘割に身を投じた。全身の血が凍りつくほど水は冷たい。手足がしびれて感覚が麻痺《まひ》してくる。気力をふりしぼって泳いだ。やがて前方の闇におぼろげな橋影が浮かんだ。俎板橋《まないたばし》である。

平八郎と藤馬は、神田川沿いの道を下流に向かって歩いていた。歯が噛《か》み合わぬほど躰が震えている。濡れた着物もかちかちに凍りついていた。

俎板橋から水道橋に至るまでのおよそ四半刻（三十分）、ふたりは一言も言葉をかわしていない。貝のように口をつぐんだまま黙々と歩きつづけていた。寒さのせいではなく、微妙な感情のすれ違いがふたりを寡黙にさせていたのである。

「平八郎」

沈黙を破ったのは藤馬だった。ふいに足をとめて平八郎の顔を見据えた。いつになく怒気をふくんだ目つきである。

「あの女とは今夜かぎりで縁を切れ」

「……なぜだ？」

平八郎もするどく見返した。

「まだ、わからんのか。おれたちはあの女に嵌《は》められたのだぞ。あれはわしらをおびき出すための罠だったんじゃ」

「おれはそうは思わぬ……。お葉も仲間に騙《だま》されたに違いない」

「本気でそう思っているのか」

「本気だ」

「とすりゃ、おぬしは度しがたい阿呆だ。話にならん！」

藤馬が憤然と踵《きびす》を返した。

「藤馬」

呼びとめたが、藤馬はふり向きもせず、ずんずん歩いていく。平八郎が追いすがって、

「おぬし、まさか……」

「わしは許せん。あの女を斬る！」

「斬る⁉」

「あれはお庭番の〝くノ一〟じゃ。生かしておくわけにはいかん」

「待て」

平八郎が回り込んで、立ちふさがった。

「女には指一本触れさせせぬ」

刀の柄に手がかかっている。藤馬の顔が強張った。

「わしを斬る気か」

「やむを得まい」

「そこまで惚《ほ》れたか、あの女に……」

声にやり切れぬひびきがあった。藤馬の手も刀の柄にかかった。平八郎は右足《うそく》を引いて、すでに車（斜）の構えに入っていた。二人とも一歩も引かぬ構えである。もはや斬り合いを避けるすべはなかった。

寸刻、無言の対峙《たいじ》がつづいた。

藤馬が鯉口《こいぐち》を切った。先に仕掛けるつもりである。尾張柳生の秘伝「合撃《がっし》打ち」は、一刀両断の殺人剣《せつにんけん》である。その剣理は、

「ひとたび抜いたら斬れうと斬れまひと、まま、心をとどむるな。二重三重、猶《なお》四重五重も打つべき也《なり》。敵に顔をあげさせぬことが肝要」

打ちに打って相手に顔もあげさせぬという、厳しい刀法である。

藤馬は、平八郎の「まろばしの剣」の弱点を見ぬいていた。剣尖をだらりと下げた無《む》形の位《ぎょうくらい》（構え）から、躰の回転動作に入る瞬間にわずかな隙《すき》ができる。その隙に乗じて、打ちに打ち込めば、勝機は十分にあると読んでいた。

しゃっ。

意外にも先に抜いたのは平八郎だった。藤馬はあっと息を飲んだ。「まろばしの剣」の車《しゃ》の構えではなかった。右足を引いたまま、躰は正面を向き、剣尖を青眼につけていた。

これは鍋島新陰流の「切り返しの剣」の構えである。『兵法家伝書・殺人刀・上』には、

「太刀をば待ちになして、身足手にて敵の先をおびき出して、敵に先をさせて勝つ」

とある。藤馬の「合撃打《がっしう》ち」を破るための必勝の構えだった。

（違う……！）

完全に意表をつかれた。藤馬の躰は硬直した。上段に構えたまま動かない。いや、動け

ない。打ち込めば切り返されるだけである。よくて相討ち、へたをすれば胴斬りの一刀を受ける。どっちに転んでも勝てぬと看て、藤馬はゆっくり刀を下げた。

「やめるか」

平八郎がいった。心なしか、その声に安堵《あんど》のひびきがこもっていた。

「……わかった」

刀をおさめながら、藤馬が、

「女に手出しはせん……。その代わり、おぬしとは縁を切る」

「………」

「最後にひとつ忠告しておこう。おぬしの真っ直ぐな気性が禍《わざわい》をよぶこともある。くれぐれも身をいとえよ」

いいおいて、藤馬はくるっと背を向けて大股に立ち去った。広い背中にやりきれない哀しみがにじんでいた。見送る平八郎の目にも哀しみが溢《あふ》れていた。

(しょせん、おれとおぬしでは生きる世界が違うのだ……)

遠ざかる藤馬のうしろ姿を、平八郎は凍てつく闇にたたずんで、いつまでも見送っていた。

第七章　穴《あな》丑《うし》

1

寝静まった神田の町筋を、平八郎は一目散に走っていた。水道橋から走りつづけてきたせいか、躰《からだ》が燃えるように熱く、吐き出す息が煙のように白い。濡《ぬ》れた着物から陽炎《かげろう》のように湯気が立ちのぼっている。

――お葉も騙《だま》されたのだ。

走りながら、同じ言葉を何度も胸の中でつぶやいた。そう信じたかった。一刻もはやくお葉に逢《あ》って、事の真相を確かめたかった。

両国橋にさしかかったところで、本所入江町の時の鐘が鳴りはじめた。五ツ（午後八時）の鐘である。

ほどなく前方の闇《やみ》に亀沢町の盛り場の灯りが見えた。寒さのせいか、いつもより灯りの数が少ない。人影もまばらだ。

『桔梗屋』の暖簾《のれん》を割って中に飛び込むと、いつもの番頭に代わって年増の仲居が出てきた。はじめて見る顔だった。

「いらっしゃいまし」

「お葉はいるか？」

急《せ》き込むように訊《き》いた。仲居が申し訳なさそうに首をふった。

「生憎《あいにく》ですが……」

「休みか？」

「いえ、きのうでやめたんですよ」

「やめた！」

「やめてどこへ行った？」

思わず声を張り上げた。

「さあ……」

「いつもの番頭はどうした？」

「儀十さんのことですか」

どうやらこの仲居は新米らしい。平八郎は番頭の名を知らなかった。四十五、六の小柄な男だと応えると、仲居が目をしょぼつかせながらいった。

「じゃあ、儀十さんのことでしょう。あの人もやめましたよ」

(番頭もやめた……!)

一瞬、不吉な予感が平八郎の脳裏をかすめた。これは単なる偶然だろうか。

「お座敷、空いてますよ。どうぞお上がりください」

仲居の声をふり切るように、平八郎は表に飛び出した。

糸玉がもつれたように思考が混乱している。お葉はなぜ突然店をやめたのか。やめてどこへ行ったのか。まるで申し合わせたように番頭の儀十も店をやめている。これはどういうことなのだろう。お葉と儀十の間に何か関わりがあったのか……。胸の底から次々と疑問がわき立ってくる。

平八郎は、竪川《たてかわ》にかかる二之橋を渡っていた。橋を渡って最初の角を右に折れたところが松井町二丁目である。お葉の家は角から二軒目、柿葺《こけらぶ》きの小さな家である。窓に灯りはなかった。

そっと戸を開けて、中に声をかけた。

「お葉……」

応答はなかった。雪駄のまま上がり込んだ。部屋の中は真の闇である。かすかに甘い化粧の匂いがたゆたっている。お葉の残り香である。なぜかひどくなつかしい匂いのような気がした。手さぐりで行燈《あんどん》に灯を入れた。

ぽっ。

闇に淡い明かりが散った。部屋の中はきちんと片づいていて、荒らされた形跡はない。家具調度もそのまま残されている。だが、簞笥《たんす》の抽斗《ひきだし》は見事に空になっていた。それを見て、平八郎は安堵《あんど》を覚えた。少なくとも、お葉は何者かに拉致《らち》されたり、殺されたりしたのではない。自分の意思でこの家を出ていったのである。だが……。

なぜ、お葉はみずから姿を消さなければならなかったのか？

その答えは、すでに平八郎の胸底に峻烈《しゅんれつ》な痛みとなって浮かんでいた。

（やはり、そうか……）

「津山」に関する偽情報が、平八郎と藤馬をおびき出すための餌《えさ》であったことは、もはや疑う余地がなかった。お葉は、その偽情報を意図的に平八郎に洩《も》らしたのだ。そう考えれば何もかも平仄《ひょうそく》が合う。

（これがお葉の応えか……）

無人の部屋に甘くたゆたうお葉の残り香が、無言の決別を告げているような気がした。息苦しいほど胸が痛む。お葉への恨みや怒りはない。ただ、そこはかとなく哀しかった。

行燈の灯を吹き消して、部屋を出ようとしたそのとき、

「！」

平八郎はただならぬ気配を感知して、刀の柄に手をかけた。気配は表から流れてくる。

柄頭に手をかけたまま、腰を落としてじっとその気配を探った。

(跟《つ》けられたか……)

低い、しゃがれ声が聞こえた。西側の障子窓の外からである。その声に聞き覚えがあった。『桔梗屋』の番頭・儀十の声である。立ち上がって窓を開けようとすると、

「旦那……」

「おっと、動かねえでおくんなさい」

今度は凄味《すごみ》をおびた声が返ってきた。おそらく儀十も得物を構えているのだろう。かすかな殺気が感じられる。

立ち上がりかけた平八郎は、ふたたび膝《ひざ》をついて窓に目をやった。

「おれを跟けてきたのか?」

「……ひと言、旦那にいっておきたいことがありやしてね」

「何だ?」

「お葉は旦那に心底惚《ほ》れておりやす。信じてやっておくんなさい」

「………」

応えようがなかった。儀十のその言葉にも何か悪意がひそんでいるような気がする。それほど平八郎の心は冷えきっていた。

「あれは……」

儀十のしゃがれ声がつづく。

「お葉が、ふたり連れの浪人者から聞いたという話、あれはでっちあげだったんでさ。お葉はそれを真に受けちまったんです」

「すると」

平八郎の目がきらりと光った。

「そのふたり連れもお庭番の手先だったというわけか」

「あっしもあとで知ったんですがね。西村さまの組下の〝草〟だったそうで」

西村とは、お庭番第五家の組頭・西村庄左衛門のことである。

「お葉も騙されていたんですよ。そのことをぜひ旦那にわかってもらいてえと——」

「じゃ、なぜお葉は姿を消したのだ？」

「〝草〟の役目が終わったからです」

「上からの命令か？」

「ま、そんなところで……」

「今、どこにいる？」

「そいつは、あっしにもわかりやせん」

「お前もお庭番の〝草〟か？」

「へえ、掟《おきて》やぶりを承知でそのことを旦那に伝えにきやした。どうかお葉の気持ちを察してやっておくんなさい」

窓の外でひらっと音がした。儀十が踵《きびす》を返したのである。

「待て」

「………」

「なぜ、それをわざわざおれに伝えにきた？」

「お葉が不憫《ふびん》だからです。……では、ごめんなすって」

立ち去る足音がした。平八郎はすかさず立ち上がって障子窓を開けはなった。闇のかなたに、おそろしく速い足取りで立ち去る小柄な影が見えた。まぎれもなくそれは『桔梗屋』の番頭の姿だった。

（あの番頭も〝草〟だったか……）

闇に消えていく儀十のうしろ姿に目をやりながら、平八郎は暗然とつぶやいた。

女忍者（くノ一）の使用法には「真間《しんま》の法」と「仮間《かりま》の法」の二つがある。真間の法とは、組織の一員である「くノ一」を〝草〟として敵中に送りこむ法であり、仮間の法とは、すでに敵中にある女、たとえば大名旗本の奥女中や盛り場の酌女・仲居などを金で抱き込んで利用する法をいう。

仮間は必要に応じてそのつど金で雇われる組織外の女なので、反問（裏切り）の危険性は少ないが、組織の一員である真間の「くノ一」は、その役割上、敵と情交関係を持つ機会が多く、ときには敵との間に恋愛の情が芽生え、味方を裏切る場合もある。その防止策として真間の「くノ一」には、監視役の男忍者がつけられるのが常だった。この監視役を忍びの隠語で「穴丑《あなうし》」という。

儀十は、お葉を監視するために『桔梗屋』に送り込まれた「穴丑」だったのである。おそらくお葉も儀十の正体を知らなかったのだろう。知っていたら、あれほど無警戒に平八郎に心を開き、身をまかせるはずはない。

（それにしても……）

儀十の言葉は意外だった。

「お葉が不憫だからです」

儀十はそういい残して立ち去った。まるで娘を慈しむ父親のような、深い情愛と温もりのこもった言葉だった。平八郎はその言葉を素直に信じようと思った。

（あの言葉に嘘はあるまい）

老いた忍びの心の奥に、忍びらしからぬ優しさと温もりをかいま見たのが、せめてもの慰めであり、救いだった。

2

轟々《ごうごう》と風がうなっている。

桜田御用屋敷内の侍長屋は、ひっそりと雨戸を閉ざしている。

その長屋の居間で、お庭番筆頭・藪田《やぶた》定八がひとり黙然と盃をかたむけていた。ひどく不機嫌な顔である。つい半刻（一時間）前、組下の忍びから刀弥《とね》平八郎と星野藤馬を仕損じたとの報告を受けたばかりであった。

「何ということだ……」

盃を干しながら、藪田は苦々しくつぶやいた。組下の忍びたちの不甲斐《ふがい》なさもさることながら、恐るべきは、あの二人の並みはずれた剣の腕であった。お庭番家筋十六家の中でも最強とうたわれた藪田の忍群が、たった二人の素浪人に、それも「罠《わな》」という絶体絶命の死地に追い込みながら、かくもやすやすと撃破されるとは……。

吉宗政権を支えるために、藪田はこれまでも数々の「裏」の仕事にたずさわってきた。紀州藩の江戸藩邸や和歌山城に配下の〝草〟を送りこみ、二代藩主・光貞や三代藩主・綱《つな》教《のり》、そして四代藩主・頼職《よりもと》を「朱毒」で密殺したのも、藪田の仕事であった。そうした一連の「汚れ役」を、むしろ誇りとして年を重ねてきた藪田の前に、はじめて容易ならざる敵が出現したのである。

（それにしても手強いやつらだ……）

無念さを通り越して、藪田の胸には戦慄《せんりつ》に近い感情がわき立っていた。

「お酒、お持ちいたしました」

襖《ふすま》の外で女の声がした。

「入れ」

襖がしずかにひき開けられ、女が酒を運んできた。化粧っ気のない素面に、地味な着物を着た下女風のその女は――お葉である。

ふっと表情をゆるませて、藪田が盃を突き出した。

「注げ」

お葉は無言で酌をした。能面のように表情のない顔である。


お葉が、桜田御用屋敷のこの長屋に連れてこられたのは今朝方だった。本所松井町の家で朝餉《あさげ》の後片付けをしているところへ、突然『桔梗屋』の番頭・儀十がたずねてきて、

「お前の仕事は終わった。すぐにここを引き払ってくれ」

いきなり、そういった。このとき初めてお葉は儀十の正体を知ったのである。息がとまるほど驚いた。『桔梗屋』に配されて二年、毎日のように顔を突き合わせていた番頭の儀

十がお庭番の「穴丑」だったとは……！

驚愕《きょうがく》はそれだけではなかった。「津山」に関する情報が、平八郎と藤馬をおびき出すための偽情報であったことも、そのときはじめて知らされた。お葉は絶句した。鈍器で打ちのめされたような激しい衝撃を受け、くずれるように泣き伏した。

「つらいだろうが、いまさらどうすることもできねえ。これが忍びの運命《さだめ》なのさ」

儀十がやさしく慰めてくれた。そして急に声をひそめ、

「心配するな。刀弥の旦那なら、なんとか切り抜けてくれるに違いねえ」

お葉がハッと顔をあげた。

「そうやすやすと死ぬようなお人じゃねえよ。刀弥の旦那は……」

「儀十さん――」

お葉の目に涙はなかった。

「な」

儀十が微笑《わら》った。その笑顔は『桔梗屋』の番頭・儀十の顔になっていた。

「表で仲間が待ってる。文七って忍びだ。次の仕事はそいつが段取ってくれる。さ、はやく支度を……」

儀十にうながされて、お葉は手ばやく身支度をととのえ、身のまわりの品々を風呂敷に包んで家を出た。表で文七が待っていた。歳のころは二十七、八。小肥り短軀《たんく》の男である。

陰気な目つきでじろりとお葉を一瞥《いちべつ》するなり、

「ついてきな」

横柄にあごをしゃくった。

連れて行かれたのは、桜田御用屋敷の藪田の長屋だった。文七は、下僕の住まいらしい四畳半ほどの薄暗い部屋にお葉を連れこむと、

「お組頭からご沙汰《さた》があるまで、ここで待ってろ」

いい捨てて出て行った。

薄暗く、黴《かび》臭いその部屋に、お葉は終日閉じ込められた。昼ごろ、中年の下女が昼餉を運んできただけで、あとはほったらかしだった。一度、厠《かわや》に行くために部屋を出たが、すかさずさっきの中年女がついてきた。しっかり監視されていたのである。

時の経過とともに不安が募った。自分の身の上より、平八郎のことが心配でならなかった。できればすぐにでも部屋を脱け出して平八郎のもとに飛んで行きたかったが、むろん不可能なことはわかっていた。どうするすべもなく、ただひたすら平八郎の無事を祈りつづけた。

長い一日だった。

藪田定八に酌をしながら、お葉は内心じりじりしながらその言葉を待っていた。平八郎

の安否に関する言葉を、である。

「例の件だがな……」

三杯目の酒を飲みほしたとき、ようやく藪田が口をひらいた。

「首尾は上々だった」

真っ赤な嘘である。この嘘がどんなに酷烈な拷問よりもお葉を苦しめ、傷つけるであろうことを藪田は知っていた。

（まさか！）

心の臓をわし掴《づか》みにされたような激烈な衝撃を受け、お葉は危うく気を失いかけた。

「ふふふ……」

藪田がなぶるような笑みを泛《う》かべて、

「お前は〝草〟として十分に働いてくれた。しかし——」

本来、組頭に知らせるべき極秘情報を敵方の平八郎に洩らしたのは、組織に対する重大な裏切りであると、藪田は語気を強めていった。

「わかるか？　同時にお前は大きな罪も犯したのだ」

これは卑劣きわまりない詭弁《きべん》である。なぜなら、藪田はお葉の裏切りを計算に入れて偽情報を流したのであり、お葉がその偽情報を平八郎に洩らさなければ「罠」は成立しなかったからである。いまとなってそれを責めるところが、いかにも藪田定八らしい陰湿さであり、残忍さだった。

「覚悟はできています」

お葉が感情のない声で低く応えた。

「どのようなご処分も……」

「そうか」

脂ぎった顔に嗜虐《しぎゃく》的な笑みを泛かべ、膳の上に盃を置くと、がばっと立ち上がった。

「湯を浴びる。背中を流せ」


強風のために早めに火を落としたのだろう。湯船の湯はぬるかった。藪田はそのぬるい湯にしばらくつかって躰を温めると、

「入れ」

脱衣場に声をかけた。遣戸《やりど》があいて、緋《ひ》色の薄衣《うすぎぬ》をまとったお葉がためらうように入ってきた。薄衣の下に白い裸身が透けて見える。何も着けていない。全裸である。

湯船から出ると、藪田は洗い場の簀《す》の子《こ》の上にどかりと胡座《こざ》した。五十一歳とは思えぬ逞《たく》しい躰つきをしている。数々の修羅場をくぐってきたらしく、躰のあちこちに傷痕《あと》がのこっている。

お葉は、藪田の背後にまわってひざまずくと、熊のように剛毛が密生した背中を糠袋《ぬかぶくろ》

でこすりはじめた。気持ちよさそうに目を閉じながら、藪田がぼそりといった。

「お前の処罰を考えたが……、命だけは助けてやろう」

「……………」

お葉の表情に変化はなかった。まるで心が死んでしまったかのように感情のない顔である。

「その代わり、お前をわしの側妾《そばめ》にする」

「……………」

お葉は黙々と手だけを動かしている。

「これからは『くノ一』の媚術《びじゅつ》をわしのために使うのだ。よいな」

いきなり藪田が立ち上がって、

「背中はもうよい」

と、ふり向いた。ひざまずいているお葉の目の前に、黒々と艶《つや》をおびた肉塊がぶら下がっている。

「さ」

藪田が腰を突き出した。それが何を意味するのか、お葉にはわかっていた。糠袋を膝元に置くと、両手で藪田の一物をつつみ込み、しなやかな指で愛撫《あいぶ》した。「くノ一」の絶妙な指技である。たちまちそれは膨張し、ひくひくと脈打ちながら屹立《きつりつ》した。

ふいに藪田が腰を引いてお葉の手を払いのけ、隆々とそり返った一物をおのれの手でつかむや、お葉の口元に押しつけて、ねじ込むように挿入した。

「う、うう……」

けだものじみた呻《うめ》き声を洩らして、藪田は腰を振った。怒張した一物がお葉の口中でさらに膨らんでいく。炸裂《さくれつ》寸前にそれを引きぬくと、

「躰が冷えたであろう」

藪田は湯船の湯を手桶ですくって、お葉の躰にざぶりとかけた。緋色の薄衣がぴたりと躰に張りつき、ゆたかな乳房と薄桃色の乳首があらわに浮き立った。恥じらう素振りも見せず、お葉は無表情でじっとひざまずいている。

「脱げ」

命じられるまま扱《しご》きをほどき、はらりと薄衣を脱ぎ捨てた。濡れた肌が白く艶やかに光っている。藪田はお葉の背後に腰を下ろし、脇の下から両手をまわして、ふたつの隆起をわしづかみに揉《も》みしだいた。搗《つ》きたての餅《もち》のように柔らかく、毬《まり》のように弾力のある乳房である。

藪田の一方の手がお葉の下腹に伸びた。股間《こかん》に絹のような手触りの茂みがある。藪田の節くれだった指先が茂みを押し分けて、秘孔に侵入した。お葉のかたくなな意思とは裏腹に、そこはしっとりと濡れそぼっていた。

「ふふふ、女の肉体《からだ》は嘘はつけぬものよのう」

淫猥《いんわい》な笑みを泛かべて、お葉の腰を抱えあげる。中腰の姿勢になった。藪田の屹立したものが下から垂直にお葉の秘所を突きあげた。そのまま膝の上におろす。後ろ抱きの恰好《かっこう》で、深々とそれがお葉の中に埋没した。

「あっ」

期せずして、お葉の口から小さな声が洩れた。藪田は激しく腰を律動させながら、お葉の背中を押しやった。前のめりになって、お葉は両手を突いた。四つん這《ば》いの恰好である。藪田は犬のようにうしろから責めた。その責め方が異常だった。あたかも駻馬《かんば》を調教するかのごとく、片手でお葉の髪の毛を引っ張り、もう一方の手でびしびしと尻を叩き、乳房を揉みしだき、爪で乳首をつねり上げた。情交というより、まさにそれは暴力だった。虐待淫乱。藪田の目が血走っている。狂気の目である。

たまらずお葉は悲鳴を発した。

「殺して！……いっそ一思いに……、殺してください！」

3

風が唸《うな》っている。

蔵屋敷街の路地には、もうもうと砂塵《さじん》が舞い上がっている。

米蔵の分厚い扉はすでに閉ざされていて、四辺には人影ひとつない。つい寸刻前まで、米俵を満載にした荷車や人足たちがひっきりなしに出入りし、殺気立つほどの賑わいを見せていた蔵前界隈《かいわい》も、いまは廃墟《はいきょ》のような静寂につつまれていた。

平八郎は番小屋の板壁にもたれたまま、深まる闇《やみ》にうつろな目をすえていた。

空虚だった。何か途方もなく大事な物を失ったような、そんな虚《むな》しさであり、喪失感だった。この日は終日、誰とも口をきいていない。口をきくのも億劫《おっくう》だった。ただ惚《ほう》けたように番小屋の中で時を過ごした。

「遅くなりました」

ふいに快活な声がした。堀部安之助である。平八郎はわれに返って顔をあげた。

「もう、そんな時刻か……」

交代の時刻はとっくに過ぎていた。

「今夜も冷えますね」

安之助は、腰の差料《さしりょう》をぬいて板壁に立てかけ、寒そうに火鉢に手をかざした。平八郎は座ったままぼんやりと見ていたが、

「炭が切れた。室先生にもらっておくがよい」

空になった炭櫃《すびつ》を差し出し、

「さて、そろそろ――」

と、気だるそうに腰をあげて、番小屋を出ようとすると、

「あ、そうそう」

安之助が思い出したようにいった。

「途中、『美濃屋』のあるじに会いましてね……」

「美濃屋？」

平八郎が足をとめて振り返った。

安之助が供養料をせびっていた京橋の紙問屋である。その『美濃屋』のあるじ宗兵衛と日本橋の雑踏でばったり出食わしたという。

顔をそむけて、あわてて立ち去ろうとする宗兵衛に、

「待て」

安之助が声をかけると、

「な、何か御用で」

宗兵衛は怯《おび》えるように立ちすくんだ。先日の仕返しをされるとでも思ったのか、蒼《あお》い顔をして、膝をがくがく慄《ふる》わせていた。

「その方には何かと迷惑をかけたが、いまは心を入れ替えてまっとうに働いておる」

詫《わ》びをいって、その後のいきさつを説明すると、宗兵衛は安堵するように顔をほころば

せ、

「さようでございますか。それはようございました」

「これから仕事場に行くところだ」

「刀弥《とね》さまにお会いになられますか」

「うむ」

「では、ぜひお言伝てをお願いしたいのですが」

「よかろう。どんなことだ？」

「三日ほど前に、都築《つづき》と名乗るご浪人さんが手前どもの店を訪ねてまいりまして、刀弥さまのお住まいを教えてもらいたいと」

「ほう」

「生憎《あいにく》、手前どもも存じあげませんので、棒手振《ぼてふ》りの留吉さんにお訊《たず》ねになったらどうかと、本所入江町の留吉さんの長屋をお教えしておきました」

平八郎に会ったら、ぜひそのことを伝えてもらいたいといって、宗兵衛は立ち去った。

「都築？」

平八郎がけげんそうに首をひねった。

「ご存じありませんか？」

「聞き覚えのない名だな」

一瞬、佐賀鍋島《なべしま》藩の刺客ではないかと思ったが、すぐに打ち消した。平八郎が『美濃屋』の用心棒をつとめたのは、たった一度だけである。そのことを鍋島藩の刺客が知るわけはない。知っていたとすれば、帰りに待ち伏せするか、さもなくば、ひそかに尾行していたはずである。日を改めてわざわざ『美濃屋』に平八郎の住まいを訊きに行くというのは道理に合わぬ。

（誰だろう？）

一抹の不安を抱きながら番小屋を出た。

帰宅の道筋としてはやや遠まわりだったが、室鳩巣が江戸でいちばん旨いと絶賛する下谷広小路のそば屋に立ち寄って、盛りそばを肴《さかな》に酒を二本ほど飲んで家路についた。

風はやんでいた。

漆黒の夜空に蒼白い半月が寒々と泛かんでいる。

家の前まできて平八郎はふと足をとめた。引き戸がぴたりと閉まっている。見たところ変わった様子はなさそうなのだが、家を出るとき、この戸にちょっとした仕掛けをほどこしておいたのである。

戸を閉めるときに戸口に笄《こうがい》を押し当てるのである。こうすると笄の厚みの分だけ戸に隙間《すきま》ができる。帰宅したとき、そのままの隙間が残っていれば留守中に異常がなかったことを示し、隙間の幅がそれ以上か、もしくはそれ以下の場合は、何者かが家の中に侵入したことになる。

ぴたりと閉ざされた戸は、明らかに異常を告げていた。

平八郎は刀の柄に手をかけてゆっくり戸をひき開け、屋内の闇にひそんでいる侵入者の気配を、全身の神気を研ぎすまして探りながら、土間に足を踏み入れた。

板間の奥がかすかに動くのを看取し、刀の鯉口《こいぐち》を切った瞬間、

「刀弥どのか？」

奥から、くぐもった声がひびいた。

「誰だ！」

とっさに身がまえた。

「動くな」

闇の奥から怒声が飛んできた。奇妙なことに殺気は感じられなかった。平八郎は刀の柄に手をかけたまま、油断なく相手の動きをうかがった。また、かすかに闇が動き、カチッと音がして小さな火花が散った。火打ち石の火である。

ぽっ。闇に仄《ほの》暗い明かりがにじんだ。そこに見た光景に平八郎は慄然《りつぜん》と息を飲んだ。まっ先に目にとび込んできたのは、板間の奥の柱に縛りつけられた留吉の姿だった。口に猿ぐつわが噛《か》まされている。かたわらに菅笠《すげがさ》をかぶった男が、片膝をついてかがみ込んでい

た。

「何者だ」

土間に立ったまま、平八郎が誰何《すいか》した。

「この疵《きず》を見れば思い出すだろう」

男がおもむろに菅笠をぬぎ、右顔面を行燈《あんどん》の明かりに向けた。目尻から口許にかけて百足《むかで》が張りついたような無残な刀疵が走っている。ぞっとするほど凄愴《せいそう》な面貌《めんぼう》である。

「忘れたか……。これはおぬしに斬られた疵だ」

「……！」

一瞬、平八郎の脳裏に稲妻のように鮮烈な記憶がよぎった。男は幕府天文方・渋川右門を暗殺した刺客のひとりだった。

（あの時の意趣返しか……）

そう思ったが、男はそれを見透したかのように首をふって、

「おぬしに恨みや憎しみはない……。わしは土御門家江戸役所の都築右京介と申す」

「都築！」

紙問屋『美濃屋』に平八郎の住まいを訊ねにきた浪人者は、この男だったのである。

4

「いつぞや、『美濃屋』の前で偶然おぬしを見かけた。若い浪人者と刀をまじえているところをな」

堀部安之助のことである。それで一つ謎が解けた。

「あの折りは、わしも跟《つ》けられていたので、おぬしに声をかけることができなかったが……」

「跟けられていた？」

「土御門家の忍びだ。仔細《しさい》は申せぬが、わしの身辺には四六時中、忍びの目が光っている」

江戸役所の取締小頭・白岩権之亮が放った鬼一流忍び・不毘羅《ふびら》のことである。

この日も都築の行く先々に不毘羅の影が見え隠れしていた。幸運だったのは、仕事先の商家でたまたまボヤ騒ぎが起きたことである。その騒ぎに乗じて不毘羅の尾行をふり切り、本所入江町の「おけら長屋」に留吉をたずねたのだが、口の固い留吉は「知らぬ存ぜぬ」の一点張りだった。やむなく都築は刀をぬいて留吉を脅し、無理やり平八郎の住まいに案内させたのである。

「なるほど、そういうことか」

「手荒な真似をしてすまなかった」

と、刀を抜いて留吉のいましめを断ち切り、猿ぐつわを外した。

留吉は狐《きつね》につままれたような顔でぽかんと都築を見ている。

「こうするほか、刀弥どのと連絡《つなぎ》をとる手だてがなかったのでな」

「おれに連絡を……?」

平八郎が訊き返した。警戒心はまだ解いていない。右手は刀の柄にかかったままである。

「おぬしにぜひ頼みたいことがある」

「…………」

平八郎の手が刀の柄から離れた。都築に敵意がないと看《み》たのである。部屋に上がり込み、都築の前にどかりと腰をすえた。

「話を聞こう」

「恥をさらすようだが……、わしは年甲斐《としがい》もなく女に惚《ほ》れた。陰陽師《おんみようじ》の職札を棄てて、その女と江戸を出ようと思っておる」

右半面の刀疵がわずかに引きつった。恥じらうような笑みを右の頬にきざんだのである。

「むろん江戸役所の白岩がそれを宥《ゆる》そうはずもない」

「…………」

「意のままにならぬ者は闇に葬る。それがあの連中のやり方だ。そのことが露見すれば、おそらくわしは殺されるだろう」

「………」

平八郎は黙って聞きながら、別のことを考えていた。視線は都築の左半面、つまり刀疵のない素顔のほうにそそがれている。

「どうやら、連中は女の居所を探りあてたようだ。わしが動けば女の身に危険がおよぶ。そこでおぬしに頼みというのは……」

言葉を切って、都築は哀願するような目で平八郎を見た。

「女をどこか別の場所に連れ出してもらいたい。時機を図ってわしも陰陽師の長屋を脱け出す。それまで女を匿ってもらいたいのだ」

「しかし、なぜそれをおれに？」

「おぬしの腕ならできると看《み》た。むろん礼はする。五両。いや十両出そう」

そのときである。平八郎の脳裏に霧のように立ちこめていた疑念が豁然《かつぜん》と晴れた。さっきから考えていた事柄に、はっきりと答えが出たのである。

「あんたの本当の名は『津山』ではないのか？」

突き刺すようにずばりと訊いた。都築の顔に明らかな狼狽《ろうばい》が泛かんだ。その瞬間、平八郎は確信した。都築の左半面は、藤馬が手に入れた人相書きの男そのものである。「津山」

に間違いない。

「な、なぜ、それを……？」

その反問自体が答えになっていた。「津山」であることを言外に認めたのである。

「町方が人相書を持ってあんたの行方を探している」

「町方が！」

「いままで探索の網にかからなかったのは、刀疵で人相が変わったからだろう」

「知らなかった……」

都築がうめくようつぶやいた。そのことに気づかなかったおのれの迂闊《うかつ》さを責めている口調である。昂然《こうぜん》と顔を上げた。

「とすれば、なおさら急がねばならぬ！……刀弥どの、頼む。この仕事ひき受けてくれ」

「その前に訊きたいことがある」

「…………」

「宇之吉という錺職人に『天一《あまくに》』の贋物を作らせたのは『津山』という浪人者、つまり、あんただ。そこまではわかっている」

「…………」

「おれが知りたいのは、本物の『天一』の行方だ」

都築の顔が険しく曇った。なぜ平八郎が『天一』の存在を知っているのか。その疑問が一瞬裡《り》に警戒心に変わった。

「もしや、おぬし……」

尾張方の人間ではないかと、逆に詰問する都築に、平八郎は微笑してみせ、

「おれは肥前の素浪人だ。尾張も公儀も関わりがない。ただ行きがかり上、『天一』の行方を探す羽目になっただけだ。もちろん、あんたの敵でもない」

数瞬の沈黙があった。

「わかった。一つだけ応えよう。本物の『天一』はわしの手元にはない。それだけは確かだ」

「じゃ、どこにある？」

畳みこむように訊いた。

「それは……」

都築が右頬の刀疵を引きつらせ、何やら開き直ったような、したたかな笑みを泛かべた。

「わしの仕事を引き受けてくれたら、教えてやろう」

依頼というより取り引きだった。五両や十両の礼金より、『天二』の情報のほうがはるかに価値があると踏んで、強気に出たのである。

都築のこの判断は正しかった。正直、平八郎は喉から手が出るほど『天一』の情報が欲しい。お葉をお庭番の束縛から解放するためには何としても手に入れなければならないの

である。その意味で目的は都築と同じだった。つまり「女」である。

「よし。その仕事、引き受けよう」

平八郎が決然といった。

「やってくれるか……、かたじけない」

都築がばっと両手をついて叩頭《こうとう》した。


「いいんですかい？　あんな危ねえ話を引き受けちまって」

都築が出ていったあと、留吉が心配そうに平八郎の顔を見ていった。留吉は『天一』の件については何も知らなかった。知らぬほうが留吉のためだと思って、平八郎はあえて言わなかったのである。だが、事ここに至っては白を切り通すわけにはいかぬ。

「じつはな……」

平八郎はすべてを打ち明けた。風間新之助との出会い、『天一』にまつわる話、尾張とお庭番の暗闘、そしてお葉のこと……。

長い話になった。その間、留吉は火鉢に火をおこしたり、湯を沸かしたりしながら、ひたすら聞き手に徹していた。

「あの男の気持ち、わからぬでもない」

平八郎がしみじみとつぶやいた。

「おれも……、お葉という女のために仕事を引き受けたのだ」

「そうですかい――」

留吉が感じ入ったようにうなずく。

「すまんな、留吉」

申し訳なさそうに、平八郎が頭を下げた。

「へ？」

「何の関わりもないお前をこんなことに巻き込んでしまって」

「と、とんでもねえ。あっしは何とも思っちゃおりやせんよ」

手を振って留吉は笑った。もともとこの男は根っからの楽天家なのである。

「酒でも飲むか」

気を取り直して、平八郎は立ち上がった。勝手から貧乏徳利と茶碗を持ってきて酒をついだ。

「けど……」

と留吉がけげんそうに首をかしげ、

「なんで、あの男が『天一』を持っていたんですかね」

「うむ」

返答に窮した。じつは、それを聞くのを忘れていたのである。将軍吉宗の生母・浄円院から天下三品《さんぼん》といわれる名刀『天一』を下賜されたのは、すでに故人となった締戸番（お庭番の前身）支配役の風間新右衛門である。その新右衛門と都築右京介との間にどんな関わりがあったのか。そして都築はなぜ宇之吉に『天一』の贋作を造らせたのか。まずそれを訊くべきだったのである。

「うっかりしていた……」

平八郎は照れるように頭をかいた。

5

——お島。

都築右京介の女の名である。住まいは浜町堀西岸の難波町《なにわちょう》。

お島の家の周辺には、常時、土御門家の密偵の目が光っているという。その数がどれほどかはわからないが、密偵の監視の目をくぐってお島を連れ出すのは、さほどむずかしい仕事ではないだろう。

問題は、そのあとである。連れ出したお島をどこへ匿うか。できれば自分の家は避け、人目につかぬ別の場所に匿いたいのだが、はたしてそんな場所があるだろうか……。

さっきから平八郎はそれを思案していた。

蔵前の番小屋の中である。火鉢の炭がパチッとはぜた。そこへ、

「お疲れさまです」

堀部安之助が入ってきた。

「おう、早いな……」

「はい。昨日は交代の時刻に遅れて刀弥どのにご迷惑をおかけしましたので、今日は早めに出てまいりました」

からりといって、安之助は腰かけに差料をおき、火鉢の上に手をかざした。初めてこの男に会ったときのすさんだ感じは、もはや微塵《みじん》もなかった。清々しいばかりの好青年である。

（そうか）

ふと妙案が泛かんだ。安之助は高輪泉岳寺わきの庵《いおり》、『清浄庵』にひとりで住んでいる。『清浄庵』は安之助の亡母・順（妙海）が赤穂義士の菩提《ぼだい》を弔い、供養料を稼ぐためにむすんだ庵である。

庵というからには二つ三つの部屋があるにちがいない。とすれば部屋数といい、場所柄といい、お島を匿うには打ってつけの場所ではないか。

そう思って安之助に事情を説明し、しばらくお島を匿ってもらえないかと頼むと、

「わたしはかまいません。どうぞ、お使いください」

安之助はこころよく承諾した。

本所入江町の暮六ツ（午後六時）の鐘が鳴りはじめた。交代の時刻である。

「善は急げだ。今夜、女を連れて行くので、よろしく頼む」

いいおいて、平八郎は番小屋を出た。

蔵前から浜町堀までは、歩いて小半刻ほどの距離である。薬研堀《やげんぼり》をぬけて西へまっすぐ歩を進めると、ほどなく浜町堀に出た。川面を吹き渡ってくる風が身を切るように冷たい。

小川橋を渡った。

橋の向こう側（西側）が難波町である。大通りの両側に軒をつらねる大小の商家のほとんどが、もう戸を閉ざしていた。湯屋に行くのだろうか、手拭《てぬぐ》いを肩にかけたお店者《たなもの》らしき男たちがちらほらと歩いているだけで、ほかに人影はなかった。

表通りから一歩裏に入った路地を、平八郎は歩いていた。この路地の奥まったところにお島の家がある。家の前で足をとめて、注意深くあたりを見回した。怪しげな人影は見当たらない。すばやく引き戸を開けて、中に入った。

「旦那さま？」

奥から、はじけるように女がとび出してきた。お島である。やや面やつれはしているが、想像していたより若い女で、目鼻立ちの整った美形だった。

「あら！」

平八郎の姿を見て、お島はびっくりしたように後ずさった。

「怪しいものではない。ここからあんたを連れ出すように、都築どのから頼まれたのだ」

「旦那さまから……？」

いぶかる目で訊き返すお島に、かいつまんで事情を説明し、

「さ、はやく身支度を」

せき立てるようにいった。

「は、はい」

お島はあわてて奥に引き返し、身の回りの品を風呂敷に包んで、あたふたとび出してきた。表の様子をうかがっていた平八郎が、

「いまだ」

とうながす。

ふたりは小走りに路地を駆け抜けた。追尾の気配はない。

異変を感じたのは、伊勢堀にかかる道浄橋《どうじようばし》の北詰にさしかかったときだった。

平八郎はふいに足をとめて、お島を庇《かば》うように立ちすくんだ。凄《すさ》まじい殺気の塊が闇にひそんでいる。五官がそれを捉《とら》えていた。

「どうしたんですか？」

不審げに問いかけるお島の手を取り、すばやく堀端の柳の木陰に押しやった。その瞬間である。闇に数条の銀光が奔《はし》った。一拍はやく、平八郎の刀が鞘走《さやばし》っていた。

キーン、キーン……。

するどい金属音が連続的に響《とよ》めいた。きらっと蒼白い光をまき散らして、何かがばらばらと地面に落下した。棒手裏剣である。

数条の銀光は途切れることなく、横殴りの驟雨《しゅうう》のように飛来してくる。

平八郎は伊勢堀を背にして右に跳び、左に跳びながら、飛来する棒手裏剣をことごとく叩き落としていった。驚嘆すべき反射神経である。この敏捷《びんしょう》さは修行や鍛練で身につくものではない。天賦の勘である。

一瞬、銀光の襲撃がやんだ。

刀をだらりと下げたまま、平八郎は四辺の闇に目をやった。

寂として物音ひとつしない。月はなく、蒼白い星明かりが闇ににじんでいる。敵はどこにひそんでいるのか。

数瞬後――平八郎の研ぎすました神気が新たな殺気をとらえていた。音もなく闇が動き、視界に忽然《こつぜん》と影の群れがわき立った。右に四人、左に四人。身なりも武器もまちまちの男たちである。

(土御門家の忍びか……)

平八郎は右足をひいて車《しゃ》（斜）の構えに入った。例によって剣尖《けんせん》はだらりと下げたままだ。左右の黒影がじりじりと間合いを詰めてくる。

「車」の構えは、全身に隙を作り、敵の攻撃を誘い込む「無構え」の構えである。攻め手にとってこれほどの誘惑はない。間合いを詰めてきた影たちは、まんまとその誘惑に乗せられた。

きえっ。

けたたましい奇声を発して、左右の黒影が跳躍した。忍び刀、脇差《わきざし》、匕首《あいくち》、幅広の直刀など武器はさまざまである。瞬息、平八郎の躰が右に回転し、遠心力で刀が一閃《いっせん》の円を描く。ガツッ。鈍い音を発して首が飛んだ。これは右から斬り込んできた影である。ほとんど同時に、左方の影の手が脇差をにぎったまま宙に舞い、さらにひとりが胴を割かれて地に伏していた。一瞬の間に三人の忍びが斃《たお》されたのである。

平八郎の動きは止まらない。片膝をついて身を沈めたかと思うと、膝の屈伸を利用して高々と跳躍し、矢車のように躰を回転させながら、影たちの頭上を越えて一間ほど先に着地した。そのわずかな瞬間にふたりが斬られている。しかも着地と同時に、斬撃の態勢に入っていた二人を左回りの剣で斃していた。かわすすべもない勢いであり、迅《はや》さだった。

平八郎が刀を引いたときには、七人の忍びが死体となって地面に転がっており、残るひとりは闇のかなたに奔馳《ほんち》していた。

何事もなかったように静穏な闇が戻った。

平八郎は刀の血しずくを振り払って納刀すると、

「行こう」

柳の木陰に身をひそめて、怯えるように立ちすくんでいるお島をうながした。


日本橋から高輪までは、およそ一里三十丁の距離である。

堀部安之助の住まい『清浄庵』は、泉岳寺の裏手にあった。庵《いおり》とは名ばかりで、百姓家のような茅葺《かやぶ》きの陋屋《ろうおく》である。土塀をへだてた向こう側は泉岳寺の檀家《だんか》墓地になっていた。墓地には江戸初期の柔術家・渋川伴五郎の累代の墓もある。

妻戸を開けて中に入ると、土間の奥に八畳ほどの板間があり、真ん中に囲炉裏が切ってあった。さらにその奥には、四畳半の仏間と六畳の部屋が二つあった。

仏間には小さな仏壇がしつらえられてあり、いつぞや安之助が持っていた堀部安兵衛の位牌《いはい》がぽつんと祀《まつ》ってあった。その位牌が贋物《にせもの》であることを平八郎は知っている。

安之助の母親・順(妙海)は、赤穂義士の墓参におとずれる人々をこの仏間に招き入れて、供養料や供物を欺《だま》し取っていたのである。部屋の片隅に三方《さんぼう》や供物台が蕪雑《ぶざつ》に積み重ねられている。

平八郎は板間にもどって囲炉裏に粗朶《そだ》をくべ、火をおこした。

「おれの知り合いの家だ。気づかいは要らぬ。都築どのが来るまで心おきなくここにいるがよい」

お島が心配そうに眉宇《びう》をよせ、消え入りそうな声でぽつりといった。

「旦那さまが心配です」

「都築どのは必ず来るといった。その言葉を信じることだ」

「………………」

お島がこくりとうなずいた。先刻の恐怖が覚めやらぬのか、顔から血の気がうせ、唇がかすかに顫《ふる》えている。

(首尾よく逃げ出せればよいが……)

平八郎の胸中にも一抹の不安はあった。お島が逃げ出したことで、都築への監視の目もますます厳しくなるだろう。その厳しい監視網をいかにくぐり抜けてくるか。すべては都築自身にかかっているのである。

(都築を信じるしかあるまい)

めらめらと燃えあがる囲炉裏の炎に目をやりながら、平八郎は胸の裡《うち》でそうつぶやいていた。

第八章　司天台爆破

1

神田川に架かる筋違《すじかい》御門橋の東から、和泉《いずみ》橋、新橋《あたらしばし》にかけて東西にのびる町がある。

神田佐久間町である。

慶長年間、この地に住む佐久間平八なる者が築城の材木御用をつとめたのが町名の由来だといわれているが、真偽は定かでない。

『続江戸砂子《すなご》』に「材木屋、まき屋多し」とあるように、佐久間町の河岸通りには材木屋が多く、神田材木町の俗称もあった。

この町に異変が起きたのは、半月ほど前だった。材木や石材、鉄骨などを満載にした大八車がひっきりなしに行き交うようになったのである。

町の住民たちは、大八車の車列が巻き起こす凄《すさ》まじい騒音と猛烈な土ぼこりに眉をひそ

めながら、

「ひでえほこりだな」

「何事だい？　この騒ぎは」

「渋川さまのお屋敷で普請がはじまったらしいぜ」

「屋敷の建て替えか？」

「さあな……」

ひそひそとささやき合っていた。「渋川さま」とは、幕府天文方・渋川図書《ずしょ》のことである。

材木や石材・鉄骨などを積んだ大八車は、佐久間町四丁目の東はずれにある渋川の天文方御用屋敷に入って行った。築地塀《ついじべい》にかこまれた敷地三百坪ほどの屋敷である。

異様なのは、武装した侍たちが二間ほどの間隔をおいて、屋敷を取り囲むように立っていることだった。幕府の先手組《さきてぐみ》の侍たちである。中には鉄炮《てっぽう》をたずさえている者もいる。

近隣の住人が不審げに足をとめて見ると、すかさず警備の侍が飛んできて、

「立ち止まるな。さっさと行け」

と追い立てる。ただの屋敷普請にしては、異常とも思える厳重な警備である。

屋敷の中の様子をうかがい知ることはできなかったが、築地塀の向こうから、槌《つち》音や鋸《のこ》の音、手斧《ちょうな》の音、職人たちの甲高い声などがけたたましくひびいてくる。かなり大がかり

な普請が行われていることは想像にかたくなかった。

——いったい何が建つのだろう。

町の住人たちの話柄は、もっぱらそれに集中していた。

屋敷普請がはじまって十日ほどたった十一月のなかばごろ、渋川邸の築地塀の中から忽《こつ》然《ぜん》として巨大な建造物が姿をあらわした。鉄骨と樫《かし》の木材で組み立てられた球形の建造物——天体観測用の渾天儀《こんてんぎ》である。

このころになると屋敷周辺の警備も緩和され、近隣の住人が立ち止まって見ていても、警備の侍に追い払われることはなかった。

うわさがうわさを呼び、あちこちから物見高い江戸っ子が集まってきて、屋敷のまわりは連日黒山の人だかりである。

「何だい？　ありゃ」

「さっぱりわからねえ」

見物人が小首をひねりながらささやき合っている。

彼らのほとんどは球形の巨大な建造物の正体を知らなかった。初代天文方・渋川春海《はるみ》が最後に駿河台に司天台《してんだい》（天文台）を築いたのは元禄十六年（一七〇三）、いまから二十三年も前のことであり、その後すぐに解体されたので人々の目にふれる機会は少なかった。

「まるでどでかい鳥籠《とりかご》だ。あの中で『お鷹《たか》さま』を飼うつもりじゃねえだろうな」

鷹狩り好きの将軍吉宗を皮肉って、きわどい冗談を飛ばす者もいた。

「うまいことをいうじゃねえか、お前さん、はっはは」

となりの男が大口を開けて笑った。

「人を笑わせるのが、おいらの商売だからな」

男が切り返した。三十二、三の剽軽《ひょうきん》な顔つきの男である。

「てえと……幇間《たいこもち》かい？　お前さん」

「才蔵さ」

さらりと応えると、男は人垣をかきわけて足早に立ち去った。才蔵とは、前に述べたとおり、三河万歳の太夫《たゆう》の相方をつとめる男のことである。

だが……。

いまの男は、ただの才蔵ではなかった。司天台の築造普請を偵察にきた、土御門家江戸役所の細作《さいさく》（密偵）だったのである。


芝神明前の土御門家江戸役所の奥書院で、三人の男が密談していた。関東陰陽師触頭・菊川伯耆頭《ほうきのかみ》と取締小頭の白岩権之亮《ごんのすけ》、同役・小嶋典膳《てんぜん》である。

「司天台が完成すれば、遅かれ早かれ『改暦』が行われるであろう。御本所（土御門家）もそれを深く憂慮なさっておられる」

菊川の顔は苦渋に満ちている。

神田佐久間町に司天台が築かれるという情報は、かなり前から入手していた。しかし、それを阻止する方策もないまま、手をこまねいて座視しているうちに、司天台の築造普請は着々と進んでいった。密偵の報告によると、あと三日ほどで完成するという。事態は深刻だった。

「もともと『改暦』は、御本所から『朱印状』を召し上げるために、公儀が仕掛けてきた戦《いくさ》……」

白岩がいった。声に挑戦的な昂《たかぶ》りがある。

「戦に禁じ手はございませぬ。司天台を爆破するというのはいかがでございましょう」

「爆破！」

菊川の白面に驚愕《きょうがく》が奔《はし》った。さすがに次の言葉が出ない。口をへの字にむすび、気むずかしい顔で考え込んだ。

「それしか手段《てだて》はありますまい」

決断をうながすように白岩がいう。この男は功名心の塊のような男である。何としても、この大仕事をおのれの主導でやってのけたいという野心が言葉の端々ににじみ出ている。

思案げに目を伏せていた菊川が「うむ」とうなずいて、

「やるからには、万に一つの失敗も許されぬ。くれぐれもそのことだけは肝に銘じておいてもらいたい」

眉間《みけん》に縦じわをきざんでいった。「やれ」と明言はしていない。聞きようによっては、白岩に下駄を預けたようにも受け取れる。失敗したら責任をとれと、言外にそういっているも同然だった。

「手前におまかせくだされ」

白岩が自信たっぷりな笑みを泛《う》かべて、かたわらの小嶋にちらりと目をやった。

「どれほどの手勢をそろえればよいかのう?」

「問題は天文方御用屋敷の警備の数だ」

小嶋が応えると、それを受けて菊川が、

「屋敷のまわりに先手組の侍が常時二十名ほど配備されていると聞いた。むろん屋敷内にも何人か配されているであろう」

「とすれば、攻め手が二十五、煙硝（火薬）の仕掛け役が五。少なくとも三十は必要だな」

「三十か……。よし、わかった」

白岩が手を打って、菊川に向き直り、

「三日以内にかならず」

そういうと、小嶋をうながして腰をあげた。

「厄介な問題がもう一つある」

御用部屋にもどると、白岩は茶をすすりながら浮かぬ顔でいった。昨夜の一件である。小嶋にはまだ話していなかった。

「昨夜、都築の女が逃げた……、というより何者かに連れ去られた」

「何者かに？」

小嶋が険しい顔で訊《き》き返す。

「めっぽう腕の立つ素浪人だそうだ。忍びが七人、斬られた」

「すると、あの女はやはり——」

「公儀の密偵かもしれぬ」

以前にも江戸役所の陰陽師が金と女にからめ取られて、幕府に内通するという事件があった。その後の調べで、女が仮間《かりま》（組織外）の「くノ一」であったことも明らかになった。白岩が都築の女（お島）に必要以上に神経をとがらせていたのは、そうした事情があったからである。

「女の素性が露見するのを虞《おそ》れて、公儀が先手を打ったに違いない」

もちろん、これはまったくの思い違いである。深読み、あるいは妄想といっていい。猜《さい》疑心《ぎしん》が募るあまり、真実を見抜く眼を曇らせたのであろう。

「都築は知っているのか」

「わからぬ」

「それを知ったら、さぞ後悔の臍《ほぞ》を噛《か》むであろう。ふふふ」

小嶋が口をゆがめて嗤《わら》った。

「いずれにせよ、都築にこのことを質《ただ》さねばなるまい」

といって、白岩が手を打った。ややあって襖《ふすま》が音もなく開き、男が平伏した。横目付の陰陽師・堀内道斎《どうさい》である。

「お呼びでございますか」

「都築右京介を連れてまいれ」

「は」

低頭すると襖を閉めて立ち去った。

2

それから間もなく……。

広間の板敷に都築右京介の姿があった。白岩と小嶋の前に平蜘蛛《ひらぐも》のように平伏したまま、身じろぎひとつしない。

「どうなのだ？」

白岩が苛立《いらだ》たしげに膝《ひざ》をゆすりながら訊いた。詰問というより咎《とが》めるような口調である。

「面目も……ございませぬ」

ひれ伏したまま、都築が低く、うめくようにいった。

「知っていたのか」

今度は小嶋が訊いた。

「いえ、お島が……、そのような女だったとは……」

「聞こえぬ。面《おもて》をあげよ」

「はっ」

都築が恐る恐る顔を上げた。血の気のうせた蒼白《そうはく》な顔である。

「知らなかったと申すのか」

切り込むように小嶋が訊く。

「迂闊《うかつ》でございました」

しぼり出すような声でそういうと、都築は身をすくめて、また深々と頭を下げた。ひたすら恭順の意を示すことによって、疑惑をかわそうとしているのである。

「思い当たることはないのか？」

これは白岩の詰問である。

「……と申されますと？」

「女の様子に怪しげな点はなかったかと訊いておるのだ。……たとえば渋川右門の一件について、何か聞き出そうとしたとか」

都築は渋川右門殺しに直接関わった男である。当人の口からその事実が洩《も》れれば、幕府は鬼の首をとったように江戸役所に乗り込んでくるであろう。白岩がもっとも危惧《きぐ》しているのはそのことである。

「いえ、そのようなことは決して……、いま思い起こしても、あの女に役所の内情や仕事の話をした覚えはまったくございませぬ」

平伏したまま、都築が応えた。白岩と小嶋がちらりと顔を見交わした。

「おぬしがそう申すなら、信じざるを得まい……しかし」

白岩が語調を強めた。

「これでおぬしの疑いが晴れたわけではない。異心なき証《あかし》として……」

都築の背中が緊張で強張っている。

「おぬしには大きな仕事をしてもらおう」

「大きな仕事……？」

顔をあげて、ふたりを交互に見やった。

「いまは申せぬ。決行は明夜。それまでこの屋敷から一歩も出てはならぬ。よいな、一歩

「もだぞ」

「ははっ」

「道斎」

襖が開いて、先刻の横目付・堀内道斎が入ってきた。白岩が顎をしゃくると、道斎は無言で頭を下げ、平伏している都築の前に立った。

「まいられい」

「はっ」

よろよろと立ち上がり、道斎のあとについて部屋を出ていった。そのうしろ姿に鋭い目をむけながら小嶋が小声で訊いた。

「あの男に例の仕事を……？」

「うむ。万一に備えてな」

白岩がふくみ笑いを洩らした。その笑いの意味を小嶋はすぐに理解した。都築に司天台爆破の指揮をとらせ、万一失敗したときには、その責めを都築ひとりにかぶせようという魂胆である。いかにも白岩らしい周到さであった。

「先日、松平通春《みちはる》公に会った」

白岩が話題を変えた。

「尾張継友《つぐとも》公のご病気平癒祈願をしてきたそうだな」

「うむ。言い忘れていたが…、通春公から例の件、催促された」

「『天一《あまくに》』のことか」

『天一』探索の総指揮をとっているのは、小嶋である。

「探索は進めているのだが、何しろ手掛かりが少なすぎる。江戸には何千何万という浪人者がいる。その中から『津山』という名だけで、たったひとりを割り出すのは容易なことではない」

探索が難航しているのは、白岩も十分承知している。

「町方も躍起になっていると聞いたが……」

「南町の動きが気になる。連日百二十名の同心を動員して、虱《しらみ》つぶしに探索に当たらせているそうだ。それほど大がかりに動いているとなると……」

「何か手掛かりをつかんだのかもしれんな」

「うむ」

「逆にそれを探ってみたらどうだ？」

「逆に……？」

「町方が何をつかんだのか、それを探らせるのだ」

「なるほど、その手があったな」

翌日、小嶋典膳から下知を受けた忍び頭の不毘羅《ふびら》が、市中の各所でひそかに探索活動をつづけている覡《かんなぎ》・巫女《みこ》・呪術師《じゆじゆつ》・辻占いなどに、指令を伝えてまわった。

五ツ（午後八時）の鐘が間近に聞こえる。

芝神明前からほど近い愛宕《あたご》下の時の鐘である。

都築右京介は、江戸役所の一室に閉じこめられていた。四方を板壁で囲まれた座敷牢《ろう》のような部屋である。廊下には常時三、四人の監視役が張りついている。事実上の軟禁状態である。

（大きな仕事とは何だろう？）

昨夜からそのことばかりを考えていた。仕事の内容はわからないが、薄々見当はついていた。幕府天文方・渋川右門の暗殺に駆り出されたときも、決行寸前まで「仕事」の内容は明らかにされなかった。そのことから考えても、今度の仕事が「危ない橋」であることは容易に察しがつく。そういう仕事に加担させることで組織への忠誠心を植えつけていくのが、白岩権之亮のやり方なのだ。

（一体おれに何をやらせる気だ？）

できれば二度と危険な仕事に手は染めたくなかった。お島が待っている。一刻も早くここを脱け出したい……。

時の経過とともに不安と焦燥がじりじりとこみあげてくる。

がらり。

ふいに板戸が引きあけられ、廊下に三つの影が立った。小嶋典膳と配下の男である。いずれも鈍色《にびいろ》の装束、袴《はかま》の股立《ももだ》ちを高くとり、両刀を差している。

「出掛けるぞ」

小嶋が黒い布と大小の刀を差し出した。黒布は面をおおうための布である。それを受けとると、都築は無言で部屋を出た。

外は月も星もない、真の闇夜《やみよ》である。

江戸役所を出て半丁も歩かぬうちに、広い通りに出た。東海道である。この時刻になるとさすがに昼間の賑わいはなく、旅人相手の飯屋や土産物屋もひっそりと戸を閉ざして寝静まっている。

宇田川町を右に折れた。やがて前方に黒々と甍《いらか》をつらねる家並みが見えた。左に見える大屋根は松平肥後守の中屋敷、右手前は旗本・神尾権八郎、その奥が持弓頭《もちゆみがしら》・桑山九兵衛の屋敷である。

町屋と武家地が混在したこの界隈を「新銭座町《しんせんざちよう》」という。

寛永年間、ここに銭座がおかれ、「寛永通宝」が鋳造されたことから、その名がついたといわれているが、銭座がいつ廃《すた》れたかはつまびらかでない。

〈新銭座上野と同じ時分出来〉

これは上野の寛永寺にかけた川柳である。

町の南側を桜川の末流・宇田川が流れ、桑山屋敷の裏通りから海に流れこんでいる。

四人が宇田川の河岸道にさしかかったときだった。突然、路地角の闇だまりから音もなく黒影がとび出してきて、前を行く小嶋の前に立ちふさがった。頰かぶりの船頭ふうの男である。小嶋が無言でうなずくと、

「こちらへ」

男は踵《きびす》を返して四人を船着場に案内した。

桟橋に三艘《そう》の船がもやっている。俗に屋根船とよばれる長さ二丈五尺（約七米）、幅六尺（約一・八米）の川御座船である。屋根船の障子は武家船にかぎられていたので、町人の船には竹の簾《すだれ》が用いられた。

三艘の屋根船の竹簾の中には、黒装束に身をかためた三十人の鬼《き》一流《いちりゅう》忍びが十人一組となって分乗していた。二十五人が戦闘要員で、五人が司天台爆破の実行部隊である。その五人は腕に導火線をまきつけ、背中に太い煙硝筒を背負っている。

四人が船に乗り込むと、三艘の船は櫓《ろ》をきしませてゆっくり桟橋を離れていった。

この一団が陸路を使わず、あえて船を使った理由は、一つには大量の人員を一度に輸送できることであり、一つには由比正雪の慶安の変以来、江戸市中で一味徒党を組むことを厳しく禁じられていたからである。

三艘の船は宇田川を下り、江戸湾に出た。

（どこへ行くのだろう？）

先頭を行く船の舳先《みよし》に座った都築は、不安な面持ちで暗黒の大海原を見渡していた。

凍てつく風と激しい波しぶきが容赦なく頬をなぶっていく。大きなうねりに翻弄《ほんろう》されながら、四挺《ちょう》立ち（漕《こ》ぎ手が四人）の船は矢のように波を切って暗黒の海を航走《はし》りつづけた。

小半刻後――。

行く手の闇に漁火《いさりび》のようにきらめく無数の灯影《ほかげ》が見えた。両国・深川界隈《かいわい》の街の灯りである。その手前に小さく見える灯火は佃島《つくだじま》の明かりであろう。その明かりを右に見ながら、三艘の船は大川の河口に入った。

永代橋、大橋、そして両国橋をくぐり抜ける。そこからさらに神田川を遡行《そこう》し、やがて和泉橋の上流にさしかかると、三艘の船の漕ぎ手はそれぞれ櫓を水棹《みさお》にもちかえて、ゆっくり船を右岸につけた。着岸と同時に、黒装束たちがいっせいに身を躍らせて川岸に飛び移っていった。

3

同じ時刻。

燭台《しょくだい》のかぼそい灯りの下で、白岩権之亮は一枚の紙を手にしたまま、石のように全身を硬直させていた。その前に忍び頭の不毘羅《ふびら》が跪座《きざ》している。

芝神明前の江戸役所の御用部屋である。

白岩が手にしている紙は、土御門家麾下《きか》の辻占いが南町奉行所の定町廻《じょうまちまわ》り同心からスリ盗ってきた「津山」の人相書きだった。

「この男は……！」

白岩の顔が驚愕にゆがんだ。視線が激しく泳いでいる。

「都築どのに相違ございませぬ」

不毘羅が押しつぶしたような声でいった。眼があらぬ方を見ているのは、ひどい斜目《すがめ》のせいである。その眼の奥に手柄を誇示するような光がこもっていた。

白岩ががばっと立ち上がった。

「出掛ける。道斎を呼べ」

「はっ」

そのころ、神田佐久間町の天文方御用屋敷の周辺では、すでに血みどろの闘いがくりひろげられていた。警備の鉄炮方は、鬼一流の忍びが放った吹き矢でことごとく斃され、闘いはのっけから烈しい斬り合いになった。

先陣を切ったのは、黒布で面をおおった都築と小嶋である。それにつづいて二十五人の忍びが怒濤《どとう》のごとく警衛の侍に襲いかかった。文字どおりの不意討ちである。この時点で形勢は圧倒的に攻め手に有利かに見えたのだが、数瞬後、信じられぬことが起きた。攻め込んだ忍びたちが、突然はじけるようにばたばたと倒れていったのである。

「矢だ！」

小嶋が叫んだ。見ると、築地塀の上に半弓を構えた侍たちがずらりと影をつらねている。屋敷内に配備された先手組・弓組の侍たちだった。

ヒュルッ、ヒュルッ……。

切れ目なく飛来するおびただしい矢の攻撃に、反撃する間もなく、忍びたちは算を乱して逃げ散った。予想外の展開に小嶋はあわてふためき、

「怯《ひる》むな！　斬れ、斬れッ！」

必死にわめいた。が、逃げまどう忍びたちにその声は届かなかった。攻め手の陣形は完全に潰乱《かいらん》し、屋敷周辺は大混乱に陥っていた。都築にとって、まさにこれは僥倖《ぎようこう》だった。

（いまだ！）

敵が逃走の機会を作ってくれたのである。

混乱に乗じて翻身した。その瞬間、背中に激烈な痛みが奔った。焼けつくような熱い痛みである。二、三歩のめりながら、それでも必死に体勢を建て直して走った。走りながら

右胸に手をやった。ぬめっと生温かい感触があった。

——血！

それもかなりの量の血である。背中をつらぬいた矢の鏃《やじり》が右胸に突き出ていた。呼吸《いき》が苦しい。胸の傷口を手でおさえ、修羅の形相で走った。激しい出血がみるみる体力を奪っていく。走っては立ち止まり、立ち止まってはまた走った。

背後で怒号と叫喚がひびいている。

逃げ遅れた忍びたちが、先手組の侍と死闘をくり広げていた。その乱刃の中に小嶋典膳の姿もあった。小嶋の手勢はわずか六人である。対する先手組はおよそ十二、三。劣勢は誰の目にも明らかだった。ましてや、先手組は戦時に将軍の尖兵《せんぺい》をつとめる勇猛の侍ばかりである。闘いの帰趨《きすう》はすでに決していた。この絶望的な状況を斬り抜けるには、奇跡を祈るしかなかった。

ところが……。

現実にその奇跡が起きたのである。

「うわッ」

突然、先手組の侍が悲鳴を発してのけぞった。それも三人、同時にである。背後からの斬撃だった。斃《たお》れた三人の屍《しかばね》を踏み越えて、白刃をかざした黒影の群れが猛然と斬り込んできた。白岩権之亮と堀内道斎、不毘羅、そして十人の配下たちである。

形勢は一気に逆転した。先手組の侍たちは守勢一方、じりじりと後退する。

「退け」

白岩の下知に、小嶋たちがいっせいに身をひるがえし奔馳《ほんち》した。追尾をあきらめたのか、追ってくる気配はない。

路地から路地を走りぬけて、神田川の土手に出た。このとき不毘羅の姿が消えていたことに白岩も小嶋も気づかなかった。とにかく逃げるのが精一杯である。人数をかぞえている余裕はなかった。

一目散に土手道を駆けおり、川岸に繋《つな》いでおいた三艘の屋根船にとび乗った。

船が岸を離れると、白岩は荒い息をととのえながら、小嶋に訊いた。

「都築はどうした？」

「あの腰抜けめ、真っ先に逃げおった」

小嶋が怒りをたぎらせて吐き棄てた。意外だったのは白岩の反応である。

「逃げたか……」

一言、低くつぶやいただけである。非難めいた口調ではなく、むしろ安堵《あんど》するような口ぶりである。司天台の爆破に失敗し、多くの手勢を喪《うしな》ったものの、都築＝津山に逃げられたことは、ある意味で朗報といえた。最悪なのは都築が敵方に捕らえられ、『天一《あまくに》』の情報が幕府の手に渡ることである。都築が無事に逃げおおせれば、いずれ捕捉《ほそく》する機会もあるだろう。勝算はまだある。白岩はそう確信した。

どこをどう走ってきたか……、気がつくと、都築は湯島切通しの坂下にいた。背中に矢が突き刺さったままである。胸元が多量の血でべっとりと濡《ぬ》れている。

最後の気力をふりしぼって坂道を登り、ようやく平八郎の家にたどり着いた。戸を引きあけて土間に転がりこむ。

「都築どの！」

奥から平八郎がとび出してきて、倒れている都築を抱え起こし、板間に担ぎあげた。背中に矢が突き刺さっている。

「この矢は！……どうしたんだ！」

「み、水を……」

聞きとれぬほどかすかな声である。

「その前にこの矢を抜かなければ――」

「だめだ！」

都築が絶望的に首をふった。

「矢を抜いたら……死ぬ」

「……！」

「もう、しばらく生かしておいてくれ……。おぬしに……、話しておきたいことがある……。み、水を……」

喘《あえ》ぎながら都築がいった。血の気を失った顔が屍蠟《しろう》のように蒼白《あおじろ》い。死期が間近に迫っていることは一目瞭然《りょうぜん》だった。平八郎は身をひるがえして、土間の水瓶から湯飲みに水をくんで持ってきた。それを受け取り、喉を鳴らして飲みほすと、

「わしの……、素性を明かそう」

都築がかすれた声で、切れ切れに語りはじめた。

「わしは……元紀州藩の小姓・大槻《おおつき》兵之進……」

「大槻？」

けげんに訊き返したが、すぐに思い出した。紀州四代藩主・頼職《よりもと》が横死した直後、頼職の従兄弟《いとこ》で伊予西条藩の松平頼雄《よりかつ》に手紙を送った男が大槻兵之進だった。これは『舟徳』の徳次郎から聞いた話である。

「すると、あんたは頼職公の……？」

都築がかすかにうなずいた。

「頼職公が薨《こう》じられた折り……、わしら小姓組は髪を剃《そ》って喪に服した。しかし、そのことが吉宗公の逆鱗《げきりん》にふれ……」

二十一年前の宝永二年（一七〇五）九月に起きた〝剃髪《ていはつ》事件〟である。その事件で領外

追放になったあと、朋輩《ほうばい》三人が紀州の山中で「薬込役《くすりごめやく》」（紀州隠密）に殺され、からくも命拾いした都築は、紀州藩の探索の手を逃れて京の土御門家に入門した。

「さいわい土御門家の屋敷住まいを許されて、そこで三年ばかり修行を積んだあと……」

晴れて陰陽師の職札（免許）と都築右京介の名を授かり、土御門家の出役陰陽師として、摂津・河内・和泉《いずみ》・山城・大和の五畿内を巡回していたという。

「その間、わしの胸中には……、二十六歳の若さでお亡くなりになった頼職公の無念と……、吉宗公への怨念《おんねん》が……澱《おり》のようにこびりついていた……」

苦しげな息づかいで、そこまで語り終えると、

「水を……、もう一杯もらえぬか」

顫《ふる》える手で空の湯飲みを差し出した。右胸の出血はややおさまっている。平八郎が水をくんでくると、むさぼるように飲みほし、

「頼職公の死の真相を探ろうと……江戸に出てきたのは……、昨年の夏だった……。京の御本所（土御門家）の口利きで、江戸役所に身をおかせてもらうことになり……」

以来、仕事の合間を見つけては、かつての「薬込役」たちの所在を探し歩く日々を送っていたという。そして一か月後、ついに「薬込役」筆頭・風間新右衛門の松島町の組屋敷を突き止めたのである。紀州「薬込役」十七家が幕臣に編入され、「締戸番」と名称をあらためていたこともわかった。

4

昨年（享保十年）の九月のことである。

菅笠《すげがさ》をかぶった不意の来訪者に、風間新右衛門が眉を曇らせて誰何《すいか》した。

「そこもとは……？」

武士とも町人ともつかぬ異装の男である。男は物もいわず顎紐《あごひも》を解いて菅笠をはずし、剣呑《けんのん》な目で新右衛門を見すえた。

「この顔を見忘れたか」

都築（大槻兵之進）である。とうに五十の坂を越していて、二十年前の面影は微塵《みじん》もなかった。

「さて、どなたやら……」

「大槻兵之進だ」

その名を聞いた瞬間、新右衛門は反射的に一歩後ずさった。が、一瞬はやく、都築の抜きざまの一刀が、新右衛門の首すじにぴたりと突きつけられていた。

「わしを斬る気か」

「その前に訊きたいことがある」

刀を突きつけたまま式台に上がり、奥の部屋にじりじりと押しやった。

「座れ」

いわれるまま新右衛門は腰をおろした。その表情に脅《おび》えや恐怖はなかった。従容としている。

「わしは腎《じん》の臓を患っておる。そう長い命ではない。よかろう。何なりと訊いてくれ」

おだやかな声である。都築は抜き身を構えたまま片膝をつき、

「頼職公を弑《しい》したのは『薬込役』か?」

ずばり核心に迫った。

「いかにも……、藪田定八の『草』の仕業だ」

「やはりな。吉宗公の差し金か?」

「いや、巨勢八左衛門どのの命令だ」

巨勢八左衛門利清《としきよ》は当時の「薬込役」の長であり、御側衆首座・巨勢十左衛門の父親である。

「巨勢どのが頼職公を——」

「しかし」

新右衛門がするどい眼で見返した。

「それを訊いてどうする? 二十年前のことを蒸し返したところで、いまさらどうなるも

のでもあるまい。それより……」

といいさして、つと立ち上がった。

威嚇するように都築が刀を突きあげた。だが新右衛門はまったく動じる気配を見せず、

「動くな！」

「逃げはせぬ」

と隣室へ行き、細長い矩形《くけい》の袱紗《ふくさ》包みを持って戻ってきた。

「これをおぬしに進ぜよう」

おもむろに袱紗包みを披《ひら》いた。中身は桐《きり》の箱である。さらに箱を開けると、中に見事な拵《こしら》えの短刀が入っていた。志津三郎兼氏《かねうじ》の『天一』である。

「藩祖・頼宣《よりのぶ》公が東照神君から下賜された天下三品《さんぼん》といわれる名刀だ。じつは……、この短刀の柄《え》に天下がくつがえるほどの秘密が匿されている」

新右衛門は小柄《こづか》を使って短刀の目釘《めくぎ》を抜き、柄をはずした。中心《なかご》に黄ばんだ和紙が巻きつけてある。それを丁寧にほどいて抜き、都築の前に差し出した。

「これがその秘密だ」

六代将軍・家宣直筆の遺言状である。

《我（家宣）思はずも、神祖（家康）の大統をうけつぎて、我後とすべき子（七代家継）

なきにしもあらねど、天下の事は、我私にすべきことあらず、古《いにしえ》より此《こ》のかた、幼主の時、世の動なき事多からず、神祖三家をたて置かせ給ひしは、かかる時のためなり、我後の事をば、尾張殿に譲りて、幼きものの幸ありて、成人にも及びなん時のことをば、我後たらん人の心に任すべき事也《なり》》

遺言状には、七代将軍家継の跡は「尾張殿に譲る」と明記されている。末尾に家宣の署名、花押、朱印もあった。

「この遺言状がおおやけになれば、吉宗公を八代将軍に推した天英院（六代家宣の正室）さまの裁定もくつがえるであろう」

「し、しかし、なぜこれを拙者に？」

「せめてもの罪ほろぼしだ。尾張家に売り渡すもよし、朝廷に差し出すもよし。おぬしの存念にまかせよう……。ただし、一つだけ頼みがある」

「頼み？」

「いまも申したとおり、わしの命はそう長くはない。すでにその覚悟もできておる。ただ一つだけ心残りがある……。伜《せがれ》、新之助の行く末だ。わしが死んだあと、新之助の身にいかなる災難がふりかかるか……」

新之助は、将軍吉宗の生母・浄円院と新右衛門との間にできた不義の子、すなわち吉宗の異父弟である。その事実を知っているのは、浄円院の実弟・巨勢十左衛門だけだった。

「不義密通の罪は重い。わしがいま無事でいられるのは、ひとえに浄円院さまの権勢のおかげなのだ」

都築は驚愕した。その話が真実だとすれば途方もない重大事である。

「だが、その浄円院さまも、すでにご高齢、近ごろは病の床に臥《ふ》しておられると聞く。もし……もしも、浄円院さまの御身に万一があれば、わしも新之助も無事ではいられまい……。いや、わしはいい。問題は新之助だ。何の罪もない新之助に禍いがおよぶようなことがあれば……、わしは……死んでも死にきれぬ」

老顔に色濃く苦悩をにじませ、新右衛門が両手をついて頭を下げた。

「たのむ！……わしが死んだあと……」

巨勢一族や「締戸番」の手から新之助を護ってくれというのである。それが『天一』譲渡の条件だった……。

ぷつんと言葉が切れた。

都築の躰《からだ》が異様に烈しく顫えている。

「どうした？」

平八郎が心配そうにのぞき込むと、

「さ、寒い……」

蚊の鳴くような小さな声で、都築がぽつりと応えた。額に玉のような汗が泛かんでいる。熱が出たようだ。平八郎は奥から掻巻《かいまき》を持ってきて、都築の肩にかけてやった。

「熱い茶はどうだ？」

「いや……」

都築は首をふり、酒が飲みたいという。勝手から貧乏徳利を持ってきて、湯飲みについで差し出すと、舐《な》めるように飲みながら、

「その年の秋――」

話をつづけた。酒が入って躰が温まったせいか、いくぶん声に張りが出てきたような気がする。

「深川の岡場所で……お島という遊女と出逢《であ》った……。そして……年甲斐《としがい》もなく、惚《ほ》れた……」

お島と出逢った瞬間、まるで憑《つ》き物が落ちたように、心の底にこびりついていた澱《おり》が消え去った。亡君の無念、吉宗への怨念、武士の矜持《きょうじ》、志操――この二十余年間、都築の心をがんじがらめに呪縛《じゅばく》してきたものが、すべて一瞬裡《り》に消え失せたのである。

――お島を自分のものにしたい。

都築の胸中には、その一念しかなかった。しかし、それには五十両の身請け金がいる。

むろん都築にそんな大金があろうはずもないし、また工面する方策もなかった。

考えあぐねた末、思い至ったのは『天一《あまくに》』を手放すことだった。

だが……。

ひとつ厄介な問題があった。『天一』を手放すからには、風間新右衛門との約束を果たさなければならない。つまり、新右衛門の息子・新之助の命を護らなければならぬ義務を負うことになるのである。それを思うと気が重かった。ようやく「薬込役」の追捕をのがれて自由の身になったというのに、また彼らを敵にまわすことになる。それだけは何としても避けたかった。だが……金は欲しい。

そこで都築は一計を案じた。『天一』の贋物《にせもの》を作って本物を売り飛ばし、贋作のほうを新右衛門に返す、という姑息《こそく》な計略である。さっそく実行に移した。仕事先の刀剣屋の主人から、御徒町に腕のいい錺《かざり》職人がいると聞いて訪ねていった。その錺職人が宇之吉である。宇之吉には「津山」の変名を名乗って、贋作の製造を依頼した。

十日後に贋作ができあがった。なるほど寸分たがわぬ見事な出来ばえである。それを持って、ふたたび風間新右衛門の組屋敷を訪ねた。

「あのあと、よく考えてみたのだが……、拙者には荷の重い仕事だ。引き受けかねるので『天一』はお返しする」

突き返したのは、むろん贋作の『天一』である。新右衛門はまったく疑わなかった。ただ哀しげにうなずいただけである。

「すると……」

平八郎が身を乗り出した。

「本物の『天一』は！」

「古道具屋《こどうぐや》に売った……。思わぬ高値がついた……百、五十両……」

といって、都築がにやりと笑った——かに見えた瞬間、その手からぽとりと湯飲みが落ちて、板敷に酒がこぼれ散った。

「お、おい、しっかりしろ！」

肩を揺すって声をかけたが、反応はなかった。糸の切れた傀儡《くぐつ》のように全身が弛緩《しかん》し、見開いた眼がとろんと虚空を見すえている。

「その古道具屋はどこだ！　何という店だ！」

都築の耳もとで叫んだ。息のあるうちに、どうしてもそれだけは聞いておかねばならなかった。頸《くび》の血脈に手を当ててみると、かすかに脈はあった。

「教えてくれ！　どこの古道具屋だ！」

「お、尾張町の……、井筒屋……。こ、これを、お島に……」

ほとんど聞き取れぬ声でそういうと、ふところから紙包みをつかみ出して板敷に置き、都築は眠るように眼を閉じた。脈も呼吸も止まっていた。

平八郎は紙包みを取って披いた。五両の金子が入っている。

「………」

なんともやり切れぬ想いがこみあげてきた。せめて一目だけでもお島に逢わせてやりたかった。都築、いや大槻兵之進……。結局、この男はいったい何のために闘い、何のために死んでいったのだろう。

(哀れな……)

きりりと胸が痛んだ。

5

金包みをふところに押し込んで立ち上がったときである。

ぶすっ。

かすかな音がした。窓の障子をつらぬく音である。反射的に平八郎は一間ほど横に跳んだ。跳んだ瞬間、肩口を銀色の光がかすめ、背後の壁に何かがぐさりと突き刺さった。

十字手裏剣である。

だが、その手裏剣は平八郎の命をねらって放たれたものではなかった。平八郎を戸外におびき出すための脅しである。その証拠に飛んできた十字手裏剣は一本だけだった。多勢で攻める場合、屋内での斬り合いは不利になる。動きが制約される上に、味方同士が相討ちになる危険性があるからだ。それで平八郎を外におびき出そうとしているのである。この家はすでにかなりの数の敵に包囲されているに違いなかった。

（お庭番か！）

何らかの情報で「津山」が都築右京介であることを突き止めたのであろう。すかさず行燈《あんどん》の灯をふき消して、部屋の奥の闇《やみ》だまりに身をひそめた。

平八郎の読み通り、この家はお庭番配下の忍びたちに包囲されていた。その数、およそ二十。忍犬を連れた忍びもいた。その忍犬が都築の血の匂いをたどって、忍びたちをこの家に誘導してきたのである。

桜田御用屋敷の藪田定八のもとに、司天台襲撃の報が入ったのは一刻（二時間）ほど前だった。ただちに配下の忍び二十名を引き連れて、神田佐久間町の天文方御用屋敷に向かったが、到着したときにはすでに闘争は終息しており、そこへ、先手組の一団が手傷を負った敵を捕らえてもどってきた。江戸役所の忍び頭・不毘羅《ふびら》である。

屋敷内の土蔵の中で、不毘羅は残虐きわまりない拷問にかけられた。逃走をふせぐために、まず掛矢《かけや》で右脚の骨が打ちくだかれ、次に両手の指の生爪が一本ずつじわりじわりと剝《は》がされていった。常人ならここで悲鳴をあげて失神していただろう。だが、不毘羅は呻《うめ》き声ひとつあげず、歯を食いしばって耐えていた。恐るべき忍耐力であり、強靭《きょうじん》な精神力だった。

藪田定八は、自白を強要しなかった。終始無言である。薄ら笑いを泛かべ、まるで愉しむように十指の生爪を剝がし、刀の鞘《さや》の栗形から笄《こうがい》を抜きとると、無造作に不毘羅の右目にそれを突き刺した。

「ぎゃっ！」

たまらず悲鳴を発した。江戸役所の陰陽師・都築右京介が「津山」であることを白状したのは、その直後である。一瞬、耳を疑うほど、それはとてつもない情報だった。すぐに配下の忍びたちに屋敷周辺を調べさせた。敗走した敵の中に「津山」がいると看《み》たのである。ほどなく不審な血痕《けっこん》を発見し、忍犬にその跡を跟《つ》けさせ、そして、たどりついたのが湯島切通しの平八郎の家だったのである。

——ストン、ストン……。

立てつづけに数個の十字手裏剣が、壁や柱に突き刺さった。敵はあくまでも平八郎を戸外におびき出す算段である。

平八郎は刀の下げ緒を解いて壁に立てかけ、それを足場にして天井裏にもぐり込むと、下げ緒をたぐって刀を引き上げた。

数瞬後、平八郎の姿は屋根の上にあった。そっと首をのばして家の周囲を見まわした。黒装束の忍びたちが路地角や天水桶《おけ》の陰、隣家の板塀などにへばりついて襲撃の機をうかがっている。

ひらり。

身を躍らせて裏手の大欅《おおけやき》の梢に飛び移り、梢の反動を利用してまたひらりと宙に身を躍らせ、屋根から屋根へ、むささびのように飛び移っていった。それに気づいた忍びの群れがいっせいに身をひるがえしたときには、すでに平八郎は数軒先の路地裏にトンとおり立っていた。

麟祥院《りんしょういん》の土塀に沿って東に走った。

背後にひたひたと足音が迫る。

切通しの坂上にさしかかったところで、平八郎ははたと足をとめた。前方の闇に忽然と黒影の群れがわき立った。二手に分かれた忍びの一群が先回りしたのであろう。背後には追手の影が迫っている。

平八郎は刀を抜いて切っ先をだらりと下げ、右足《うそく》をひいて車《しゃ》（斜）の構えをとり、すばやく影の数を読んだ。前方に十、後方に十。数の上では圧倒的に不利だが……、勝算はあった。

忍びたちは都築（津山）の死を確認したはずである。『天一』の所在を知る者は、もはや平八郎しかいない。そのことは彼らも知っているはずだ。

――おれを殺したら『天一』の行方は永遠に闇の中だ……。

勝算は、まさにそこにあった。

影の群れが平八郎を包囲した。案の定、殺気は感じられなかった。いずれも背中に刀を背負っているが、抜刀する者はひとりもいない。身を屈して、じわじわと包囲網を縮めてくる。手捕りにするつもりか……。

突然、それは襲ってきた。

忍びたちがいっせいに鉤縄《かぎなわ》を放ったのである。予想外の攻撃だった。かわす間もなく数条の鉤縄が平八郎の躰にからみついた。

しゃっ！

紫電の一閃《いっせん》を放った。躰にからみついた鉤縄がことごとく断ち切られて飛び散った。が、なおも鉤縄は生き物のように執拗《しつよう》にからみついてくる。それも四方八方から同時にである。襟首にかかった鉤縄を切ろうとすると、肩口に咬《か》みついてくる。それを切り払うと、今度は袖《そで》に引っかかる。切っても切っても、鉤縄の攻撃はやまなかった。

躰のあちこちに鉤が引っかかった。忍びたちがその縄を引き寄せて平八郎のまわりをぐるぐると回りはじめた。数条の縄が見るまに平八郎の躰に巻きついていった。さながら蜘《く》蛛《も》の糸にからめられた虫のごとき図である。

(だめだ……!)

あきらめかけたとき――、

突然、縄の回転が止まった。異様な叫喚がわき起こり、それと同時に平八郎を包囲していた円陣の一角が乱れて、雪崩《なだれ》を打つように黒覆面の一団が斬り込んできた。双方入り乱れ、たちまち烈しい斬り合いになった。平八郎はむろん知る由もなかったが、斬り込んできたのは白岩権之亮と小嶋典膳がひきいる鬼一流忍びの一団だった。

司天台の襲撃に失敗し、三艘の屋根船に分乗して敗走する途中、白岩は不毘羅《ふびら》の姿が見当たらぬことに気づき、ふたたび船を神田川の岸につけさせ、忍びの一人を探索に走らせたのである。

天文方御用屋敷の周辺には、つい先刻の激烈な闘いが嘘のように、静穏な闇がただよっていた。数人の先手組の侍があちこちに転がっている屍体《したい》を黙々と片づけている。忍びはその隙をついて築地塀に身を躍らせ、土蔵の屋根に飛び移って天窓から中をのぞき見た。

そこに見た光景は血が凍るような地獄絵だった。片目を小柄で抉《えぐ》られ、顔面血まみれの不毘羅が半狂乱で叫んでいた。白岩の危惧が現実となったのである。

忍びはすぐに神田川河畔にとって返し、白岩に復命した。

「まずい! 引き返すぞ!」

白岩の一声で、忍びたちがいっせいに岸に飛び移った。

天文方御用屋敷に着いたのは、お庭番配下の忍びたちが忍犬を連れて屋敷を出た直後だった。付近の雑木林の中からその様子を見ていた白岩たちは、闇にまぎれてあとを追った。

そして……、
たどりついたのが、湯島切通しの平八郎の家だったのである。

乱刃がつづいている。

意外だったのは、危機を救ってくれたはずの一団が、平八郎にも刃を向けてきたことだった。

（この連中も敵か……！）

虚をつかれた感じである。わけがわからぬまま必死に闘った。

奇妙な闘いだった。一方の忍びが平八郎に斬りかかると、別の忍びがそれを斬り斃して、平八郎に襲いかかってくる。一瞬裡に敵が目まぐるしく入れ替わった。敵が敵を斃してくれるのだから、これほど楽な闘いはない。しかも双方に共通しているのは、平八郎に殺意を抱いていないという点であった。彼らは明らかに急所をはずし、手足を狙《ねら》って斬りかかってきた。手捕りにするための刀法であることは明白である。これも平八郎の闘いを有利にさせた。

他方では敵同士が熾烈《しれつ》な死闘をくりひろげている。白岩の一団がやや優勢だった。守勢に立たされたお庭番配下の忍びたちは、平八郎に向けた手勢を引き戻して必死の反撃に出た。双方ともすでに五、六人の死者を出している。

隙を見て、平八郎は身をひるがえした。

「待て！」

立ちふさがったのは黒覆面の白岩と小嶋だった。血をたっぷり吸った直刀を上段に構えている。平八郎は刀を下げたまま右半身に構えた。いきなり白岩が直刀をふり下ろしてきた。すさまじい勢いだった。切っ先は正確に平八郎の手首を狙っていた。それより速く、平八郎の躰が右に跳んでいた。跳びながら瞬息の一閃を下から上へ薙《な》ぎあげた。

白岩の二本の腕が宙に舞った。ほとんど同時に小嶋の躰が前のめりに倒れていた。返す刀で胴斬りの一刀を放ったのである。ふたりが倒れ伏すのを見ずに、平八郎はもう走り出していた。追ってくる者はいなかった。

赤々と榾火《ほたび》が揺らいでいる。

その榾明かりの中に、悲痛に打ちひしがれるお島の姿があった。

高輪泉岳寺の裏手、『清浄庵』の板間の囲炉裏の前である。

お島の膝もとには、五枚の小判がおかれてあった。都築右京介がいまわの際に平八郎に託した五両の金子である。

長い沈黙のあと、お島が小さな声でぽつりといった。

「本当に……、旦那さまは死んだのですか？」

「………」

平八郎は無言でうなずいた。

「本当に死んだのですね」

今度は質問ではなかった。自分自身にそういい聞かせているのである。お島の白い頬が濡《ぬ》れていた。滂沱《ぼうだ》の涙である。

「………」

慰撫《いぶ》する言葉がなかった。たとえどんな言葉を弄《ろう》しても、お島の哀しみを癒すことはできまい。平八郎は立ち上がって勝手から徳利を持ってくると、茶碗についで飲んだ。苦い酒だった。二杯目の酒を口に運びながら訊いた。

「これから、どうする？」

お島はちょっと逡巡《しゅんじゅん》したあと、

「郷里《くに》に……、帰ります」

応えて、手の甲で頬の涙をぬぐった。

「それがいい」

「………」

「もう寝《やす》んだらどうだ？」

「はい」

素直にうなずいて、お島は奥の部屋に去った。平八郎は三杯目の酒を茶碗についだ。

――尾張町の井筒屋。

都築が最後に言い遺した古道具屋の屋号である。それを知る者は、もはや平八郎しかいない。お庭番や尾張の隠密が血まなこになって探していた『天一《あまくに》』の行方を、平八郎はついに突き止めたのである。

――おれの闘いはこれから始まる。

全身の血がふつふつとたぎってくる。闘いの相手は明確だった。お庭番である。彼らの手からお葉を奪還しなければならない。『天一』はそのための切り札であり、最強の武器でもあった。

愛宕下の時の鐘が鳴りはじめた。子の刻（午前零時）の鐘であろうか。

疲れた躰に酔いがまわって、平八郎はふと睡魔に襲われた。ごろりと横になったとたん、深い眠りに落ちていった。

第九章　血　闘

1

夜が明けた。東側の障子窓にほんのりと黎明《れいめい》の微光がにじんでいる。

囲炉裏の火は、もうほとんど消えていた。板敷の下からしんしんと朝の冷気がわいてくる。その寒さで平八郎は目を覚ました。

——何刻だろう……？

だいぶ前に七ツ（午前四時）の鐘を聞いたような気がする。

昨夜の激闘の疲れか、鉛を飲みこんだように躰《からだ》が重い。むっくり上体を起こした。その瞬間、胸のあたりから小さな紙片がひらりと落ちた。拾いあげて見ると、

『お世話になりました。島』

と走り書きされている。思わず立ち上がって奥の部屋に行った。お島の姿はなく、きち

んと畳まれた蒲団《ふとん》の上に小判が一枚ぽつんと置かれていた。昨夜、お島に渡した五両のうちの一両である。

「郷里《くに》に帰ります」

と、お島はいったが、その「郷里」がどこなのか、平八郎は聞き忘れていた。いずれにせよ、夜が明けぬうちにここを出ていったとすれば、いまごろはもう朱引き（江戸府内）を越えているであろう。

なんともやるせなかった。お島が去ったことではなく、小判を一枚残して行った、その心づかいがである。

障子窓が急速に明るくなってゆく。

気をとり直して部屋を出た。土間に下りて水瓶の水を桶《おけ》にそそいで顔を洗う。

急に空腹を覚えた。考えてみれば、昨夜は茶碗酒を三杯飲んだだけで、何も腹に入れていなかった。急いで竈《かまど》に火を起こして飯を炊き、湯漬けを腹に流し込むと、朱鞘《しゅざや》の大刀を腰にたばさみ、編笠をかぶって外に出た。

空気がぴんと張り詰めている。

道に白々と霜が下りていた。

新橋にさしかかったところで、南と北から同時に鐘が鳴りひびいた。南は愛宕下《あたごした》、北は日本橋石町《こくちょう》の時の鐘である。

早出の職人や人足たちが白い息を吐きながら、あわただしく行き交い、あちこちから商家の大戸を上げる音がひびいてくる。

尾張町二丁目の辻角で、平八郎はふと足をとめた。ここから尾張町元地（一丁目）にかけては、大小の呉服屋が軒をつらねる呉服街で、古道具屋《こどうぐや》は一軒もない。あるとすれば裏通りであろう。そう思って辻を西に折れた。

勘がずばり的中した。辻を折れてすぐ『井筒屋』の招牌《かんばん》が目に入った。一本目の路地角の、間口三間ほどの小ぢんまりとした店である。

古道具屋は、正確にいえば古い道具類を商う店をいい、刀剣類やその付属品を商う店は小道具屋といった。

古道具屋　鍔《つば》を撫《な》で撫で送って出

当時の川柳も「古」と「小」を混同している。『井筒屋』の招牌には小道具屋とあった。正しく刀剣類を扱う店である。

店はすでに開いていた。あるじらしき小柄な男が火鉢で暖をとりながら、帳面に目を落としている。

「ごめん」

一歩、店に入ると、あるじが顔をあげた。見るからに律儀そうな初老の男である。

「少々訊《たず》ねたいことがあるのだが……」

「どんなご用件でございましょう」

「昨年の秋ごろ、『津山』という男が短刀を売りにきたはずだが、覚えておるか」

「津山さま？」

「あるいは都築と名乗ったかもしれぬ。短刀は志津三郎兼氏《かねうじ》だ」

「ああ、それでしたら、確かに……。ですが、その短刀はすぐに売れました」

「売れた！」

あるじは帳場の棚から帳面を取り出して、手ばやく繰りながら、

「……あ、ございました。お買い上げになられたのは、赤川さまとおっしゃるご浪人さまです。赤川大膳さま」

「その浪人者の住まいはわかるか」

「浅草聖天町《しょうてんちょう》にお住まいだとか……。生憎《あいにく》ですが、それ以上詳しいことは手前どもにも……」

「そうか」

それだけわかれば十分だった。

礼をいって『井筒屋』を出ると、平八郎はその足で蔵前に向かった。

蔵前——札差『上総屋』の米蔵が立ち並ぶ一角である。

野鳩や雀の群れが地面に散らばった籾粒《もみつぶ》をせわしなげについばんでいる。

番小屋の中で、夜番の堀部安之助が板壁にもたれてとろとろとまどろんでいた。

気配に目を醒《さ》ました安之助は、平八郎の姿を見てあわてて居ずまいを正し、

「あ、おはようございます」

照れ臭そうに挨拶《あいさつ》をした。平八郎は編笠をぬいで板壁にかけると、火鉢の前にどかりと
腰をおろして、

「おぬしに頼みがあるんだが……」

「何でしょう？」

「今日一日だけ、昼間の蔵番も代わってもらえんか。夜はおれがやる」

「それはかまいませんが……、何か急用でも？」

「人探しをしなければならんのだ」

といって、

「そうだ……」

平八郎が思い出したようにふところから小判を一枚取り出した。

「お島がこれを置いていった」

「お島さんが？……出て行ったんですか？」

「うむ。郷里に帰るといっていた。これはおぬしに世話になった礼だ。おさめておけ」

差し出された小判に目をやりながら、安之助が訊《き》き返した。

「で、男のほうどうなりました？」

お島を『清浄庵』に匿《かくま》うさい、平八郎が事情を説明しておいたので、安之助は都築のことを知っていた。

「死んだ」

「ええっ」

「公儀に殺された」

断定だった。都築の命を奪ったのは半弓の矢である。渋川右門殺害の手口からみても、土御門家の刺客が半弓を使うとは考えにくいし、お庭番が「津山」を殺す道理はない。

となると、考えられるのは公儀の先手組である。司天台襲撃の一件は知らなかったが、土御門家と幕府が暗闘をつづけていることは、星野藤馬の話で知っていた。

おそらく昨夜も両者の間で何らかの争いがあり、都築はその争いに巻き込まれて矢を撃たれたのであろう。

安之助がやりきれぬようにつぶやいた。

「さぞ、心残りだったでしょうね」

声に真率なひびきがあった。都築への同情と哀れみのこもった声である。

「…………」

平八郎は無言で火鉢に炭をつぎ足している。胸中には安之助と同じ想いが、いやそれ以上につらい想いがあった。

「わかりました」

安之助が顔をあげた。

「昼の蔵番は引きつづきわたしがやります。どうぞお気兼ねなく」

「すまんな。夕刻までには戻ってくる」

いいおいて、平八郎は番小屋を出た。


蔵前から聖天町《しょうてんちょう》までは、さほどの距離ではない。大川沿いを北東に向かって歩いていくと、ほどなく前方に浅草寺の伽藍《がらん》の大屋根が見えた。

伽藍の右奥に見える小高い丘は待乳山《まっちやま》である。かつては大きな松山で、大川からの入り船の目印になっていたが、日本堤を築造するときに大量の土を削り取ったので、現在はやや低くなっている。

その待乳山のふもとに聖天町はあった。

朝から大変な人出である。多くは待乳山の聖天宮に祀《まつ》られた歓喜天に病難・盗難などの厄除けや、夫婦和合・福徳自在を祈願する参詣《さんけい》の人々であり、また、それを目当ての掛け店や屋台、露天商などが道端にひしめくように店を張り出していて、町は朝から活気にわき返っていた。

雑踏を縫って、平八郎は黙々と聞き込みに歩いていた。

町役人、老舗《しにせ》の商家、口入屋など、町の有力者の家を片っ端からたずね歩いたが、結局、この日は何の手掛かりも得られず、七ツ（午後四時）ごろ、帰途についた。

さすがに足が重い。ゆっくり歩を運びながら、平八郎は思案をめぐらせていた。

「赤川大膳」なる浪人者は何者なのか……？

都築（津山）は『天一』を百五十両で『井筒屋』に売ったといったが、だとすれば『井筒屋』はそれ以上の値で赤川大膳に売り渡したはずである。一介の浪人者がそれほどの大金を払って『天一』を手に入れようとしたのはなぜか？　赤川大膳は『天一』に隠された秘密を知っていたのだろうか？

あれこれと思案をめぐらせながら歩いていると、

「もし」

ふいに背後で嗄《か》れた声がした。立ち止まってふり向こうとすると、

「おっと、立ち止まらずにそのまま歩いておくなんさい」

声とともに、平八郎のかたわらにすっと人影がすり寄ってきた。目のすみでその影をと

らえた。菅笠《すげがさ》をかぶった初老の男である。顔は見えなかったが、男の正体は声でわかった。『桔梗屋』の番頭――「穴丑《あなうし》」の儀十である。

「儀十か？」

歩きながら訊いた。

「へえ」

「何の用だ？」

「お伝えしたいことがありやす」

菅笠の下から儀十の低い声がした。周囲は芋を洗うような雑踏である。ふたりを怪しむものは誰もいない。

「湯島切通しの家には戻らねえほうがようござんすよ」

「……むろん、戻るつもりはない」

「ひょっとしたら刀弥さまの仕事先にも手が回るかもしれやせん。お気をつけなすって」

「仕事先というと……蔵前のか？」

「へえ」

と、うなずいて儀十はさらに躰をすり寄せた。

「これはお葉からの言伝てなんですが……、『天一』の件から手を引いて、すぐに江戸を出てもらいてえと……。そして、自分のことは、もう忘れてくれと――」

嗄れた声が心なしか顫《ふる》えている。

「お葉がそういったのか」

「……ごめん」

軽く頭を下げるや、儀十はひらっと翻身して、足早に人混みの中に姿を消した。平八郎は一顧だにせず、そのまま人の流れに沿って歩きつづけた。

（いよいよ迫ってきたか……）

歩きながら、肚《はら》のなかで暗澹《あんたん》とつぶやいた。お庭番の包囲網がじわじわと縮まってきている。彼らとの対決はもはや避けうるすべのない瀬戸際に、平八郎は立たされていた。

（闘うしかあるまい）

覚悟はできている。しかし、闘いを有利に運ぶためには、何としても『天一』の情報を手に入れなければならぬ。

（急がなければ……）

こみあげてくる焦燥感が、疲れた平八郎の足を無意識裡《り》に速めさせていた。

2

曇天の空に寒々と風花が舞っている。

星野藤馬は肩をすぼめて日本橋横山町の路地を急いでいた。

芝神明前の土御門家江戸役所からの帰りである。

一刻（二時間）ほど前、江戸役所の下役から、至急お運び願いたいとの伝言を受け、すぐに飛んで行くと、待ち受けていた触頭《ふれがしら》の菊川伯耆頭《ほうきのかみ》がのっぺりした官僚面に苦悩をにじませ、

「大変なことになり申した……」

しぼり出すような声でいった。司天台襲撃に失敗した件である。その結果、小頭の白岩権之亮と小嶋典膳、横目の堀内道斎、そして十七名の鬼一流忍びが命を落としたという。

話を聞いているうちに、驚きよりも、腹立しさを覚えた。司天台襲撃に失敗したことではなく、その無謀な企てを許可した菊川の無定見さにである。きわめつけが次の発言だった。

「もはや我らに公儀と闘う力はござらぬ。それゆえ、過日、通春さまとむすんだ盟約も白紙に戻したいと存ずるのだが……」

つまり、幕府との抗争を一方的に終結させ、同時に尾張家とも手を切りたいというのである。

「それは心外」

藤馬が憮然《ぶぜん》と切り返した。

「公儀に屈伏なさるおつもりか」

「いや、屈伏ではござらぬ。今後の公儀の出方を静観する所存——」

「ただ観ているだけでは、『改暦』を阻止することはできますまい」

「そのことで京の御本所（土御門家《つちみかど》）から通達がございましてな」

幕府の改暦作業の妨害、あるいは阻止活動をいっさい禁じる旨の通達である。御本所の方針が急転換した理由は、菊川にも伝えられていなかったが、じつはこの通達の裏には、五代天文方・渋川図書《ずしょ》を筆頭とする改暦作業班の力量では、現行の「貞享暦」を改暦するのはきわめて困難とみた、土御門泰福《やすとみ》の判断があったのである。

この判断は結果的に正しかった。その後、改暦作業は難航に難航をかさね、いくたびか停頓《ていとん》を繰り返したすえ、結局、実現を見ぬまま吉宗は宝暦元年（一七五一）に他界するのである。

吉宗の死後、その遺志を受けついだ幕府は、やむなく土御門家に「改暦」の主導権を与え、三年後の宝暦四年（一七五四）、ようやく新暦奏進にこぎつけるのだが、もとよりこの新暦は政治的取り引きの産物にほかならず、貞享暦にくらべて何の科学的優位性も見られなかった。要するに「改暦」とは名ばかりで、貞享暦の亜流にすぎなかったのである。

「腑《ふ》抜けめ！」

怒鳴りながら、藤馬は思い切り引き戸を開け放った。その音に驚いて、奥から小萩がとび出してきた。

「どうなさいました！」

「土御門家が手を引きよった」

吐き棄てるや、ずかずかと足を踏み鳴らして部屋に上がりこんだ。つねに茫洋《ぼうよう》として泰然自若、摑《つか》みどころのないこの男が、これほど感情をあらわにするのはめずらしい。苛立《いらだ》つように小萩に命じた。

「酒をくれ。冷やでよい」

「は、はい」

小萩が勝手に飛んでいって徳利を二本持ってくると、藤馬はそのまま口移しに喉に流しこみ、ふうっと大きく息をついて、

「……馬鹿なことを仕出かしてくれたもんじゃ」

昂《たかぶ》りがおさまったのか、一転して、おだやかな口調になった。小萩は酌をしながら黙って聞いている。ひとしきりを話しおえたあと、藤馬は深々と嘆息をもらして、

「いまさら公儀に尻尾を振ったところで、『改暦』が取り止めになるわけでもあるまいし……」

ほとんど愚痴になっていた。小萩が相槌《あいづち》を打ちながら、

「江戸役所の菊川さまはともかく、御本所の土御門泰福《やすとみ》さまは、それが読めぬほど暗愚なお方とは思えませせぬが」

「それなんじゃ。どうも、そこのところがよくわからん」

二本目の徳利の酒を猪口《ちょこ》についだ。

「だがな」

思い直すように藤馬がふっと笑みを泛《う》かべた。

「さすがに気がとがめたんじゃろう。菊川のやつ、帰りがけに耳よりな話を聞かせてくれた」

「耳よりな話？」

小萩が訊き返した。

「『津山』の正体がわかった。江戸役所で手先役をつとめていた都築右京介という陰陽師《おんみようじ》だそうだ。だが――」

その都築も司天台襲撃に加わって死んだという。問題は死に場所だった。

「湯島切通しで死んだらしい」

「湯島？　というと……」

「刀弥平八郎の家じゃ」

これは菊川の話を詳細に検証したすえの結論である。小萩がけげんに訊いた。

「でも、なぜ……？」

平八郎と都築の関係である。藤馬にもこの謎は解けなかった。

「そのふたりがどこでどうつながったのか……。世の中、わからんものじゃ」

そうとしか応えようがなかった。

「すると刀弥さまは、都築という男から『天一』の行方を……？」

「聞き出したに違いない」

「そうですか」

「すまんが、酒をもう一本もらえんか」

「はい」

と立ち上がった小萩が思い出したように、

「あ、そうそう、通春《みちはる》さまがぜひお会いしたいとおっしゃっておりました」

「例の場所か？」

「今夜五ツ（午後八時）に――」

その夜、戌《いぬ》の刻。

吉原仲《なか》之町《のちょう》の妓楼『三浦屋』の二階座敷で、松平通春と藤馬が酒を酌みかわしていた。

「あれは、わしの勇み足だった」

通春が細い声でいった。白皙《はくせき》の顔に深い憂色がにじんでいる。

「と申されますと？」

「石河《いしこ》のことだ。もうしばらく泳がせておくべきだった。せめてあと半年は……」

尾張藩国家老・石河兵庫《ひょうご》のことである。

「何か面倒なことでも？」

「兄上の病状が回復したそうだ」

「……！」

一瞬、藤馬は言葉を失った。

通春の異母兄、すなわち尾張六代藩主・継友《つぐとも》に「朱毒」（水銀）を盛ったのは、石河兵庫の配下の〝草〟である。かなり前から通春はそのことに気づいていたのだが、あえてそれを黙殺してきたのは、継友の死期が早まれば、自分の出番（次期藩主の座）も早く回ってくると考えたからである。そして、十日前……、

（兄の命は長くない）

と、判断した通春は、藤馬に石河兵庫と配下の四名の〝草〟の密殺を命じた。

これが裏目に出たのである。病の因《もと》ともいうべき「朱毒」が絶たれたせいか、藩邸の奥医者の話によると、継友の病状はやや回復に向かいつつあるという。

「皮肉なものよ。これで当分、わしの出番はなくなった」

端整な顔に自嘲《じちょう》の笑みをきざみ、

「それにもう一つ、気がかりなことがある。これも悪い話だ」

「悪い話？」

「大久保家の義真《よしざね》どののご容体が思わしくないらしい」

「義真さまが……？」

大久保家は尾張徳川家の支族である。大久保の名は所在地に由来する呼称で、正式には松平姓を名乗っていた。初代当主・松平義昌《よしまさ》は、尾張二代藩主・光友の妾腹《しょうふく》の子で、天和《てんな》三年（一六八三）に奥州梁川《やながわ》三万石を立藩した。

二代藩主の義方《よしかた》はすでに五年前（享保六年）に他界し、その跡をついだ義真も麻疹《はしか》にかかって病の床に臥《ふ》せっていた。ときに義真、わずか九歳である。

「聞くところによると、吉宗公は尾張家の江戸家老・水野弥一右衛門を召して、大久保家の後継について質《ただ》したそうだ」

藤馬にはすぐに察しがついた。

「まさか、若殿に義真どのの跡を……！」

「その、まさかよ」

そういって、通春は苦々しげに朱杯をあおった。

「わしに義真どのの跡を継がせ、奥州梁川の僻地《へきち》に追いやる魂胆らしい」

梁川は江戸から七十里あまり、尾張名古屋からは百七十里もへだたった陸奥《むつ》の小さな盆地である。部屋住みの身から三万石の大名への栄進とはいえ、そのような僻地に追いやられるのは、事実上の追放にほかならない。

「で、決まったのでございますか。その話……」

「筋書きはほぼ固まったようだ。もし、そうなれば……、受けざるを得まいな」

断れば吉宗の思う壺《つぼ》である。それを口実にさらに陰湿な圧力をかけてくるであろうことは火を見るより明らかだ。

通春の顔にふっと虚無的な笑みが泛かんだ。

「考えようによっては、部屋住みの身より三万石の大名のほうがましかも知れぬ」

開き直りともとれる言葉である。

「どうだ？　藤馬、そのときは正式にわしの家臣にならぬか」

「もとより異存はございませぬが……」

と、ためらいつつ、

「手前には、まだやらねばならぬ仕事がございますので」

「『天一』のことか？」

「はい。もうしばらくのご猶予を――」

大久保家の後継問題に決着がつく前に『天一』が見つかれば、事態はまた別の展開を見るはずである。

「間に合えばよいがな」

通春がぽつりとつぶやいた。

3

同じころ……。

桜田御用屋敷の長屋の広間では、巨勢十左衛門と藪田定八が酒を酌み交わしていた。十左衛門は、いつになく機嫌がよい。

「土御門家の菊川が寺社奉行を通じて詫《わ》びを入れてきたぞ」

「ほう」

藪田が意外そうに十左衛門の顔を見た。

「例の一件じゃ。もはや言い逃れはできぬとみて、小頭ひとりに罪をかぶせおった」

「小頭？　白岩権之亮でございますか？」

「うむ。功名心に駆られて、白岩が独断でやったことだとな」

「よくもぬけぬけと……」

藪田が冷笑を洩《も》らした。

「菊川は御身大切だけの男だからのう。これに懲りてもう二度と公儀に歯向かうような真似はすまい」

「改暦御用も遅滞なく進むでしょう」

「うむ。まずは重畳じゃ」

十左衛門は臼《うす》のように大きな顔をぐりっとひねって、満足げに杯をほした。藪田が口の端に追従の笑みをきざみながら、

「手前からもよい知らせがございます」

「何じゃ？」

「『天二』の行方を知る者を突き止めました」

「そうか。今度こそ間違いあるまいな」

「はっ。すでに網は張りめぐらせてございます。一両日中には御前のもとに吉報をお届けできるのではないかと――」

「それはますます重畳じゃ。はっははは」

腹をゆすって十左衛門は笑った。

かたん……。

かすかな音とともに引き戸が開いて、黒い影がすべるように入ってきた。

番士の詰所である。

三坪ほどの土間があり、その奥に四畳の板敷がある。番士たちは見回りに出たのだろう。人影はない。土間の真ん中に大火鉢がでんと据えられていて、五徳にかけられた鉄瓶が湯気を噴き出している。

黒影は、戸口の板壁にずらりとぶら下がっている鍵《かぎ》の束に目をやった。やがて鍵の一つを取ると、身をひるがえして音もなく出ていった。影は「穴丑」の儀十である。

桜田御用屋敷の東北――鬼門にあたる艮《うしとら》の方向に、通称「不浄門」と呼ばれる裏門がある。屋敷内で病死、あるいは事故死したものの屍体《したい》がこの門から運び出されるところから、そう呼ばれた。儀十が盗み出したのは、その不浄門の鍵である。

儀十は、長屋路地の闇《やみ》だまりに身をひそめながら、おのれの心の変化を自嘲するように、

(おれも焼きがまわったか……)

薄く笑った。儀十はいま、お葉を連れ出してこの屋敷から逃げようとしている。無謀ともいえる企てだった。見つかれば二人とも殺される。その無謀な企てに儀十を駆り立てているのは、忍びがもっとも忌諱《きい》すべき「情」であった。長い歳月「穴丑」としてお葉のそばに身をおいているうちに、お葉に情を移してしまったのである。

儀十にも、じつはお葉と同じ年頃の娘がいた。名を沙耶《さや》といい、忍び仲間でも評判の美人だった。その美貌《びぼう》を買われて、沙耶は二年前に松平通春と尾張の隠密の動静を探るため

の〝草〟として吉原遊廓《ゆうかく》に配された。

これは父親の儀十にとって悲痛のきわみだった。いかに役目とはいえ、実の娘が廓《くるわ》に売られたのである。親としてこれ以上の悲しみと苦しみはない。このときから老練な忍びの心に、組織（締戸番）に対する懐疑の念が芽生えはじめたのである。

そんな儀十の心痛をよそに、沙耶はたちまち吉原一の名妓にのし上がっていった。吉原角町《すみちょう》の妓楼《ぎろう》『中万字屋』の花魁《おいらん》・玉菊――廓の中はおろか、江戸中にその名が鳴りひびき、やがて松平通春も足しげく『中万字屋』に通うようになった。

締戸番の組頭から玉菊（沙耶）に密命が下されたのは今年の春、仲之町通りの桜が爛漫《らんまん》と咲き乱れる三月半ばのころだった。

その夜、玉菊は『中万字屋』の二階座敷で通春の酒の相手をしていた。開け放った障子窓の外には、雪洞《ぼんぼり》に照らし出された満開の桜が宵闇に華やかな光彩を放っていた。それを眺めながら、杯をかたむけていた通春がつと立ち上がって、

「寒い……」

と窓の障子を閉めようとしたとき、やおら玉菊が帯の間に隠し持った匕首《あいくち》を抜き放ち、裳裾《もすそ》をひるがえして通春の背後に迫った。刹那、がらりと隣室の襖《ふすま》が引き開けられ、黒ずくめの侍がふたり、矢のように飛び込んできて、ひとりが玉菊の手から匕首をもぎとり、もうひとりがすかさず口をふさいだ。

通春の護衛の〝お土居下衆〟である。

「な、何事ぞ！」

通春が驚いてふり返ると、

「締戸番の〝草〟でございます」

ひとりが低く応え、もうひとりが濡《ぬ》れ紙で玉菊の口を押さえた。必死にもがく玉菊の躰からしだいに力が抜けてゆき、やがてぐったりと畳の上に倒れ伏し、眠るように息を引きとった。

結局、玉菊の死は心の臓の発作とされ、その亡骸《なきがら》は『中万字屋』の楼主の手でねんごろに葬られたのだが、むろん儀十は事の真相を知っていた。知りながら、どうすることもできなかった。せめて娘の墓に詣《もう》で、線香の一本も手向けてやりたいと思ったが、忍びの掟《おきて》はそれさえも許さなかった。

いつしか悲しみも渇き、儀十の心に残ったのは無常感だけだった。何もかもが空虚だった。お葉を監視する儀十の眼から鋭い光がうせて、おだやかな老人の眼に変わっていったのは、そのころからだった。儀十はお葉に沙耶の面影を見ていたのである。

番士の詰所から不浄門の鍵を盗み出した儀十は、闇を縫って藪田の長屋に走った。巨勢十左衛門と藪田の酒宴はまだつづいているらしく、広間の障子に明かりが揺らいでいる。

儀十は長屋の裏口にまわった。妻戸に躰を張りつけて中の様子をうかがう。人の気配はなかった。そっと戸を引き開け、音もなく中に踏みこんだ。

お葉の部屋は二階にある。廊下を真っすぐに進み、突き当たりの階段をのぼる。

部屋の前で見張りの下男が胡座《あぐら》をかいて居眠りをしていた。足音を消してしのび寄り、いきなり下男の首筋に手刀の一撃をくれた。声もなく男は横転した。

がらり、襖を引き開けると、

「儀十さん！」

お葉がはっとふり向いた。いつぞや会ったときより、いくぶんやつれている。

「さ、逃げるんだ」

「え」

「はやく！」

ためらうお葉の手をとって、儀十は部屋をとび出した。

入り組んだ長屋路地の闇をひろいながら、ふたりは猫のように背を丸めて走った。路地を抜けると、前方に深い闇が広がった。奇妙なことに桜田御用屋敷の敷地内には蔬菜《そさい》を栽培する畑があった。前方に広がった闇は、その畑地である。左方には丸太の柵《さく》で囲われた曳《ひ》き馬場があり、その奥に厩《うまや》があった。

馬場の柵に沿って一目散に走る。ほどなく闇の向こうに小さな稲荷社が見えた。「不浄門」は稲荷社の裏手にある。

四辺はまったくの闇である。

儀十は手さぐりで鍵穴を探し、もどかしげに鍵を差し込んだ。そのときである。

「誰だ！」

突然、背後で声がした。ぎくりとふり向いた儀十の顔に、龕灯《がんとう》の丸い明かりが照射された。巡回の番士たちだった。

儀十とお葉は、凍りついたように立ちすくんだ。

翌日の夕刻。

浅草聖天町の雑踏のなかに平八郎の姿があった。「赤川大膳」の聞き込みに歩いていたのである。

この日は、おもに飯屋や居酒屋などを当たってみた。浪人者なら馴染みの店が一軒や二軒あってもおかしくはない。そう思って盛り場を片っ端から聞き込みに歩いてみたのだが、収穫はなかった。

気がつくと聖天町の北はずれにいた。ここから先は新鳥越町二丁目である。さらに先へ行くと山谷堀に突きあたる。

暮色が迫っていた。ちらほらと明かりが灯りはじめている。

（そろそろ切り上げるか……）

あきらめて引き返そうとしたとき、目のすみに小さな明かりがよぎった。居酒屋の提灯《ちょうちん》である。店の軒先に干からびた鮟鱇《あんこう》の頭がぶら下がっている。それが居酒屋の招牌《かんばん》だった。

縄のれんを割って中へ入ると、樽《たる》に片胡座《あぐら》をかいて酒を飲んでいた三人の破落戸《ならずもの》が、じろりと剣呑《けんのん》な目を向けてきた。それを無視して店の亭主に訊ねると、

「赤川大膳？……さあ、聞かねえ名前だなあ」

亭主は首をひねるばかりである。

「邪魔したな」

と、店を出ようとしたとき、

「ご浪人さん」

破落戸のひとりが声をかけてきた。

「赤川の旦那なら砂利場に住んでるぜ」

砂利場——これは俗称である。正しくは浅草山川町という。万治三年（一六六〇）、江戸城本丸の天守台築造のさいに、このあたりの砂利が使われたので、俚俗にそう呼ばれるようになったという。後年、砂利場は埋め立てられて町屋になり、一般に「聖天下《しょうてんした》」の総称で呼ばれていた。

それにしても、思わぬところで手がかりが得られたものである。平八郎はさっそく砂利

場に足を向けた。居酒屋から砂利場までは指呼の距離である。

〈巾着《きんちゃく》は亭主を砂利場辺に置き〉

巾着とは、吉原のやり手のことである。吉原遊廓が近いせいか、この町には、やり手の亭主や年季明けの遊女、大店《おおだな》の番頭の妾《めかけ》などの家が多い。小路の奥の一角に「赤川大膳」の家はあった。黒板塀をめぐらせた小粋な造りの家である。

「ごめん」

戸口に立って声をかけると、奥から二十七、八の女が出てきた。化粧の濃い、やや崩れた感じの女である。

「赤川どのはご在宅かな」

「どちらさまでしょう？」

女が不審げに誰何《すいか》した。

「刀弥と申す。赤川どのにぜひ御意を願いたい」

「少々お待ちくださいまし」

女が奥にとって返すと、ややあって男が出てきた。中背だが肩幅が広く、あごに鬚《ひげ》をたくわえ、太い眉の下には大きな眼が炯々《けいけい》と光っている。まるで鍾馗《しょうき》のように猛々しい感じの浪人者である。

「拙者に何用だ？」

声も野太い。高飛車な物いいである。

「卒爾《そつじ》ながらお訊ね申す。貴殿、志津三郎兼氏の短刀をご所持と聞きおよび申したが……」

大膳の大きな眼がぎろりと光った。

「短刀?」

「それがし、刀剣類にいささかの蘊蓄《うんちく》を持つ者でござる。お持ちとあらばぜひ拝見つかまつりたい」

「ふっふふ……」

大膳の口からふくみ笑いが洩《も》れた。平八郎をただの好事家《こうずか》と看《み》たのであろうか。得意げに小鼻をふくらませ、

「おぬし、あの短刀の価値を存じておるのか?」

上目づかいに訊いた。

「天下三品の名刀と聞きおよび申した」

「その話、いずれで」

「尾張町の小道具屋でござる」

「なるほど」

大膳が納得したようにうなずく。

「じつを申すと、拙者も驚いた。あれほどの名刀が町の小道具屋で売られていたとはな。あれは思わぬ掘り出し物でござったよ」

ますます得意げに小鼻をふくらませ、

「よかろう。お見せしよう」

と奥にとって返し、矩形《くけい》の桐《きり》の箱を持って戻ってきた。

「これでござる」

箱の中から取り出したのは、見るからに由緒ありげな短刀だった。金葵《あおい》の紋散らしの縁頭、金無垢《むく》三頭の狂い獅子《じし》の目貫《めぬき》、金の食出《はみだ》しの鍔《つば》、金梨子地《なしじ》の鞘《さや》、刀身は一尺五寸。実物を見るのはむろんこれが初めてだが、平八郎は直観的に本物の『天一』だと思った。と同時に、

（この男は『天一』に隠された秘密を知らぬ）

そうも思った。知っていたらこれほど無警戒に、それも一面識もない相手に『天一』を見せるわけはない。大膳の心底を探ってみようと思い、

「つかぬことをお訊ね申すが、貴公、この短刀を手放すつもりはござらぬか？」

「ふむ」

一瞬、大膳は太い眉をよせて思惟《しい》し、

「千両なら売ってもよい」

ずけりと応えた。

「千両!」

平八郎が眼をむくと、突然、大膳はからからと大口を開けて高笑いした。

「つまり、手放すつもりはないということだ。はっはは」

また呵々《かか》と笑った。

(この男は本当に何も知らぬようだ)

改めて平八郎はそう思った。

4

宵闇が濃い。

聖天町はもう光の海である。

雑踏を縫いながら、平八郎はなぜか虚《むな》しかった。あれほど多くの無辜《むこ》の血を吸ってきた妖刀『天一』が、お庭番と尾張の暗闘とはまったく無縁の、一介の浪人者の手に渡っていたのである。拍子ぬけするほど意外な結果であり、ある意味では馬鹿馬鹿しいほど茶番じみた結末だった。いったいあの騒ぎは何だったのだろう?

赤川大膳が『天一』を所有しているかぎり、そして平八郎がそのことを余人に口外しないかぎり、『天二』に隠された文昭院公（六代家宣《いえのぶ》）の遺言状は永遠に闇に葬られるのである。そうなれば八代将軍・吉宗の天下は安泰となり、尾張家の宿年の野望はついえる。

もとより平八郎は、徳川の天下がどっちに転ぼうがさしたる関心はなかった。問題はお葉のことである。『天二』の一件から手を引いて江戸を出てくれとお葉はいったが、このままお葉を見捨てて逃げ出すわけにはいかなかった。それにお庭番も黙ってはいまい。儀十の話によると、すでにお庭番の探索の手は仕事先にまで回っているという。状況は切迫していた。『天二』の所在を突き止めたことで、逆に平八郎は抜き差しならぬ泥沼にはまり込んでいたのである。

駒形町の路地をぬけたときだった。

「おう」

ふいに背後で野太い声がした。ふり返るまでもなく声のぬしはわかっていた。星野藤馬である。平八郎は足をとめずにそのまま歩きつづけた。

「つれない男じゃのう」

声が追ってきた。

「おぬしとは縁を切ったはずだぞ」

平八郎がにべもなく切り返した。

「これは復縁話じゃ。聞いてくれ」

「復縁は断るが、話だけなら聞いてやる」

「通春さまが近々大名になるかもしれんのだ」

「それは祝着」

平八郎が揶揄《やゆ》するようにいう。藤馬の顔は大真面目である。

「奥州梁川《やながわ》三万石の大名じゃ。もしそうなったら……、わしも仕官するつもりじゃ。通春さまをお護りするためにな」

「それは祝着」

「どうだ？　おぬしも通春さまに仕えるつもりはないか。その気があればわしが推挙する」

「おれは侍を棄てた男だ。二君にまみえるつもりはない」

「そうか」

藤馬の声が沈んだ。平八郎は無視するように歩度を速めた。

「待て。もう一つ訊きたいことがある」

「何だ？」

「都築という男から何を聞いた？」

「都築！」

平八郎の足がはたと止まった。

「土御門家の陰陽師だ」

「相変わらず地獄耳だな」

「訊いたことに応えてくれ。『天一』の行方を聞き出したのではないか」

「いや、聞いてはおらぬ」

ふたたび歩き出した。追いながら、藤馬が苛立つように声を荒らげた。

「わしには言えんと申すのか！」

「おれは何も聞いておらぬ」

「平八郎！」

小走りに平八郎を追い越し、前に回りこんでさえぎるように立った。

「おぬしが『天一』の秘密をにぎりつぶすつもりなら、それもよかろう。しかし」

「しかし……、何だ？」

「尾張以外の者にその秘密を渡すようなことがあれば……、わしはおぬしを斬る。今度こそ本当に斬る！」

いい棄てるや、藤馬は憤然と背を返して立ち去った。

（おれを斬る、か……）

脅しではなかった。尾張家に敵対する者、あるいは尾張家に不利益をもたらす者は容赦なく斬り捨てる。それが藤馬の思想であり、生き方であり、そして松平通春への忠義心でもあった。

（やむを得まい……）

いずれ藤馬と刀をまじえなければならぬときが来るであろうことを、このとき平八郎ははっきりと予感した。なぜなら、お葉をお庭番の拘束から解放するために、『天一』の情報を「取り引き」の切り札に使おうと考えていたからである。そう考えた時点で藤馬との対決はすでに避けられぬものとなっていた。

（その時が来れば、おれも本気でおぬしを斬る）

闇に溶け消えてゆく藤馬のうしろ姿に目をやりながら、平八郎は胸の底でつぶやいていた。


「いかがでしたか？」

番小屋に足を踏み入れるなり、堀部安之助が気づかわしげに訊いた。

「うむ」

平八郎はうなずいただけである。火鉢に手をかざしながら、どう応えるべきか思惟していた。今朝方、番小屋を出るとき、安之助には一部始終を打ち明けておいたのだが、その結果を正直に応えるべきかどうか迷っていた。できれば『天一』の秘密はおのれ一人の胸におさめておきたかった。さりとて嘘をつくのも気が引けるので、

「赤川の家がようやく見つかった」

とだけ応えた。

「そうですか……」

安之助もそれ以上は訊こうとしなかった。平八郎のためらいを察したからである。立ち上がって刀を腰に差すと、

「これ、室先生からの差し入れです」

竹皮につつんだ握り飯を差し出した。夜食である。室鳩巣はたまに気が向くと、自分で飯を炊いて握りめしを作ってくれるのである。

「では、お先に失礼します」

安之助が出ていくと、平八郎は火鉢の鉄瓶の湯を急須《きゅうす》にそそいで茶を入れ、竹皮のつつみを披《ひら》いて、むさぼるように握り飯を頰張った。あっという間に三個の握り飯を平らげた。

腹が満たされると、急に眠くなった。奥の板敷にごろりと横になったとたん、いびきをかいて深い眠りに落ちていった。

どれほど眠っただろうか。急に寒けを感じて目が醒めた。火鉢の火が消えかかっている。あわてて炭櫃《すびつ》の炭をたした。と、そのとき……、
ずん。

地べたに何かを置くような鈍い音が聞こえた。その瞬間、平八郎は本能的に異変を看取

した。朱鞘《しゅざや》の大刀をつかみとって、そろりと番小屋を出た。

外は降るような星明りである。

路地の両側に立ち並ぶ土蔵の瓦《かわら》屋根が青々と耀《かが》やいている。

（あれは……！）

平八郎の足が止まった。路地の真ん中に荒縄でくくられた町駕籠《かご》が一挺《ちょう》ぽつんと置かれてあった。何者かが置いていったのである。油断なく四辺に目をくばりながら駕籠に歩みより、抜きつけの一閃《いっせん》を放った。荒縄が断ち切られて駕籠の簾《すだれ》がめくれ、中から何かがごろんと転がり出た。

（あっ！）

平八郎の顔が凍りついた。駕籠から転がり出たのは、初老の男の死骸《しがい》だった。手ひどい拷問を受けたらしく顔が青黒く腫《は》れ上がり、腕が不自然に曲がっている。殺されて間もないのだろう。切り裂かれた頸《くび》からおびただしい血が流れ出している。

次の瞬間、平八郎は地を蹴《け》って一間ほどうしろに跳び下がった。強烈な殺気を感じたのである。

突然——、

「その死骸は、儀十だ」

低い声がひびいた。それも思わぬ方向からである。反射的に平八郎は頭上を見上げた。

土蔵の屋根に男が立っていた。黒革の袖無し羽織に黒の伊賀袴《ばかま》、背中に忍び刀を背負っている。

「お庭番か！」

それには応えず、男はひらりと宙に身を躍らせ、平八郎の前に音もなく着地した。面はおおっていない。歳は四十がらみ、狐《きつね》のように目のつり上がった狷介《けんかい》な面貌《めんぼう》の男である。

「藪田定八と申す」

男が名乗った。平八郎はその名前を聞き知っている。毒を使う「密殺部隊」の長であり、お庭番十六家をたばねる公儀隠密の領袖《りょうしゅう》であることも知っていた。

「なぜ儀十を殺した？」

強い怒りを込めて、平八郎が訊いた。

「我らの掟に違背したからだ」

「それをわざわざ伝えにきたのか？」

「伝えにきたのではない。儀十にこの場所を案内させたのだ」

「案内させた！」

だとすれば、ここへ来るまで儀十は生きていたことになる。手ひどい拷問を受けて、おそらく瀕死《ひんし》の状態だったであろう。その儀十を駕籠に乗せてこの場所に案内させたあげく、頸を切り裂いて殺したとすれば、これほどの残虐非道はあるまい。

平八郎の胸に怒りがたぎってきた。

「儀十の次はおれの番というわけか」

火を噴くような眼で射すくめ、ゆっくり刀をふり上げて右八双に構えた。

「おっと」

藪田がいなすように手を振って、一歩後ずさった。

「おぬしと事を構えるつもりはない。あれを見ろ」

あごをしゃくった。見上げると——土蔵の屋根の上に黒影がずらりと立ち並んでいた。いずれも黒の忍び装束、手に手に棒手裏剣を構えている。手裏剣の切っ先が蒼くぬれぬれと光っているのは、斑猫《はんみょう》の毒が塗りつけられているからであろう。

観念するように平八郎は刀を下げた。

「おれをどうするつもりだ?」

「どうもせぬ。『天一』の行方を聞きたいだけだ」

「断ったらどうする?」

「おぬしの躰に斑猫毒の手裏剣が突き刺さる。即座にな」

藪田の顔に酷薄な笑みが泛かんだ。

「おれが死んだら『天一』の行方は永遠に闇の中だぞ」

「殺しはせぬ。おぬしが尾張方の人間でないことはわかっている。つまり我らの敵ではないということだ。殺す理由はあるまい」

「………」

「どうだ？　我らと取り引きせぬか」

「取り引き？」

「『天一』の行方を教えてくれたら、お葉をおぬしにくれてやろう」

予期していたことだが、藪田の一言は平八郎の胸にずんと重くひびいた。取り引きを拒否したらお葉はどうなるか、その結果は儀十の死骸が明瞭《めいりよう》に物語っている。もはや選択の余地はなかった。

「わかった。取り引きに応じよう」

「場所と時刻はおぬしが決めてくれ」

一瞬の思惟のあと、

「場所は……、深川十万坪、時刻は明朝六ツ半（午前七時）」

深川十万坪は、その名のとおり宏大《こうだい》な埋め立て地で、視界をさえぎるものは何もない。藪田が多数の手勢を引き連れてきたとしても、一目でそれを確認できるし、また事前に手勢を伏せておこうにも、身を隠す場所はない。平八郎はそれを計算したのである。

「ふっふふふ、考えたな」

藪田が薄く微笑《わら》った。

「取り引きは一対一だ。あんた一人でお葉を連れてきてくれ。おれも一人で行く」

「よかろう」

うなずくや、藪田が高々と手を上げた。それを合図に土蔵の屋根から二つの影が怪鳥のごとく舞い降り、儀十の死骸を駕籠に押し込んで風のように走り去った。ほかの影たちの姿も一瞬裡に消えている。

「では、明朝六ツ半に――」

いいおいて、藪田は悠然と踵《きびす》を返した。その姿が闇に消えるのを見届けると、平八郎は番小屋に戻って、また眠りについた。

5

七ツ（午前四時）の鐘で眼が醒めた。

眠気覚ましに頰をぱんっと一つ叩いて、番小屋を出た。表はまだ闇である。儀十の死体が転がっていたあたりに黒々と光るものがあった。凍てついた血溜《だ》まりである。

土蔵と土蔵の間の細い路地を抜けると、正面に蔵法師の家があった。引き戸を開けて、中に入る。むろん誰もいない。室鳩巣は神田駿河台の勧学坂の自宅からこの家に通っているのである。

部屋に上がり込んで行燈《あんどん》に灯をいれ、土間にとって返して、水瓶の水で顔を洗うと、竈《かまど》に火をおこして飯を炊いた。戦《いくさ》の前の腹ごしらえである。

戦《いくさ》――まさに平八郎はそれを想定していた。藪田定八は「密殺部隊」の領袖である。律儀に約束を守る男とは思えなかった。かならず何か策を仕掛けてくるに違いない。闘いの予感が平八郎の気持ちを昂らせていた。

炊きたての飯を湯漬けにして腹に流しこむと、部屋の奥の棚の上から麻の細引きを持って、平八郎は家を出た。

東の空にようやく朝暉《ちょうき》の微芒《びぼう》がにじみはじめた。

番小屋に戻った平八郎は、細引きを両腕と両足の脛《すね》に厳重に巻きつけた。これは手甲脚絆《てっこうきゃはん》代わりの身ごしらえである。さらに草履の鼻緒に細引きを通し、しっかりと足に結びつけると、袴《はかま》の股立《ももだ》ちをとり、刀の目釘を点検して番小屋を出た。ちょうどそのとき本所入江町の六ツ（午前六時）の鐘が鳴りはじめた。

本所の小名木川に沿って、東に向かってしばらく行くと、小名木川に直角にまじわる亥《い》の堀川に出る。川岸にへばりつくように十数艘《そう》の苫舟《とまぶね》がもやっていた。これは舟饅頭《ふなまんじゅう》（水上売笑婦）たちの棲《す》み家、俗にいう「うつろ舟」である。

「舟饅頭」の俗称は江戸で発祥したものらしく、享保年間、吉原江戸町の名主として名を馳《は》せた庄司道恕斎《どうじよさい》の戯文には、

「往《いん》じ万治の頃か、一人のまんぢう（長者）銅鑼《どら》を打って深川辺に落魄《らくはく》して、舟売女になじみ、己が名題《なだい》をゆるしたりしこそ、云甲斐《かい》なく、いと浅ましといひけり」

と記されている。

亥の堀川に架かる橋を渡ってすぐ右に折れ、南をさして歩くこと数丁、やがて左手に荒涼たる原野が見えた。深川十万坪である。

もとは深川の寄り洲《す》だった低湿地を、江戸の町人・千田庄兵衛が享保八年から三年がかりで埋め立てた土地である。庄兵衛の姓をとって千田新田とも呼ばれた。その南側には、正徳三年（一七一三）に埋め立てられた「六万坪」がある。

白々と東の空が明るんできた。

江戸中の塵芥《じんかい》や瓦礫《がれき》・土石などで埋め立てられた渺《びょうびょう》々たるこの荒れ地は、さながら賽《さい》の河原のごとき不気味な景観をかもし出していた。

海から吹きよせる風が赤茶けた砂塵《さじん》を巻き上げ、視界一面、狭霧《さぎり》がかかったように霞《かす》んでいる。その霞んだ視界の奥に二つの影が立っていた。藪田定八とお葉である。ほかに人影はない。

平八郎は油断なく歩みよった。藪田は昨夜と同じ黒革の袖無し羽織に、黒の伊賀袴といういでたちである。お葉は猿ぐつわを噛《か》まされ、うしろ手に縛られていた。藪田が縄尻を取っている。

両者の距離が十間ほどに縮まった。

「約束どおり女は連れてきた。『天一』の在りかを聞かせてもらおうか」

藪田が声を張り上げた。

「その前に女を放してやってくれ」

「取り引きは信用が第一だ。おぬしが『天一』の在りかを話したら、おれもこの縄をはなしてやる」

「わかった……」

と、いいかけたとき、お葉の猿ぐつわがはらりと解け、

「い、言わないで！　これは罠《わな》です！」

叫びながら、藪田の躰に体当たりを食らわせ、一目散に走り出した。

「おのれ！」

間髪を入れず、藪田が背中の刀を引き抜いて袈裟《けさ》がけに斬り下ろした。

「あ！」

小さな叫びをあげて躰を泳がせ、お葉はそのまま前のめりに倒れこんだ。

「お葉！」

抜刀して駆け寄ろうとした瞬間、信じられぬことが起きた。周辺の土砂が泉水のようにざざっと噴きあがり、地中から忍び装束の男たちが土蜘蛛《つちぐも》のように躍り出てきたのである。

まさに奇策だった。伏勢は土の中に身をひそめていたのである。総勢八人。あっという間に平八郎は包囲されていた。

「謀ったな!」

「たったいま考えが変わった」

藪田がにやりと嗤《わら》った。

「おぬしの命とともに『天一』の秘密も闇に葬る。要は尾張方に『天一』が渡らなければ、それでよいのだ」

「なるほど、それも理屈だな」

といいつつ、平八郎は剣尖《けんせん》をだらりと下げて車《しゃ》(斜)の構えに入った。

藪田の手が上がった。

しゃっ!

忍びたちがいっせいに抜刀して跳躍した。刹那《せつな》、平八郎の躰が独楽《こま》のように回転し、切っ先が唸《うな》りをあげて円を描いた。血しぶきが飛び散り、切断された手足が四方にはじけ飛んだ。平八郎の躰がもとの位置に停止したときには、手足を喪《うしな》った二人の忍びが血まみれで倒れ伏していた。

間髪を入れず、平八郎の躰が左まわりに回転した。刃唸りとともに、斬り込んできた忍びたちの刀をはじき返し、首を斬り、胴を薙《な》ぎ、腕を断った。瞬時に三人の忍びが死体となって赤茶けた地べたに転がった。平八郎の動きは止まらない。全身に返り血をあび、修羅の形相で残る三人に迫っていく。

藪田はほとんど茫然《ぼうぜん》と立ちつくしている。これまでに数えきれぬほどの修羅場をくぐってきた藪田だったが、かくも凄《すさ》まじい殺人剣《せつにんけん》を見るのは初めてだった。悪夢を見るような虚《うつ》ろな眼でただ茫々然と立ちつくしている。

ふたりの忍びが同時に斬りかかってきた。前後からの素早い斬撃である。が、平八郎の姿はそこになかった。斬撃がくるのと同時に高々と跳躍し、前から斬り込んできた忍びの頭上を跳び越えて着地するなり、うしろに払った刀で首を斬り落としていた。そして、すぐに腰を落として片膝をついた。残るひとりが跳躍したと見たからである。

しゃっ！

下から薙ぎあげた。着地する直前に宙で斬り斃《たお》した。

残るひとりが死に物狂いで突進してきた。ほとんど捨て身の攻撃である。横っ跳びにかわして、叩きつけるように刀をふり下ろした。鈍い音とともに頭蓋《ずがい》が砕け、白い脳漿《のうしょう》を飛び散らせて、その忍びは丸太のように転がった。

すぐさま平八郎は背を返した。藪田が刀を青眼に構えて迫っていた。一歩下がって右半身に構え、だらりと刀を下げた。

藪田も右足をひいて受けの構えに入った。

両者、睨《にら》み合ったまま微動だにせぬ。

「どうした？」

藪田が切っ先を揺らしながら低くいった。

「貴様、受け太刀しかできぬのか」

平八郎の車の構えが「受け」の構えであることを見抜いて、挑発しているのである。その挑発に乗るかのように、平八郎はゆっくり刀をあげて中段の構えをとった。

鍋島新陰流『兵法家伝書』には、「色に就き、色に随う」という奥義がある。

「右の心は、待《たい》なる敵に、こちらから様々に色をしかけて思えば、また敵の色があらわれるなり。その色に随いて勝つなり」

兵法でいう「色」とは気配、またはきざしのことをいう。平八郎の構えは、まさにその「色のしかけ」であった。藪田の眼は中段に構えた平八郎の切っ先に吸いついている。相手の出方を読もうとしているのだ。平八郎がつっと左足を一歩踏み出した。その瞬間、藪田の眼がちらっと動いて平八郎の左足を見た。これが「色のしかけ」である。その一拍の間に平八郎は間境を越えた。

藪田の横殴りの一刀が飛んできた。平八郎はわずかに上体をそらせて切っ先を見切り、左に躰を開くや、藪田の手もと目がけて刀をふり下ろした。忍び刀をにぎったままの藪田の手首が数間先の地べたに転がった。

「ま、待て！」

手首のない腕を必死にふりながら、藪田はじりじりと後ずさった。

「わ、わしの負けだ。刀を引いてくれ」

「命乞いか」

「おぬしの望みは何でも聞く。命だけは助けてくれ」

「もう、遅い」

吐き棄てるなり、平八郎は一直線に刀を突き出した。切っ先が藪田の頸をつらぬいた。刀を引き抜くと、頸からドッと血を噴き出して藪田は仰向けに転がった。ほとんど即死だった。

「お葉……」

刀の血しずくをふり払って鞘におさめ、倒れているお葉のもとに駆け寄った。

そっと抱え起こした。躰にまだ温もりがある。

「お葉！」

もう一度呼んだ。お葉の目がうっすら開いた。血の気を失って、肌も、唇も白い。蠟人《ろう》形のように透明な顔である。だが凄絶《せいぜつ》なまでに美しい。

「死ぬな……、死んではならぬ！」

お葉がかすかに微笑った。

「抱いて……、このまま、ずっと抱いていて……ください」

平八郎は力一杯抱きしめた。抱きしめながら、お葉の顔に頬をよせた。肌が氷のように冷たい。平八郎は口を吸った。舌も冷たかった。

「お葉、死ぬな！」

悲鳴に近い声だった。お葉がまたかすかに微笑った。それが最期だった。長い睫毛《まつげ》を慄《ふる》わせて眠るように目を閉じた。冷たくなったお葉の躰を平八郎は抱きつづけた。双眸にきらりと光るものがあった。涙である。ほろりと頬をつたって地面に落ちた。

「お葉……」

小さく呼びかけた。

「平八郎さま」

お葉の声が返ってきたような気がした。幻聴だった。聞こえたのは風の音である。

平八郎はお葉の亡骸《なきがら》を抱いて立ち上がった。よろよろと数歩足を運び、憑《つ》かれたような目で背後をふり返った。赤茶けた地面に血まみれの九つの死体が転がっている。それを見て、改めて平八郎の胸にやり場のない怒りが込みあげてきた。九つの死体とは引き換えに出来ぬほど、お葉の死は重い。烈々と怒りがたぎり立ち、深い哀しみが平八郎の胸を締めつけた。

——忍びから抜けられるのは、死ぬときです。

お葉の言葉がふと耳朶《じだ》によみがえった。不覚にもまた涙がこぼれた。その涙がぽろりと落ちてお葉の白い頬を濡らした。お葉も泣いているように見えた。

荒涼たる荒れ地に風が吹きわたる。

砂塵が舞い上がる。

東の空にようやく陽がのぼりはじめた。血のように真っ赤な朝陽である。

参考文献

陰陽道叢書③　近世　村山修一・下出積與他編（名著出版）
近世陰陽道史の研究　遠藤克己著（未来工房）
日本呪術全集　豊島泰国著（原書房）
近世都市和歌山の研究　三尾　功著（思文閣出版）
歴史探索・徳川宗春　船橋武志著（ブックショップ・マイタウン）
兵法秘伝考　戸部新十郎著（新人物往来社）

解説

菊池 仁

本書は、四月に刊行された『はぐれ柳生殺人剣』に続く、黒崎裕一郎畢生《ひっせい》の大作〝はぐれ柳生シリーズ〟の第二弾である。

まず初めに第一弾で明らかにされた本シリーズのバックボーンとなる重要な事柄を記しておく。物語は、享保十一年丙午（一七二六）六月九日、深更。八代将軍徳川吉宗の生母・浄円院（お由利の方）逝去の場面から幕を開ける。この浄円院の死によって、八代将軍誕生にまつわる謎の封印が解かれたのである。〝パンドラの箱〟が開いたのだ。

浄円院の逝去からおよそ半刻（一時間）後、御側衆首座で浄円院の実弟、つまり吉宗の叔父にあたる巨勢《こせ》十左衛門由利は、吉宗が創設したお庭番十六衆を、桜田御用屋敷に集め、二つの密命を言い渡した。

そのひとつが「お庭番家筋十七衆」の筆頭格である風間家の新之助の抹殺である。もうひとつが新之助が所持している〝志津三郎兼氏「天一《あまくに》」〟という天下三品《さんぽん》の名刀を取り戻すことであった。

なぜなら、新之助は父新右衛門と浄円院との不義の子であり、「天一」には吉宗の将軍位をおびやかすこと必定の六代将軍家宣の遺言状が隠されているからだ。

新之助の姿を求め江戸の闇を跋扈《ばっこ》するお庭番の前に立ちはだかったのが、われらがヒーロー刀弥《とね》平八郎であった。平八郎は無念の死を遂げた父の仇討ちにより、脱藩した佐賀鍋島藩士であり、柳生新陰流の流れを汲む鍋島新陰流の達人である。鍋島新陰流は鍋島藩の藩士・山本常朝の『葉隠』思想を骨の髄まで叩きこまれた人間があみだした〝はぐれ柳生〟の剣であり、平八郎は新陰流の円転自在に動く自然の剣〝まろばし（転）〟に独自の工夫を加えて必殺必勝の剣とした〝まろばしの殺人剣《せつにんけん》〟を使う凄腕の剣客であった。

平八郎はお庭番の襲撃にあい重傷を負った新之助を助ける。これがきっかけとなり、平八郎は陰謀の渦に巻き込まれることになる。その渦は六代将軍家宣の遺言状に記された謎だけでなく、その背後には吉宗政権の誕生と維持を企む陰謀、それに対抗する紀州の失地回復を狙った策謀があった。それは〝政《まつりごと》〟の裏側にひそむ巨大な闇であった。

実は、吉宗が八代将軍に昇り詰めるには二つの好運が左右したと言われている。ふつうであれば吉宗は、御三家庶流の一小大名として一生を終わり、その才能を世にしめすこともなく終わったはずであるが、宝永二年（一七〇五）におこった思いもかけない幸運が、彼を紀州五十五万石の大名へおしあげた。まず五月に紀州家三代藩主の長兄綱教が四十一歳で死に、そのあとをついだ次兄頼職も同年九月に二十六歳という若さで急死、その一か月前の八月には父光貞が八十歳で亡くなっている。高齢であった光貞の死はともかくとしても二人の兄の急死には何らかの人為的な意図が加えられたのではという疑問が残る。

好運はそれにとどまらなかった。正徳二年（一七一二）十月六代将軍家宣が死に、その子家継が四歳であとをついで七代将軍となるが、その家継が正徳六年四月に八歳で死亡。将軍家の血筋が絶えてしまったのである。このような非常事を予想して設けられたのが御三家であるから、そのなかから一人選ばれて将軍家にはいるということになる。家宣が病に伏したときに、新井白石を枕頭によんで、世子家継はまだ四歳の幼年なので、自分の亡きあとは尾張の吉通に将軍職をゆずろうと思うがどうであろう、と相談したことが『折りたく柴の記』に記されている。

もし、吉通が生きていれば当然、吉通となるわけだが、この吉通が家継死亡のすこしまえ、正徳三年七月に死亡し、またその子五郎太もその年の十月に死んで尾張家の正系は絶えていたのである。そのうえ吉通の死は尋常でなく、毒殺という見方が強かった。

つまり、吉宗の将軍就任を強運と見るか、何らかの策謀であったと見るかで、史実の背後にあるものが大きく変わってくる。ただし、策謀があったという見方をする場合、読者側を説得できるだけの解釈をうちださねばならない。そこで作者が注目したのが「朱」（水銀）を資金源、あるいは戦略物資（毒殺の材料）として勢力を拡大してきた巨勢一族の存在である。前述したように巨勢一族を率いている巨勢十左衛門は、吉宗の叔父にあた

る。〝物語作者〟としての非凡さを示すうまい解釈といえよう。このあたりに時代小説好きの秋山駿をして、

「史実の上に奇想を凝らす。そういう時代小説の本道を往っている」

と大絶賛させた〝いわれ〟がある。

かくて物語はシリーズの中盤へさしかかり、佳境へ入っていくのである。

シリーズものの場合、作者がもっとも留意しなければならないのは、各巻ごとに新しい味つけをするということである。そうでないと登場人物が限られてくるだけに平板に流れてしまうからだ。その点でも本書は抜きんでている。

鍋島藩の刺客とお庭番という両面に強敵をかかえた平八郎は、くノ一であるお葉に探りを入れるために会いに出かける。これが本書の発端である。平八郎はその途中で、幕府天文方の渋川右門と出会う。幕府天文方が創設されたのは、貞享二年（一六八五）である。初代天文方は渋川春海。日本人で初めて独自の暦（貞享暦）を作った。渋川が作った貞享暦が採用されるまでは、作暦権は京都の中務省陰陽寮《なかつかさしょう》が独占していたが、そこで作られる暦は正確さに欠けていた。事実上の為政者である幕府にとって、作暦権を陰陽寮に握られているのは不都合だった。たとえば改元には為政者の権力が表れる。いちいち朝廷にお伺いを立てることは不本意であった。

つまり、作暦の面でも幕府と朝廷は対立していた。朝廷側の代表が平安以来ずっと作暦

権を独占してきた陰陽博士の土御門《つちみかど》家である。伝説の陰陽師・安倍晴明が祖である。

全国数万の陰陽師を支配する土御門家の権力機構は、幕藩体制の擬制による一種の治外法権社会を形成していた。「本所」とよばれる京都梅小路の土御門家は、いわば将軍家にあたり、その下におかれた家司・雑掌は旗本直参に相当した。さらにその下には地方大名に相当する諸国触頭や出役がおかれ、苗字帯刀も許されていた。強大な権力と組織力をもった勢力が鎌首をもたげたのである。

平八郎の眼前で渋川右門を斬殺した三人は土御門家からの刺客であり、原因は吉宗が「改暦」を命じたことにあった。幕府の主導で「改暦」が行われれば、天文道の権威として君臨してきた土御門家の威信は失墜し、作暦の独占権をも喪う結果となる。それを恐れて「改暦」の中心人物であった幕府天文方の渋川右門を闇に葬ったのである。早くもその動きを察知したお庭番の報復が始まった。

この新しい火種の登場により物語はますます複雑な様相を呈してくる。このあたりの〝ネタ〟の仕込み方は抜群のうまさである。

さらに本書にはもうひとつ新しいネタが仕込まれている。紀州宗直の暗殺計画である。もしこの暗殺計画が実行されれば、その成否にかかわらず、吉宗政権の足もとを揺さぶる大乱となるのは必至である。由比正雪による「慶安の変」や、別木庄左衛門の「承応事件」の例もある。吉宗による政権維持の陰謀は紀州内部にも反乱の火種を育てていたのである。

宗直暗殺計画を知った平八郎が肚の底で暗澹とつぶやいた、

「この国は何かがおかしい。何かが狂っている……」

という言葉が時代を超えて迫ってくるのはなぜか。幕藩体制からはぐれた平八郎だからこそ見えているものがあるのだ。作者の透徹した歴史観をうかがわせる待望の第二弾である。

二〇〇二年六月

（この作品は1999年10月徳間書店より刊行されました）

徳間文庫

はぐれ柳生《やぎゅう》斬《ざん》人《にん》剣《けん》

2002年7月15日 初刷

著者 黒《くろ》崎《さき》裕《ゆう》一《いち》郎《ろう》

発行者 松《まつ》下《した》武《たけ》義《よし》

東京都港区芝大門二—二—二〒105—8055

発行所 株式会社徳間書店

電話 編集部〇三(五四〇三)四三五〇
販売部〇三(五四〇三)四三二三

振替 〇〇一四〇—〇—四四三九二

印刷 製本 凸版印刷株式会社

ISBN4-19-891735-3 (乱丁、落丁本はお取りかえいたします)

〈編集担当 本間 肇〉